KB265722

FANTASTIC ORIENTAL HEROES

장랑행로 4

진패랑 新무협 판타지 소설

초판 1쇄 찍은 날 § 2008년 4월 28일
초판 1쇄 펴낸 날 § 2008년 5월 9일

지은이 § 진패랑
펴낸이 § 서경석

편집장 § 문혜영
편집책임 § 유경화

펴낸곳 § 도서출판 청어람
등록번호 § 제1081-1-89호
등록일자 § 1999. 5. 31
어람번호 § 제2-1477호

주소 § 경기도 부천시 원미구 심곡1동 350-1 남성B/D 3F (우) 420-011
전화 § 032-656-4452 팩스 § 032-656-4453
http://www.chungeoram.com
E-mail § eoram99@chollian.net

ⓒ 진패랑, 2008

ISBN 978-89-251-1299-2 04810
ISBN 978-89-251-0823-0 (세트)

진패랑
新무협 판타지 소설
장랑행로
4
張郎
行路
점점단단(漸漸端端)
FANTASTIC
ORIENTAL HEROES

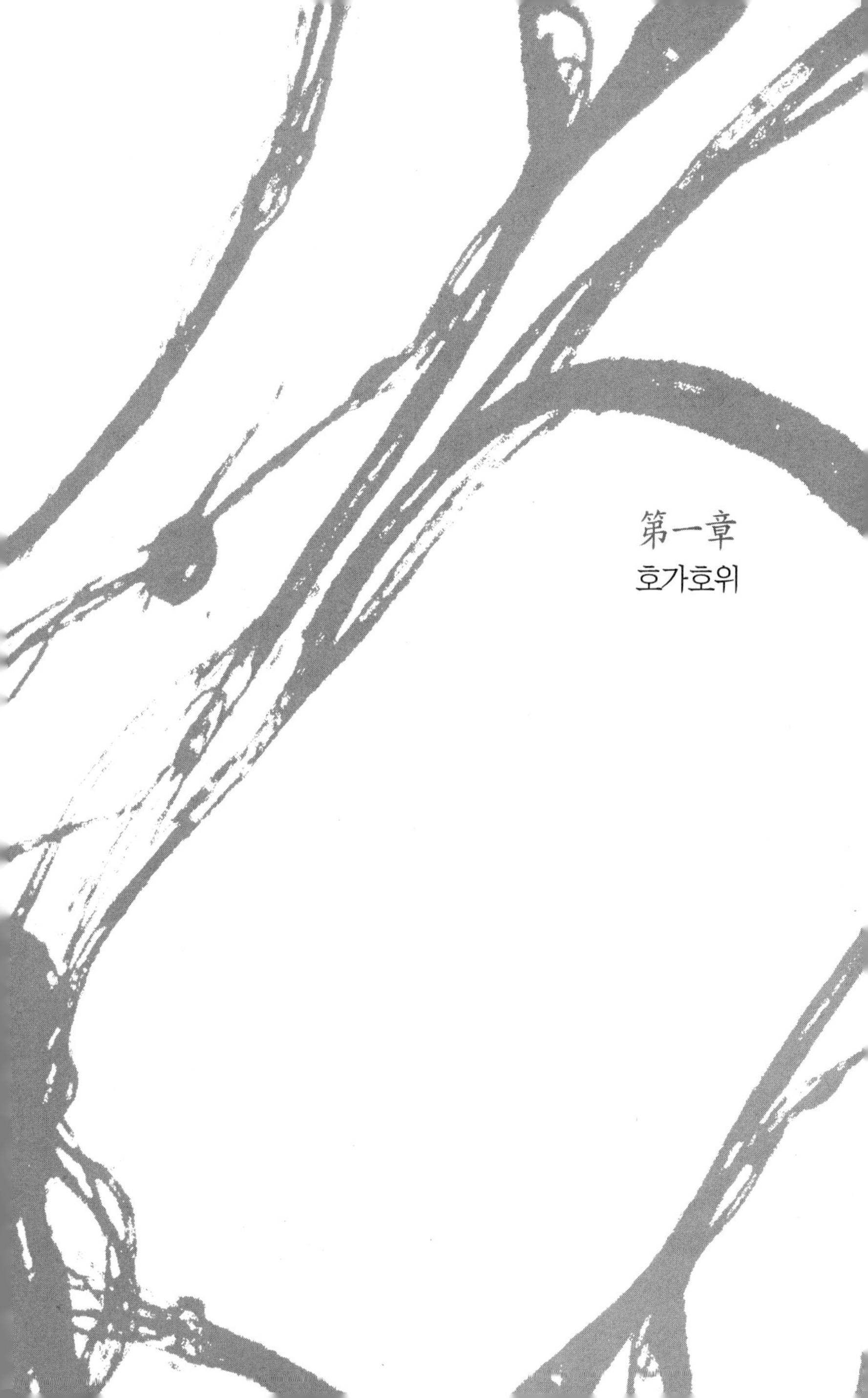

第一章
호가호위

張郎
行路

脯此蒸蒼賜其福佑
近請神真老君演此真妙經竟
降臨遠得正一　道吉廣奉
至大改元四月佛浴爲
日弟子趙孟頫敬

　　난동 수준을 넘어 폭동으로 발전할 것 같던 소동은 뜻밖에도 길게 이어지지 않았다.

　　불쾌한 표정을 짓는 사람, 길길이 날뛰거나 혹은 욕설을 내뱉는 사람 등등.

　　여러 가지 다양한 반응을 보였지만 모두가 거기에서 거기였다.

　　호랑이 간(肝)을 통째로 삼켰다면 모를까, 상대는 중원무림의 태두 소림이요, 천하무림의 대표 구대문파였다. 화가 나 목청을 돋우고 고함을 치더라도 한계가 있을 수밖에 없었다.

　　자리를 털고 일어서는 사람이 하나둘 생겨났다. 두 명이 세 명 되고 다시 네 명으로 늘어나고… 그것은 곧바로 불만이 쌓인 사람들에게 툴툴거리며 자리를 뜨게 하는 연쇄 반응을 일으켰다. 빈자리 숫자가 빠르게 늘어났다.

엉덩이는 고사하고 발 디딜 틈조차 없을 정도로 인산인해의 도가니였던 중악묘 일대. 그곳은 삽시간에 한적하고 썰렁한 본래의 도교 사원의 모습으로 돌아갔다.

간혹 멀리서 왔기에 돌아갈 여비가 부족하다고 호소하는 사람, 배가 고파 걷기조차 힘겹다고 사정하는 한심한 위인도 있었다. 그러나 나한전주 일경 대사를 중심으로 거듭되는 소림 승려들의 사죄의 말 앞에 그들이 버텨낼 재간은 없었다.

이때의 장랑은, 명일 도장과 구비회 중단에 따른 여러 이야기를 주고받고 있었다.

입을 여는 사람은 주로 명일 도장이었고 장랑은 거의 경청하는 편이었다.

구대문파의 향후 진로와 무림과의 상관관계, 공동파가 앞으로 헤쳐 나갈 여러 가지 난관 등이 주요 이야깃거리였다. 장랑은 그런 문제에 약간은 관심이 있었기에 명일 도장의 이야기를 주의 깊게 들었다.

한참을 지속되던 이야기의 주제가 어느덧 향후 장랑의 행보로 옮겨왔다. 다시 그에 대한 많은 말이 오고 갔다. 그러다가 결국 다시 장랑을 비롯한 속가제자들이 본산의 출동에서 배제되는 부분의 이야기로 돌아왔다.

“다른 분들이라면 모를까, 솔직히 저는 받아들이기 어렵습니다. 재고할 가능성이 전혀 없습니까?”

“재고는 없다. 거듭 말하지만 이번 경우에는 본산 기명제자에 한정될 뿐이다. 속가제자와 유파에서 받아들인 제자들은 배제하기로 결정되었다.”

“최소한의 피해를 위한 결정이라지만… 납득하기 어렵습니다. 분명 역차별이라 생각됩니다.”

장랑의 항변은 조금 거칠었다.

“장문 사형께서 심사숙고 끝에 내리신 결정이다. 이건 네가 받아들이고 말고의 문제가 아니다. 무조건 받아들이고 일체의 토를 달지 않고 그냥 따라야 한다. 이를 어길 시 존장을 모독한 죄로 다스릴 수도 있다는 장문 사형의 말씀도 있었다.”

명일 도장의 말투가 단호했다. 이 이상 중언부언할 여지를 남기지 않겠다는 의지가 강하게 느껴졌다.

“…….”

장랑은 더 이상 고집을 부려야 소용없음을 깨달았다.

뜻과 상관없이 어쩔 수 없이 수긍하고 따라야 할 때도 있는 법.

지금이 바로 그때이다.

장랑은 비로소 고개를 숙였다.

“알겠습니다.”

"랑아! 아니, 옥하야! 나의 개인적인 소망은 네가 하루라도 빨리 산중생활의 기억을 잊고 세속에 익숙해지는 것이다. 아마 그것은 너의 선친과 네 사부님, 그리고 등선하신 송진 사부님도 나와 다르지 않을 거라 확신한다."

"……."

"네가 스스로 공동의 제자라는 자각만 잃지 않는다면 우리는 그것으로 족하다. 이제 그만 가거라."

"……."

장랑은 발걸음이 쉽게 떨어지지 않았다.

이제는 진짜로 끝이었다.

장랑은 사람들로 들끓는 등봉의 동문 밖을 나섰다.

개봉으로 향하는 관도와 연결되는 길이다.

장랑은 무복을 벗어 던지고 처음으로 평상복으로 갈아입었다.

도사를 상징하는 결발(結髮)을 풀고 죽잠(竹簪)도 빼버렸다. 백색 무명 유삼에 폭 넓은 무명 끈으로 머리카락을 하나로 모아 묶었다.

누가 보더라도 시골에서 막 상경한 촌스러운 서생 모습이다.

장랑은 원래 숭산 자락을 벗어나자마자 곧바로 용호장을 찾았다. 그런데 아침에 장랑이 떠나올 때까지만 해도 수백 명의 병졸들과 더불어 인파로 북적이던 그곳이 웬일인지 텅 비어 있었다.

남아 있는 사람은 장원을 관리하는 환관 출신 집사 한 명과 나이 든 몇 명의 하인이 전부였다.

오십 줄에 접어든 초로의 환관인 집사 말에 따르면, 주기옥 일행이 떠난 시각은 장랑이 도착하기 반 시진가량 전, 오시(午時) 경이라 했다.

인근에서 추가로 소집된 삼백 명의 군사를 더하여 모두 팔백 명의 호위를 받으며 낙양을 통과해 북상, 경사로 이동 중이라 했다.

집사는 서둘러 뒤를 따르기를 권했다. 조금만 부지런히 움직이면 낙양에 도착하기 전에 만날 가능성이 높다는 귀띔도 해주었다.

하나 장랑은 주기옥의 뒤를 따르고 싶지 않았다.

팔백 명의 군사와 이십 명의 금의위, 그리고 삼십 명에 가까운 동창 위사들 그리고 수행하는 많은 수의 지방 관아의 관속들.

황제에 못지않은 철통 경비 속에 장랑이 끼어들 자리는 없었다. 또 끼어들고 싶지도 않았다.

다만 신경 쓰이는 부분은 운마행 노인과 호덕현 일행이 주기옥 호위 행렬에 동참했다는 점이다.

돌아서서 나오려 할 때 늙은 집사가 깜박했다는 식으로 허

둥대면서 품속에서 두 통의 서찰을 꺼내 장랑에게 건네주었
다.

한 통은 주기옥, 다른 하나는 구판기가 남긴 것이다.

주기옥의 서찰에는 짤막한 인사와 더불어 최대한 빨리 자
신의 행렬에 합류해 달라는 간절한 부탁의 말만 있었다.

그에 비해 구판기의 서찰은 내용이 제법 길었다. 급히 이동
하게 된 연유와 주기옥 일행의 북직예까지 예상 이동 경로가
상세히 쓰여 있었고 자신들은 걱정 말라는 말도 쓰여 있었다.
구판기 또한 가능하면 빨리 뒤를 따라오라는 말이 첨언되어
있었다.

"인연이 있으면 다시 만나겠지."

장랑은 서찰을 접어 품속에 넣으며 피식 웃었다.

운마행과 호덕현 형제들과 헤어지게 되어 섭섭한 마음이
들지만 어쩔 수 없는 일이다. 삶과 인연이란 본시 만나고 헤
어지고, 또 만나서 기뻐하고 다시 헤어지고 뭐 그런 것이니
까.

*　　　*　　　*

주기옥 일행은 서문을 통해 이동했다.

하나 장랑은 동문을 택했다. 동문을 나서 얼마 걷지 않아서
갈림길이 나왔다.

위쪽은 북대로(北大路), 아래는 남소로(南少路)로 통하는 갈림길이다. 대부분의 사람들이 북대로를 이용하지만 장랑은 남소로를 택했다.

길이 잘 닦여 있어 우마의 통행이 빈번하고, 수많은 사람이 이용하는 북대로에 비해 남소로는 인적 드문 시골길이나 다름없다.

신밀과 매산을 거쳐 개봉에 이르는 남소로는 당조(唐朝)에 만들어진 군사 작전용 도로다. 그러나 우마가 자유롭게 통행할 만큼 넓지는 않아 평소 이용하는 사람이 많지 않았다.

환한 대낮임에도 오가는 사람이 드물었고 한참을 걸어도 관도 변에서 흔히 볼 수 있는 객잔이나 다루(茶樓) 등이 눈에 띄지 않았다. 눈에 띄지 않는 정도가 아니라 간혹 보이는 낡은 초가가 드문드문한 것을 제외하면 시야에 들어오는 건물 자체가 별로 없었다.

그러나 조용히 머리를 식히며 유람하듯 산책하며 천천히 걷기에는 더없이 좋았다.

등봉을 나선 지 두 시진.

날은 어두워졌고 달은 벌써 둥글게 떠올라 있었다. 구릉과 구릉 사이로 나 있는 호젓한 길에 달빛을 머리 위에 두고 걷다 보니 시간 가는 줄도 모르고 계속 걸었다.

속이 출출하여 달의 위치를 살펴보니 술시(戌時) 경에 이른 것 같았다.

노숙을 할 것인가 아니면 더 움직여 객잔을 찾을 것인가 망설일 즈음, 먼 곳에서 희미한 불빛이 눈에 들어왔다. 객잔인지 민가의 불빛인지 구분이 되지 않았으나 발걸음에 속도를 높일 계기는 되었다.

길가 잡초 사이로 달빛을 받은 희뿌연 경계석(境界石)이 눈에 뜨인다.

장가령계(張家岺界).

한 시진 전이던가? 어둑어둑해질 무렵 들일을 마치고 귀가하는 촌로를 만났다. 그때 그에게 길을 물었었다.

촌로의 말에 따르며 경계석을 지나서부터의 땅은 모두가 이가장(李家莊) 소유라 했다. 인근 최고 땅부자이며 갑부가 바로 이가장인데 그 소속 무사들이 꽤나 난폭한 편이니 조심하라는 주의가 있었다.

두 마장가량 움직이자 촌로가 말한 대로 붉은색 등롱이 걸려 있는 제법 규모가 큰 초가집이 나왔다.

주루를 겸한 단층짜리 간이 객잔.

장랑은 허리 높이의 사립문을 밀고 안으로 들어섰다.

"계십니까?"

실내와 별도로 야외에도 탁자가 마련되어 있다. 장랑은 야외 탁자에 앉으며 주인을 청했다.

"아무도 안 계십니까?"

조용했다.

문설주에 걸린 붉은 등롱은 분명 영업 중을 알리는 표식.

이상한 생각이 들어 주변을 돌아보는데 어디선가 미약한 신음 소리가 들려왔다.

'뭐지?'

소리가 나는 곳은 건물 뒤편.

장랑은 별 망설임 없이 건물을 돌아 뒤편으로 움직였다.

너른 공터. 그런데 건물 벽을 돌아서는 순간에 살랑대는 밤공기를 타고 흐르는 비릿한 혈향이 장랑의 코끝을 자극시켰다.

"으ㅡ음!"

장랑은 부지불식 신음성을 토해내고 말았다.

목불인견의 참상이따로 없었다.

다르게 설명할 필요도 없는, 그냥 하나의 지옥도였다.

'어떻게 이런 일이……?'

핏물이 흘러 고인 피 웅덩이가 있었고, 한 켠에 피로 범벅된 거대한 물체, 커다란 핏덩어리 여러 개가 한곳에 뒤엉켜 있었다.

그것은 팔과 다리가 모두 잘려 나간, 그래서 거대한 혈구(血球)로밖에 보이지 않는 인간의 몸뚱이였다.

엉켜 있는 혈구의 숫자는 어림잡아 다섯 정도.

인간의 육신이라고 말하기 수치스러울 정도로 망가지고 철저히 짓이겨져 있었다.

꾸역꾸역 계속 핏물을 토해내는 참담한 몰골.

인내심이 강한 편에 속하는 장랑조차 욕지기가 목구멍까지 치밀어 올랐다.

"으흡! 으흡!"

장랑은 들숨과 날숨을 조절하여 헛구역질을 힘겹게 가라앉혔다.

어느 순간 미약하게 흘러나오던 신음 소리가 멈춰 버렸다.

다섯 개의 핏덩이들은 약간의 온기는 남아 있지만 더 이상 생명의 기운은 느껴지지 않았다. 손을 쓰기에는 너무 늦었다. 그렇다고 구경만 하고 있을 수 없는 일.

살아날 가능성이 희박하더라도 일단 손이라도 써봐야 했다. 그건 의술을 배운 사람으로서 최소한의 의무감이었다.

숨을 멈추고 고개를 돌려 애써 엉킨 시신을 풀어내고 있을 때 멀리서 누군가가 다가오는 기척이 느껴졌다. 상당히 뛰어난 경공 실력을 가진 고수의 느낌.

장랑은 혈구덩이를 뒤척여 끌어내던 손길을 멈추고 그쪽으로 고개를 돌렸다.

"네 이놈! 그 더러운 손을 멈추지 못할까!"

황의, 백의, 청의.

이렇게 세 명의 중년인이 차례로 도착했다. 한참 뒤쪽에는 부지런히 달려오는 십여 명의 청년 무리도 있었다.

장랑에게 호통을 친 사람은 세 명 가운데 백의 중년인이었다. 그는 노화 가득한, 이글이글 타오르는 성난 눈길로 장랑을 죽일 듯이 노려보았다.

"쓰레기 같은 개자식! 죽여 버리겠다!"

청의인은 대뜸 욕설부터 퍼붓고 달려들고 있었다.

반면 가장 먼저 도착한 황의 중년인은 두 사람과는 많이 달랐다.

황의 중년인은 장랑에게 눈길을 주지 않았다. 그는 도착하는 순간부터 계속 목전의 참혹하게 짓이겨진 시신에게서 눈을 떼지 못하고 서 있었다. 말없이 눈물을 떨구는가 싶더니 이윽고 커다란 울음을 터뜨리며 그대로 털썩 주저앉았다.

"이놈들아! 어찌… 크흐흑!"

갑자기 나타난 세 명의 중년인과 십여 명의 청년 무리.

그들은 죽은 이들과 깊은 관계가 있었다.

"씹어 먹어도 시원치 않을… 이 개 같은 새끼! 죽어!"

청의 중년인 이혼. 그는 갑자기 고함을 지르며 장랑에게 달려들었다.

"둘째야, 기다려!"

백의 중년인이 뒤늦게 말리려 했다. 하나 조금 늦었다.

이혼은 초일류고수답게 단 두 번의 발걸음으로 장랑과의 사 장 간격을 좁혔으며, 허공에 뜬 상태로 장랑에게 일장을 날리고 있었다.

'이렇게 황당한 오해를……'

"잠깐만……."

장랑은 말도 안 되는 오해를 받는다는 생각에 해명하려고
했다. 그러나 이때 이혼의 장력은 벌써 바로 코앞까지 들이닥
쳐 있었다.

'안하무인이로군!'

장(掌)과 장(掌)이 허공에서 마주쳤다.

꽈아앙―!

요란한 폭음 소리와 함께 이혼이 튕겨지듯 일 장을 날아갔
다. 바닥에 내려서서도 충격을 이기지 못하고 다시 대여섯 걸
음 밀려난 후에야 겨우 멈춰 섰다.

이혼은 자신이 허망할 정도로 크게 밀렸다는 사실이 이해
되지 않았다.

"저, 저놈이 사술을?"

반 갑자를 넘어 한 갑자에 근접하는 내공을 쌓고 있었다.
더구나 절기이자 최대의 자랑인 암풍장(岩風掌)은 극성으로
연마된 상태였다. 천 근 거석도 장력 한 방으로 반으로 쩍 갈
라놓는 그가 아니었던가. 더욱이 방금 날린 일장에는 팔성의
공력이 실려 있었다. 눈앞 애송이 따위는 당연히 한 방에 피
떡이 되어 멀찍이 날아가 처박혀야 옳았다. 그런데 반대의 상
황이다. 이혼은 형제들의 눈도 있고 사질과 제자들이 지켜보
고 있어 약한 모습을 보일 수 없었다.

"이놈아, 너도 한 수 한다 이거지!"

“…….”

“오냐! 그래, 그래야지. 그래야지 우리 아이들이 죽어도 덜 억울하겠지. 제대로 한번 붙어보자, 이놈아.”

허세.

상한 자존심의 회복과 만만치 않은 상대에게 지지 않으려는 승부욕이 부른 허세였다. 이흔은 이보(移步)를 버리고 정보(停步)로 자세를 바꾸었다.

백의 중년인 이탁(李倬), 그는 이흔 못지않게 크게 놀랐다. 그는 이흔의 실력을 누구보다 잘 알고 있다. 이흔은 강호의 내로라하는 절정고수들과 겨루어도 쉽게 패하지 않을 실력자였다. 그런 이흔이 거의 일방적으로 밀렸다.

이탁은 서둘러 이흔의 어깨를 잡아챘다.

“둘째야, 잠시만 기다려.”

“형님!”

이흔은 이탁의 제지를 뿌리치려 했다.

“성급히 굴지 마. 내가 처리하마.”

“…….”

“어서!”

이탁의 단호함으로 이흔이 마지못하는 척 물러섰다.

“너희들은 저 아이들부터 챙겨라.”

이탁은 처참한 몰골의 시신을 수습하라는 지시부터 내렸다.

“네, 장주님.”

“알겠습니다, 사부님.”

제자와 수하들이 다섯 구의 시신을 수습하기 위해 움직이는 모습을 확인한 연후에 이탁은 움직였다. 그가 장랑과 마주 섰다.

“쾌검당이겠지? 알겠지만 쾌검당과 우리 이가장은 같은 뿌리에서 태동했고 불과 몇 달 전까지는 한 가족처럼 지내왔다. 때문에 적대 관계로 돌아선 지금도 과거 인연을 생각해 손속에 사정을 두어왔다. 그런데 뭐냐? 상천명(商天明) 그 작자가 변심을 한 거냐? 그 작자가 이렇게 하라고 지시하더냐? 아니면 네가 단독으로 벌인 일이더냐?”

묻는 이탁의 표정은 진지하였다. 그러나 장랑으로서는 뜬금없는 소리였다.

“뭔가 큰 오해를 하고 계시군요. 나는 여행 중인 사람으로 이쪽 지방은 초행입니다. 마침 객잔이 있어 휴식을 취할까 들렀다가 신음 소리를 들었고, 이곳에서 저들을 발견했을 뿐이오.”

장랑은 수습되고 있는 시신을 가리켰다.

이탁의 얼굴에 비웃음이 번져 났다.

“지나가던 개가 다 웃을 일이로군. 내 비록 근래의 강호 사정에는 어두운 편이나 쾌검당의 일만큼은 누구보다 잘 알고 있다. 얼마 전 상천명이 실력 뛰어난 청년고수 두 명을 영입

하였다 들었다. 파격적으로 호법으로 임명했다고 하더군. 상천명이 천 리 먼 길도 마다않고 달려가 삼고초려했을 정도로 대단한 실력자라지? 누구냐, 넌?"

"……."

어이상실.

"백검(白劍)과 청검(靑劍)! 어느 쪽이냐? 백색의 서생 차림에 무명 끈으로 머리카락을 묶는 자가 백검이고, 청의에 남색 전포를 걸치며 기형도와 기형검을 번갈아 쓰는 자가 청검이라 했으니, 네가 백검이겠군."

"……."

착각도 유분수. 너무 황당했다. 분명 여행객이라고 밝혔음에도 이탁은 귀담아들으려 않는다.

난감하였다. 상대의 이야기를 귀담아들으려 하지 않는 사람과의 대화는 벽을 보고 말하는 것과 다르지 않을 것이다.

어떻게 하라는 건지…….

"돌아가라. 백검, 네가 호법임을 감안해 너를 선전포고의 사자로 삼겠다. 가서 전해라. '이가장 식솔 다섯의 목숨이면 은혜에 대한 보답은 충분하다. 이젠 더 이상 정에 얽매이지 않겠다. 참을 만큼 참았다.' 이 말을 상천명 그 작자에게 전해라."

이탁은 분을 억누르는 목소리로 고함을 치듯 말했다.

"형님, 지금 무슨 말씀을 하시는 겁니까?"

“안 됩니다, 형님! 무엇 때문에 저런 놈을 그냥 돌려보내려 하십니까? 안 됩니다. 절대로 안 됩니다!”

이혼은 물론 한쪽에 넋 놓고 주저앉아 있던 이곤(李坤)까지 벌떡 일어나 소리쳤다.

“결정은 내가 한다. 너희는 나서지 마라.”

이탁은 양팔을 벌려 두 아우를 제지했다.

이곤이 울먹였다.

“형님, 다섯 가운데 저의 제자가 세 명입니다. 그들이 비참하게 죽었습니다. 그런데 어찌 형님께서 함부로 결정을 내릴 수 있습니까? 저는 인정 못합니다.”

“맞습니다. 저자를 그냥 돌려보내면 상천명 그자가 우리 형제를 지금보다 더 우습게 여길 겁니다. 그냥 보내선 안 됩니다.”

이혼도 이곤을 거들었다.

“너희들, 내 결정에 불만이 있는 모양인데 지금부터 내가 하는 말 잘 들어라. 우리는 지금까지 광명정대하게 행동해 왔다. 상대가 막무가내로 나온다고 우리까지 막무가내로 나가서는 안 된다. 그것은 우리…….”

이탁이 두 아우를 설득하는 가운데 어디선가 날아온 전음성 하나가 장랑의 귓전에 울려 퍼졌다.

—어이, 형씨. 거기서 목숨을 부지하고 싶으면 당장 그곳을 벗어나도록 해. 이탁 그자는 자신이 한 말에 책임을 지는 사

람이야. 지금 그냥 가벼운 목례만 하고 그 자리를 피해도 그자는 잡지 않을 거야.

장랑은 감각을 깨워 이목을 집중시켜 느리게 주변을 둘러보았다.

동남쪽 방향 이십여 장 떨어진 작은 구릉 옆. 그곳에서 미약하나마 인기척이 감지되었다.

―뭘 그렇게 두리번거려. 다시 말하지만 이탁 그자는 성격이 온후한 편이고 자신이 뱉은 말은 책임을 지는 인물이야. 하지만 아우 두 명은 형과는 달리 매우 난폭하고 성질 더럽기로 유명한 자들이야. 더구나 그 두 형제의 합공술은 꽤 유명해. 목숨을 온전히 보존하려면 아무 소리 말고 지금 당장 그 자리를 벗어나!

또다시 들려온 전음성. 진지함보다는 약간의 장난기가 섞인 음성이었다.

전음성 주인공의 말이 일정 부분 맞을는지도 모른다.

이가삼웅 형제가 오해를 했든 착각을 했든 그건 그들의 사정이다. 전음성의 충고대로 아무 말 말고 그냥 자리를 피해 가던 길이나 계속 가면 된다.

장랑은 가벼운 목례와 함께 그 자리를 벗어나려 했다.

"야, 너. 서! 거기서! 거기 서지 못해!"

"큰형님, 정말 그대로 보낼 작정이십니까?"

이혼이 버럭 고함을 쳤고 이곤은 몸으로 이탁에게 거친 항의를 했다.

"나는 방금 저자를 상천명에게 우리의 뜻을 전달하는 사자로 결정했다. 너희들는 나를 한 입으로 두말하는 사람을 만들참이냐?"

이탁의 태도는 단호하였다.

"굳이 저런 자를 택하여……."

"그건 아니라고 봅니……."

"난 항상 옳은 결정만 해왔다. 더 이상 토달지 말아라."

이탁이 드디어 화를 냈다. 그런 단호함의 효과인지 몰라도 이흔과 이곤은 화를 억누르는 모습만 보일 뿐 더 이상 항의를 하지 못했다. 이탁이 장랑을 향해 돌아섰다.

"가라. 가서 전해라. '오늘 이후 이가장과 쾌검당은 불공대천의 원수다' 이 말을 꼭 전해라."

최후의 통첩과 같이 엄숙했다.

장랑은 황당하여 실소가 터져 나오려는 것을 꾹 참고 아무런 대꾸 없이 조용히 간이 객잔을 빠져나왔다.

─서둘러 장가령을 넘어야 할 거야. 이탁은 스스로 신중한 사람이라 여기지만 실은 꽤나 어리석은 인물이지. 이흔은 생각이 짧고 폭급한 성격이나 단순한 편이야. 도무지 꾀를 부릴 줄 몰라. 그래서 그는 이탁의 지시를 한 번도 거역한 적이 없어. 하지만 이곤은 달라. 겉과 속이 아주 다른 교활한 인물이지. 그자는 반드시 경계해야 할 인물이야.

전음성이 다시 들려왔다.

그 순간, 장량은 전음성 주인공이 혹시 다섯 목숨을 빼앗은 흉수가 아닐까 하였다. 그렇지 않다면 아무 상관도 없는 남의 일에 끼어들어 조언을 할 까닭이 없으니까.

第二章
산신묘에서

張郎
行路

晡此敬爲賜其福佑
近請神真老君演此真妙經竟
降臨速得正一
　　　　道吉廣　奉
　　至大改元四月佛浴爲
日弟子趙孟頫敬

장랑은 객잔을 완전히 벗어났다.

전음성 주인공의 말대로라면 서둘러야 한다. 하지만 장랑
은 서두르지 않았다. 서두를 이유가 없었다. 평소와 똑같이
걸었다.

장랑의 걸음은 보통 사람보다 두 배가량 빠른 편이다. 추운
신법에 사용되는 근육들이 발달하게 되면서 걸음걸이에도 변
화가 생긴 까닭이다.

"으―흡!"

장랑은 깊고 느린, 길고 긴 심호흡을 반복했다. 밤의 차가
운 공기가 폐부 속 가득히 담아졌다. 가슴에 쌓인 혼탁한 기

운이 한껏 밖으로 내몰아지는 느낌이다.

몇 번을 반복하고 또 반복하는 사이, 어떤 알 수 없는 기묘한 설레임 같은 것이 갑자기 생겨났다. 가슴이 갑자기 요동을 쳤다.

느닷없이, 돌연 생겨난 기묘한 설레임.

그것은 하나의 기운이었다. 그것은 아주 느린 속도로 심장에서 단전을 향해 움직였다.

장랑은 걸음을 멈추지 않은 채 깊고 느린, 길고 긴 호흡을 계속하였다.

단전까지 이동한 그 기묘한 설레임의 기운이 단전에 자리를 잡고 머무는가 싶었다. 그런데 그 기묘한 설레임의 기운은 곧 단전을 빠져나왔다. 둘로 나뉘어 임독양맥으로 갈라져 흐르더니, 어느새 십이경맥 모두를 통과하였고 그것도 모자라 각각의 경혈까지 자극하고 있었다.

인체에는 육백오십 개의 대혈이 산재해 있다. 평소에 잘 발견되지 않는 잠혈(潛穴)도 백 수십여 개다. 또한 그것들과 연결된, 알려지지 않은 세맥도 상당수다. 그 설레임의 기운은 알려지지 않은, 숨겨진 세혈(細穴)도 종종 일깨워 찾아낸다. 그리고 그 기운을 퍼뜨린다.

'음! 오늘이 그날이었던가?'

구름 한 점 없어 둥근 달이 유난히 밝고 환하게 빛나는 날. 반짝이는 수많은 별빛이 은가루가 뿌려진 것처럼 생동감이 있게 느껴지는 밤. 일 년 삼백육십오 일 가운데 유독 그러한 느낌이 오는 밤이 있다.

사람들은 매일매일이 같은 밤하늘이라 생각하지만 실은 유난히 밝고 빛나는 밤은 일 년에 단 며칠에 불과하다.

그것은 장랑도 태음진결을 익히기 전에는 알지 못했던 것이고, 태음진결을 익힌 이후에 간혹 경험하게 된 현상이었다.

장랑은 그 특이한 현상, 즉 설레임의 기운을 무엇이라 부르는지 모른다. 이름이나 명칭이 있을 텐데 아직 모른다. 그래서 그냥 스스로 설레임의 기운이라고 부르고 있다. 그 기묘한 설레임의 기운이 느껴지는 경우는 단 하나다.

태음진결의 화후가 한결 더 성숙해지고 깊어졌다는 신호다. 그리고 곧 다음 단계로 넘어간다는 징후였다.

장랑은 일부러 걷는 속도를 늦춰 처음의 절반 이하로 떨어뜨려 천천히 걸었다.

최근에 깨달은 호흡법. 그 호흡법을 통한 운기조식을 위해서였다.

걸으며 운기하는 호흡법. 장랑은 그것을 스스로 행공(行功)이라 명명했다.

원래는 자리를 잡고 앉아 편안히 하는 운공이 최선이다. 그러나 천천히 산책하듯 걸으며 하는 운공도 효과가 아주 나쁘진 않았다.

행공(行功)으로 걷기를 일각여.

"어이, 형씨."

뒤에서 누군가가 장랑을 불렀다. 겉으로 보기에는 천천히 걷는 모습으로 보일지 몰라도 실은 행공 중이었다. 함부로 입을 열어 대답할 처지가 아니었다.

"그렇게 여유부릴 때가 아니잖아. 걸음아 나 살려라 도망쳐도 시원치 않을 판국에 그 우스꽝스런 모습은 뭐야?"

말을 건네오는 사람은 이십대 청년이었다. 그는 지금껏 내내 몸을 숨긴 상태에서 일정 거리를 두고 뒤를 따르던 전음성의 주인공이었다. 그는 스스로 몸을 숨기고 뒤를 따랐다고 생각할는지 모르나 장랑은 처음부터 알고 있었다.

"거기, 형씨. 설마 귀머거리는 아니겠지?"

"……."

장랑은 아직도 대답할 처지가 아니었다. 청년이 장랑의 뒤에 바싹 따라붙었다.

"아까 이씨 삼 형제와 맞설 때 보니 꽤 의연하던데, 솔직히 조금 놀랐어."

"……."

"형씨, 이것도 인연이라면 인연인데 이야기를 나누면서 걷는 건 어때?"

"……."

전음성의 주인공은 어느덧 장랑과 어깨를 나란히 하고 있었다.

"이봐, 목숨을 구명하는 방법을 알려준 사람인데 너무하잖아. 적당히 예의를 지키는 건 어때?"

청년의 목소리에 조금씩 짜증이 묻어나기 시작했다.

이즈음 장랑은 행공을 마칠 수 있었다. 그는 고개를 돌려 사내의 얼굴을 쳐다보았다.

이십대 중반가량, 스물다섯 혹은 스물여섯가량의 청년이었다. 서생 차림이었는데 등에 매고 있는 장검과 허리춤에 매달린 소검이 아니라면 영락없는 시골서생의 모습이었다.

"목소리가 크군요. 좀 낮추는 건 어떻습니까?"

"그런가? 조금 컸나?"

"……."

"그나저나 통성명이나 하지. 이름이 뭐지?"

사내는 의외로 쾌활한 성격의 소유자 같았다. 짜증 섞였던 음성이 금방 밝아졌다.

장랑은 빙긋 웃으며 말했다.

"통성명이란 일반적으로 자신의 신분을 먼저 밝힌 연후, 상대 이름을 묻는 것이 순서라 알고 있는데? 내가 잘못 알았나?"

이 말에 청년은 잠깐 동안 당혹스러워했다. 그러나 곧 크게 웃으며 말했다.

"하하하! 알고 보니 만만치 않은 친구로군. 흠, 나는 말이지… 혹시 국화령(菊花嶺)이라고 알아? 하남에서 제일 구석진

마을인데……. 암튼 그 부근에 잠시 터를 잡고 머물고 있는 송무(宋茂)라고 해."

"보계 출신 장랑이오."

"장랑? 어디선가 들어본 이름인데?"

"흔한 이름이라 그런가 보오."

"그런가? 그런데 왜 말을 트지? 내가 만만하게 보이나?"

송무가 갸웃하더니 인상을 쓰는 흉내를 냈다. 다분히 시비조의 말투였지만 실은 장난스러움도 많이 섞여 있었다.

"먼저 말을 편하게 한 사람은 그쪽일 텐데?"

"엉? 내가? 그랬나?"

송무가 넉살 좋게 웃었다.

"자자, 그럼. 장 형! 참, 장 형이라 불러도 되지?"

"편할 대로."

"장 형은 말야… 아니지, 장 형은 이 늦은 시간에 어디를 바삐 가는 겁니까?"

"개봉으로 갑니다."

장랑은 비로소 존대를 하였다.

"개봉? 개봉이라면 여기서 꼬박 하루를 걷고 또 반나절 넘게 걸어야 하잖소?"

"아마도."

"그럼 말이죠, 밤도 늦고 했으니 무리하지 말고 쉬었다 가는 건 어떻소?"

송무의 밝게 웃는 모습이 의외로 보기 좋았다.

"그러고 싶은데, 조금 전 누군가 귀띔을 해주더군요. 교활하고 음침한 사람이 뒤를 따라올 테니 조심하라고. 그 충고가 사실이라면 이렇게 계속 걷는 수밖에 없지 않을까요? 객사하기 싫어서 말입니다."

장랑은 일부러 과장된 표현을 쓰며 말했다.

"하하하."

"……."

"장 형, 그러지 말고 쉬었다 갑시다. 나는 원래 잠이 많은 편이라 이렇게 늦은 밤에 돌아다니는 걸 싫어하거든."

"……."

송무의 말투는 반존대와 평대 사이를 오락가락하였다. 그런데 고의적으로 그러는 것 같지 않다. 더구나 말투에서 별다른 거부감이 느껴지지 않았다.

장랑은 이런 부류에 대해 책에서 읽은 적 있다.

그런 부류의 사람은 억지로 강요하면 오히려 강요만큼이나 반발하는 사람이다. 힘으로 제압한다고 제압되는 사람도 아니다.

예의에서 크게 벗어나지 않으면 그냥 내버려 두는 것이 좋다. 진심으로 상대를 마음속으로 인정하거나 승복하면, 시키지 않아도 스스로 예의를 갖추고 정성을 다하는 그런 부류의 사람. 장랑은 송무의 성향을 눈치 챘다.

“휴식하기 적당한 장소는 내가 알고 있으니 그리 가도록 하지. 푹 쉬고 내일 아침 일찍 출발합시다.”

“…….”

호의 같았다. 그러나 왜 호의를 베풀려는지 궁금했다. 어쩌면 심심풀이 희롱 대상 하나를 건졌다고 여길지 모르고, 아니면 진짜로 이야기 상대가 필요한지도 모른다.

송무가 어느 쪽 생각을 하던 상관없다. 송무가 악인이거나 누구에서 먼저 해악을 끼칠 사람으로 보이지 않았다. 또 해를 끼치려 해도 순순히 당하고 있을 장랑도 아니었다.

“왜 대답이 없지?”

“한 가지만 짚고 넘어갑시다. 객잔에서 잔인하게 손을 쓴 사람과 어떤 사이요? 혹시 그 장본인이라면 동행하고 싶은 마음은 없소.”

송무는 잠시 멍한 눈으로 장랑을 바라보았다.

“보기보다 꼬장꼬장한 성격이네. 내가 그런 사람으로 보이나? 뭐, 좋아! 그런 성격이 마음에 들어.”

“지금 그런 소리를 듣고 싶지는 않군요.”

“하나는 확실히 말할 수 있어. 난 함부로 사람을 죽이지 않아. 조상을 걸고 맹세하지. 이 정도면 될까?”

“원하는 만큼 만족한 답은 아니군요.”

“거참! 뭘 원하십니까?”

“벌써 잊다니. 기억력이 그리 좋은 편이 아닌가 보군요.”

“알았어. 난 죽이지 않았어. 하지만 말야, 이가삼웅 그자들에게도 문제가 많아. 그것은 확실히 짚고 넘어가야 된다고.”

“나와 상관없는 일이오. 나는 단지 위험한 상황에 빠지고 싶지 않고, 또한 위험한 사람과 어울리기 싫을 뿐이니까.”

“의외로 소심하고 까다로운 친구로군. 그럼 이렇게 하지. 오늘 하루 어떤 위험이 닥치더라도 나, 송무가 안전을 보장한다. 이건 어때?”

“…….”

장랑은 터져 나오려는 웃음을 억지로 참고 겨우 미소로 대답을 대신했다. 송무라는 인물은 자신이 본 그대로 성격이 확실했다. 그런 성격의 인물은 재미가 있다. 마치 만약당의 차기 수장 옥청 사형을 보는 듯했다. 그래서 싫지 않았다.

따지고 보면 객잔에서 곤란한 상황에 처했을 때 전음으로 조언해 준 것은 그가 악인이 아니라는 증거다. 그 정도면 충분하다.

장랑도 그다지 소극적인 성격은 아니지만 송무의 쾌활함에 비할 바 못 되었다.

송무는 아무리 봐도 선천적으로 쾌활함을 타고난 사람 같았다.

“자, 오늘의 가장 큰 수확은 장 형을 만난 것일까나. 하하하.”

송무는 무척이나 즐거운 표정이었다.

얼마 지나지 않아 장랑과 송무는 길가에서 멀리 떨어지지 않은 야산 중턱의 낡은 산신묘 앞에 모습을 드러냈다.

도착하자마자 장랑은 묘당 안으로 들어갔고 송무는 주변을 둘러본다며 자리를 떴다.

송무는 반 각 만에 모습을 드러냈다. 그는 어린아이 손목 굵기 정도의 긴 나뭇가지를 한 아름 안고 나타났다.

능숙하게 잔가지를 정리하는 송무는 마치 나무꾼 같았다.

"장 형, 이걸로 불을 피워주시오. 밤이라 그런지 추운 것 같아!"

송무는 정리된 잔가지 더미를 장랑에게 밀어준다.

불을 피워도 될는지 모른다. 하나 송무는 다 생각이 있어 그런 것 같았다.

송무가 묘당 안쪽을 휘 둘러본다. 그러더니 무언가 작심을 한 듯 고개를 끄덕였다.

그는 서두르지 않았다. 묘당 안을 천천히 돌면서 벽과 일정 거리를 두고 바닥에 구해온 나뭇가지를 깊게 박았다.

꽂아진 나뭇가지는 두 겹. 바깥은 여덟 방위, 안쪽은 그보다 촘촘한 스물한 개 방위였다. 그 밖에 입구를 중앙에 두고 좌측에 여섯 개, 우측에 여섯 개 등등. 마치 일종의 진법을 설치하는 것 같았다.

작업을 다 마친 송무는 무엇 때문인지 몰라도 연신 갸웃거렸다.

"뭐지? 왜 작동을 안 하는 거야?"

송무는 두리번거리며 약간의 짜증스런 표정을 짓는다.

"아차, 그렇군!"

송무의 시선이 머문 곳은 한쪽 구석에 방치되다시피 널부러진 목상(木像) 더미였다. 그는 그 가운데 덜 부서져 온전해 보이는 길쭉한 목상 네 개를 골랐다.

천궁(天宮)에 두 개, 지궁(地宮)에 해당되는 위치에 두 개, 그렇게 네 개의 목상을 옮겼다.

"자, 그럼."

송무의 말이 떨어지는 그 순간.

스스스―

묘당 내부에 알 수 없는 기묘한 기운이 형성되는가 싶더니 그 기운이 이내 내부를 가득 채워 버렸다.

끊이지 않고 들려오던 여러 종류의 풀벌레 소리가 사라져 버렸다. 먼 곳에서 구슬프게 울어대던 밤 부엉이 소리도 들리지 않았다.

일체의 잡음이 사라진 공간.

마치 뭔가 거대한 장막에 갇힌 상태.

외부와 완전히 차단되었다는 느낌이었다.

송무가 어깨를 으쓱하면서 기분 좋은 미소로 보무당당 장랑에게 걸어왔다.

"이렇게 하면 불빛은 물론 아무리 시끄러운 소리도 밖으로 새나갈 염려가 없지요. 장 형, 그렇게 멍한 표정 짓지 말고 모닥불이나 활활 피워주시오."

장랑은 고개를 끄덕였다.

'이것이 말로만 듣던 방진의 효용이로군!'

장랑은 화섭자를 이용, 모아놓은 잔가지에 불을 댕겼다. 꺼질 듯 말 듯 위태롭게 보이기만 하던 불꽃이 나뭇가지에 옮겨 붙었다.

화르르―

불꽃들이 넘실대자 어둡던 실내가 이내 환하게 밝아졌다.

장랑은 타오르는 불꽃을 바라보며 송무가 펼쳐 놓은 진법에서 나뭇가지가 놓인 위치를 머릿속에서 하나하나 더듬어 보았다.

'결국 내 팔위와 외 팔위를 막았고, 안쪽은 이십일 위라는 뜻이다. 그리고 그것만으로 부족하여 천문과 지문을 만들었고… 천궁위는 보완의 성격이며, 지중위는 감시와 출입을 위해서? 아! 그렇군! 바로 그거야!'

장랑은 불현듯 한 가지 진법을 떠올렸다.

그건 강호잡기총요에 기술되어 있던 잡다한 진법 가운데 하나였다.

"천지진무… 칠성무극… 진?"

별생각없이 떠오르는 대로 장랑의 입 밖으로 흘러나오는

이름.

그 순간 송무는 자신의 귀를 의심했다.

그는 혹시 잘못 듣지 않았나 했다.

송무가 다급히 되물었다.

"장 형, 방금 뭐라 했습니까?"

"천지진무칠성무극. 송 형이 지금 펼친 진법이 혹시 그것이 아닐까 해서요."

'이자가 그걸 어떻게?'

송무는 한순간에 눈앞이 깜깜해졌다.

천지진무칠성무극진(天地塵霧七星無極陣).

거창한 이름과 달리 특별하거나 엄청난 위력을 가진 진법은 아니다.

널리 알려진 바 없으며, 그저 몇 명의 인원에게 편안한 은신처를 제공하기 위한 목적으로 만들어진 흔한 진법 가운데 하나일 뿐이었다.

하지만 어떤 사람들에게는 매우 중요한 의미를 가진 진법이기도 했다.

귀림곡(鬼林谷).

귀림곡과 관련있는 사람에게 천지진무칠성무극진은 특별한 의미가 있다.

그건 귀림곡을 세운 초대곡주와 관계가 깊었다. 그가 평생에 걸쳐 만들어낸 열두 개의 진법 귀림십이방진(鬼林十二方陣). 그 가운데 천지진무칠성무극진이 포함되는 까닭이었다.

지금은 사라졌지만 귀림곡은 운남 지역에서 한때 꽤나 융성했던 문파였다.

당시 귀림곡은 변방의 좁은 지역에 만족 못하고 중원 진출을 모색할 정도의 호시절을 구가하고 있었다.

약간의 분란이 있기는 했지만 전원이 중원 진출을 찬성하였다. 그리고 그 준비가 착착 진행되어 가던 도중, 갑자기 들이닥친 수십 명 괴한들의 손에 귀림곡은 갑자기 멸문을 당하였다. 멸문의 수준을 넘어 멸족이라는 표현이 어울릴 정도로 철저히, 처참하게 망가졌다.

그때가 백 년도 더 전이다.

당금에 이르러, 강호 역사에 아주 정통한 일부 호사가를 제외하면 귀림곡의 존재 여부를 아는 사람이 없다. 지금은 완전히 잊혀진 존재. 귀림곡.

송무는 장랑에게 묻고 싶었다. 묻고 싶은 마음이 굴뚝같았다. 그렇지만 귀림곡과 관련된 이야기는 어떠한 경우에도 함부로 입 밖에 내선 안 된다. 특히 귀림곡과 깊은 연관이 있는 사람은 그랬다.

알아도 모르는 척, 몰라도 모르는 척!

아직은 그래야 한다.

귀림곡은 멸문을 전후한 시점에 무림맹으로부터 사마외도로 규정되었다.

귀림곡에 몸을 담았던 모든 사람, 전원이 강호공적(江湖公賊)으로 선언되었다. 백 년이 넘는 세월이 흘렀지만 그 선언은 아직 철회되지 않았다.

무림맹에서 보관 중인 강호공적록(江湖公賊錄)에서 삭제되지 않는 한 그 선언은 영원히 유지된다.

'바보!'

"귀림곡의 무공과 진법은 함부로 사용해선 안 된다."

사부의 유명이다.

사부의 당부를 잊고 가볍게 행동하다가 실수를 저지르고 말았다.

척마대 놈들이 최근에 더욱 악의적 발악을 하고 있다.

몇 해 전, 무림맹 산하의 척마대를 해산해야 한다는 논의가 일어난 적이 있었다. 널리 알려진 이야기는 아니고 무림맹 내부에서 그런 주장을 하는 인물이 다수 있었다.

그때 척마대는 위기감을 느꼈다. 척마대는 무림 활동에 있어 여러 가지 각종 이익과 특권이 주어지고 있었다. 척마대가 해산되면 그런 이익과 특권은 당연히 사라진다. 척마대는 그 논의를 심각하게 받아들였다.

척마대는 해산 논의를 무산시키기 위해 묘안을 짜내야 했고, 결과적으로 새로운 일거리를 창출해 냈다.

그건 어이없게도 과거 강호공적으로 몰려 죽음을 맞이한 사람들의 가족과 친지와 관련된 것이었다.

척마대는 주장했다. 강호공적 가족들의 뒷조사를 해야 한다고…….

연좌제라는 이유로 반대하는 사람들과 약간의 충돌이 있었으나 척마대는 기어코 자신들의 뜻을 굽히지 않았고 곧바로 조사에 착수했다.

척마대는 잠자리 제공은 물론 밥 한 끼, 물 한 그릇 건네준 일까지 세밀한 조사를 하였다.

다수의 무고한 사람들이 범인은닉죄와 같은 죄목에서부터 생전 처음 한 번도 들어본 적 없는 이상한 이름의 여러 가지의 죄목에 엮여들었다. 대부분 가벼운 경고에 그쳤지만 일부는 가혹한 처벌을 당하기도 했다.

하지만 그건 코에 걸면 코걸이, 귀에 걸면 귀걸이 식이다.

작년 봄. 척마대가 그들의 활동을 연장하기 위해 다른, 새로운 명분을 내세웠다.

발본색원(拔本塞源).

말하자면 복잡하지만 간단히 정리하면, 강호공적 후손이나 후예를 찾아내 그들을 교화시켜 복수를 포기시키는 한편, 나쁜 길로 빠지지 않게 도와줘야 한다는 논리였다.

이른 나이에 강호에 나왔던 송무가 오 년 만에 부랴부랴 신분을 감추고 쾌검당에 몸을 담은 이유가 바로 그 발본색원의 명분을 피하기 위해서였다.

송무는 머릿속이 복잡해졌다.
자신이 귀림곡의 후예라는 사실이 알려지면 안 된다.
장랑의 입은 가벼워 보이지 않았다. 다 털어놓고 이해를 구하거나 다짐을 받을까 하는 생각도 들었다. 하지만 그건 위험한 도박이었고 사부의 유언을 어기는 행위였다.

"너 자신을 제외한 아무도 믿어서는 안 된다. 심지어 이 사부조차 믿어서는 안 된다. 필요하다면 망설이지 말고 죽여라. 죽이지 않으면 네가 죽는다. 너는 너 혼자 몸이 아니다. 아직도 중원 각지에 몸을 숨기고 어둠 속에서 살아가는 귀림곡의 후예들을 위해 그렇게 해야 한다."

사부가 몇백 번, 몇천 번 강조하고 또 강조했던 말이었다.
비밀을 보장하는 가장 안전하고 확실한 방법은 한 가지.
살인멸구.
그 외 다른 선택은 없다.
'내가 이토록 비열한 놈이었던가?'
송무는 자신을 책망하였다. 그리고 말이 많아졌다.

"장 형, 인연이란 참으로 묘한 것이오. 장 형은 길을 지나다 우연히 발견한 시체에게 호의를 베풀려다 살인범으로 오인되었소. 나는 멍청한 동료 놈의 뒤처리 때문에 동분서주하다가 장 형을 발견하였고."

송무는 어느 때보다 진지하였다.

한편 장랑은 송무의 달라진 기도로 인해 당혹감을 느끼고 있었다. 감추려 해도 절대로 감추어지지 않는 것이 살의(殺意)라는 놈이기 때문이다.

그래서 장랑도 난감해지기는 마찬가지였다.

"송 형, 긴장을 하는 이유가 뭡니까? 긴장하지 말고 얼굴을 펴십시오."

"장 형, 장 형을 보는 순간 나는 솔직히 많이 놀랐소. 나와 비슷한 느낌, 비슷한 분위기, 비슷한 체형, 그리고 외모까지… 장 형 같은 사람은 처음 보았소. 게다가 말투의 일부와 행동거지도 비슷하고……. 나는 장 형을 모른 척 두고 볼 수 없었소. 구해주고 싶었고, 함께 이야기도 나누고 싶었으며 가능하다면 친하게 지내고 싶었소."

송무는 자신의 솔직한 마음을 있는 그대로 털어놓고 있었다.

장랑은 맞장구 대신 고개만 끄덕여 주었다. 송무의 이야기를 더 들어보려면 그 편이 나을 성싶었다.

"그런데 나는 방금 보여줘선 안 되는 것을 보여주고 말았소. 장 형이 몰랐으면 좋았을 것을… 알아도 모른 체했더라면… 아무 문제 없었을 텐데. 불행히도 장 형은 알아보았소. 원래는 장 형의 박식함을 칭찬해야 하는데, 아무 잘못도 없는데……. 그렇지만 나는…….”

송무는 갑자기 말이 꼬이며 허둥대면서 말을 이어가지 못했다. 그는 고개를 흔들어 정신을 차리려 했다. 어색한 변명이 담긴 긴말보다 직설적으로 표현하는 나을 것 같았다.

“장 형, 나는 해야 할 일이 아직 많이 남았소. 장 형 입장에서 그런 이유가 변명거리가 될는지 모르지만……. 정말 미안하오!”

송무의 심경 고백(?)이 어색하게 끝났다.

그는 안타까운 눈빛으로 장랑을 바라보며 천천히 자리에서 일어났다.

장랑은 말없이 그를 마주 보다가 입을 열었다.

“송 형, 자시까지 아직 반 시진 남았으니 그때까지 기다립시다.”

“장 형?”

“송 형은 오늘 하루 나의 안전을 책임진다 말했소. 그러니 손을 쓰더라도 자시 이후에 손을 쓰도록 하시오. 나 역시 송 형에 대한 인상은 좋소. 때문에 송 형이 신의없는 사람이 되기를 바라지 않소.”

장랑의 말이 억지스러웠을까?

송무가 억지로 미소를 지어 보이며 말했다.

"그렇게 말해주니 정말 고맙소. 내 약속하겠소. 매년 오늘, 장 형의 기일을 잊지 않겠소. 한 해도 거르지 않고 향을 피워 제를 지내주겠소."

"제는 필요……."

"미안하오."

장랑의 말이 끝나기 전에 송무가 먼저 몸을 날렸다.

번쩍!

송무의 소검이 일렁이는 불꽃을 뚫고 장랑의 심장을 향해 날아들었다.

소검으로 심장을 노린다는 것. 그것은 송무가 장랑을 고통 없이 편안하게 보내주려는 의도였다. 하나 그건 어디까지나 송무의 생각일 뿐이었다.

휘이— 익!

장랑은 소검이 가슴에 닿으려는 찰나 앉은 채로 뒤로 튕겨져 날아갔다.

"으음!"

일격에 실패한 송무가 낮은 신음성을 토해냈다.

장랑의 실력이 그의 생각보다 고강한 탓이다.

장랑이 엉덩이에 묻은 먼지를 툭툭 털어내며 말했다.

"송 형, 자시까지 시간이 더 남았소. 조금 성급하다는 생각 은 들지 않소?"

"어울리는 말인지 몰라도 매는 먼저 맞아야 좋고, 쇠뿔도 단김에 빼야 한다고 하더이다. 장 형, 빨리 끝냅시다."

송무는 사정하듯 말했다.

송무는 방금 장랑의 신속한 반응에 약간 놀랐지만 한편으로는 무척 기뻤다.

최소한의 저항도 못하는 상대를 죽였다는 죄책감을 느끼지 않게 되었다는 안도감이었다. 더구나 장랑이 방금 보여준 한 수는 그의 숨어 있던 승부에 대한 호승심도 불러일으키기 충분했다.

"차—합!"

송무가 다시 자리를 박차며 몸을 솟구쳐 올렸다. 그는 단번에 삼 장 공간을 날아가며 몸을 비스듬히 눕혔다.

송무가 가장 자신있게 펼칠 수 있는 박투술 가운데 으뜸인 전도요보(剪刀搖步)였다.

원래는 허공에서 양다리를 빠르고 강하게 교차시켜 연거푸 열두 번 걷어차는 가위차기였는데, 내공을 실어 걷어차는 수법이기에 단 일격만으로도 아름드리 거목의 허리를 가볍게 꺾어버리는 위력을 지니고 있었다.

장랑은 물러서지 않았다.

타닥! 타타타탁—!

그 자리에 버티고 선 채 양쪽 손목을 번갈아 교차하며 송무의 발길질을 막아냈다. 발목이 손목에 닿을 때마다 찌릿찌릿

한 통증이 느껴졌고 강한 힘에 밀려 주춤하면서 두 걸음이나 물러섰다. 그건 장랑으로서는 드문 일 이었다.

"뜻밖이로군! 대단하군요!"

장랑은 감탄을 하였다.

감탄은 장랑만 한 것이 아니다. 반탄력을 이용해 뒤로 한 바퀴 재주를 넘으며 내려선 송무가 더 크게 감탄을 하였다.

"사람은 겉만 봐서는 알 수 없다고 하던데, 내 장 형을 잘못 본 모양이오. 하지만 이것으로서 나의 사람 보는 감각이 아직 녹슬지 않았다는 점이 증명된 것이니! 하하하하!"

송무가 호탕하게 웃으며 장검을 꺼내 들었다.

한 손에는 장검, 다른 손에는 소검이다.

"장 형, 이번은 진짜요."

쉬― 익!

"음."

장랑은 낮은 신음성을 내었다.

빨랐다.

송무가 끝 모를 자신감을 보이는 이유를 알 것 같았다.

물러서는 순간 반사적으로 고개를 옆으로 젖히지 않았다면 얼굴의 반쪽이 단번에 날아갈 뻔했다.

장랑은 생각을 바꾸었다. 송무는 일격일수(一擊一手)에 최선을 다한다. 그를 다치게 하고 싶지 않아 방어에 치중하려 했지만 그건 예의가 아니라는 생각이었다.

강한 상대를 맞이해 싸우면서 여유를 부린다는 건 오만이자 상대를 무시하는 꼴이었다.

물러섰던 송무가 다시 달려든다.

역시나 엄청나게 빠른 속도.

찌르기에서 베기, 베기에서 다시 찌르기.

일수에 여섯 번의 방향과 위치의 전환이 있었다.

송무는 머지않아 절정고수 반열에 들어설 만만치 않은 실력자였다. 그러나 냉정하게 평가해 장랑의 적수로는 부족한 부분이 많았다. 그렇더라도 장랑은 최선을 다하기로 마음먹었다.

장랑은 세 걸음가량 비켜섰다가 돌연 몸을 회전시켰다. 밀고 들어오는 송무의 노출된 허점이 그대로 눈에 들어온다.

옆구리와 허벅지.

장랑은 발끝을 세워 송무의 허벅지 아래쪽을 찍듯이 밀어 올려찼다. 간단한 일격이지만 송무의 중심을 단번에 흩뜨리기에 충분했다.

"훗!"

송무가 얼굴을 찡그렸다. 그럼에도 그의 임기응변은 훌륭했다. 중심이 거의 무너진 상태였지만 소검으로 가슴을 찔러왔고 장검으로 목젖을 노리고 휘둘렀다. 좀처럼 보기 드문 뛰어난 쌍검술이었다. 어떠한 경험 많은 강호 노고수도 그런 상황에서 제대로 된 반격은커녕 물러서기에 급급할 텐데 송무는 그렇지 않았다.

주르르르—!

장랑은 놀라 철판교로 허리를 완전히 휘어 젖혀 신형이 바닥에 닿을 듯 말 듯한 상태를 만들었다. 그 상태를 유지하면서 미끄러지듯이 일 장가량 물러났다.

위기는 곧 기회. 송무는 틈을 보았다고 여겼다. 그는 그 틈을 놓치지 않기 위해 쌍검을 빠르고 간결하게, 그러면서도 마치 폭풍우처럼 사납게 좌우로 교차해 휘두르며 쇄도해 달려들었다.

하나 그 틈은 장랑이 물러서는 순간 번뜩 뇌리를 스치고 지나간, 그래서 약간의 기지(奇智)를 발휘해 일부러 만들어놓은 것이다.

몸을 일으켜 세운 장랑은 반동으로 나온 그 힘과 속도를 온전히 발끝에 실었다. 그의 발끝이 정확하게 회전 중심에 있던 송무의 왼손 손목 관절을 때렸다.

퍽!

쨍그랑!

송무의 손아귀를 벗어난 소검은 멀리 날아가지 못했다. 진법으로 형성된 무형의 벽에 부닥친 후 바닥에 떨어졌다. 장랑은 쇄비수까지 펼쳐 송무의 오른 손목을 단단히 움켜잡았다.

땡그랑!

송무의 장검마저 바닥에 떨어졌다.

장랑은 아무 말 없이 송무의 양쪽 손목을 놓아주며 훌쩍 뒤로 물러섰다.

어떠한 변명도 통하지 않는 완패.

송무는 어처구니가 없었다. 허무하다기보다 정신이 멍했다. 그리고 동시에 갈등이 생겨났다. 사내대장부라면 이쯤에서 인정하고 조용히 물러서야 한다. 그러나 패배를 인정하기 싫었다. 아직은 선보이지 않았던 비장의 한 수가 남아 있었다.

장랑은 그 모습을 바라보면서 고개를 끄덕였다.

얼마든지 하고 싶은 대로 하라는 뜻.

송무가 양손을 어깨 넓이로 벌리면서 두 주먹을 불끈 쥐었다. 그 상태로 표홀신보(飄忽神步)를 펼쳐 장랑에게 달려들었다.

일보일보, 걸음이 옮겨갈 때마다 휘둘러지는 양팔이 허공에서 멈춰 서는 위치가 바뀌었다. 마치 순간 정지가 여러 차례 반복되어지는 그런 모습.

장랑은 의외라는 듯한 표정에서 금방 희미한 미소를 지었다.

송무가 최종적으로 노리는 목표는 안면과 복부, 그리고 양쪽 옆구리. 송무가 펼치려는 공세의 동작들이 한눈에 그려졌다.

"삼황포추로군!"

단순하지만 빠르고 다음 동작으로 전환이 신속한 무공. 펼치는 사람의 숙련도에 따라 극과 극의 위력을 나타내는 무공.

육합권과 더불어 삼류무인들이 가장 많이 사용하는 무공이다. 하지만 대성하면 소림의 금강권(金剛拳)이 부럽지 않을 대단한 위력을 발휘하는 무공이었다.

어설픈 무인들은 단순히 삼황포추라고 우습게 여기며 달려들다가 열에 아홉은 내장이 파열되어 죽거나 안면부가 함몰되어 즉사하기 십상인 그 무공이다.

장랑은 삼황포추를 누구보다 잘 알고 있다. 더불어 절대상극에 해당되는 무공인 포룡수도 익히고 있었다.

장랑은 열다섯 나이에 이미 삼황포추는 물론 포룡수까지를 완벽하게 구사했다.

장랑은 그 자리에서 움직이지 않았다.

우웅! 우웅! 우웅! 우웅!

송무의 맹렬한 권격이 실내의 공기를 요동치게 만들었다. 단순한 육장이라고 오산하면 안 된다. 살짝 스치기만 해도 최소한 중상이다.

장랑은 여유가 있었다. 그저 좌우로 몸을 흔드는 정도에서 송무의 공세를 모조리 옆으로 비켜냈다.

우웅!

송무의 다섯 번째 권격이 장랑의 몸을 스쳐 지날 때였다. 장랑은 발뒤꿈치를 살짝 들어 옆으로 돌아 빠져나왔다. 이때가 삼황포추의 약점이 노출되는 그 시점이다. 장랑은 송무의 옆에 서서 어깨를 시작으로 견정(肩井), 천천(天泉), 곡택혈(曲澤穴)을 연달아 짚었다.

탁! 타타타탁!

"……."

한쪽 팔을 완전히 못 쓰게 된 송무.

그는 황당함을 넘어 불신 가득한 얼굴이었다. 삼황포추는 단순한 무공이라 흔히 기초를 다질 때만 익힐 뿐 끝까지 수련하는 경우가 거의 없었다.

그러나 그의 사부는 삼황포추가 완성될 때까지 다른 무공은 일체 가르치지 않았다. 불평을 할 때마다 하는 말이 있었다.

"이놈아, 삼황포추는 소림의 금강권이나 백보신권에 못지않은 절예야. 아무것도 모르는 놈들이 삼류무공이니 잡기(雜技)니 하면서 무시하는 것이야. 제대로 배워둬. 나중에 그 값을 꼭 하는 날이 올 거야."

물론 덕분에 기초가 튼튼해져 다른 무공을 쉽게 배울 수 있었다. 하지만 가장 자신이 있던 무공, 어린 시절의 꿈이 와르르 무너져 버렸다.

"인정 못하겠소?"

"……"

송무는 아무런 말도 할 수 없었다. 일시적으로 눈이 멀고 귀가 들리지 않고 입이 터지지 않으며 머릿속이 하얗게 변해 버린 상태. 지금이 그랬다. 귀림곡에 대한 비밀 엄수도, 장랑을 죽인다는 생각도, 사부가 했던 말들도 모두 기억의 저편에 묻혀 버렸다.

"송 형!"

송무가 아무런 반응도 보이지 않는다.

장랑은 이렇게까지 하고 싶지 않았다. 하지만 돌이킬 수 없는 이미 엎질러진 물이었다. 송무는 아직도 패배를 받아들이지 않는 태도였다.

장랑은 문득 칠종칠금(七縱七擒)의 고사가 떠올랐다. 자신은 제갈량의 발치에도 못 미치는 인물이지만 고사(古事)를 흉내 내어 온전히 승복시켜 볼 참이었다. 아직은 모르지만 송무는 훗날 그만한 가치를 할 인물 같았다.

"송 형, 몸도 풀렸고 했으니 이제 정식으로 해봅시다."

"……"

장랑은 혈도를 풀어주었다.

송무가 묘한 표정을 지었다. 그러나 곧 말없이 공세를 펼 자세를 잡았다.

"이번에는 내가 선공을 하겠소."

장랑이 먼저 움직였다. 그는 허리를 크게 뒤로 젖혔다가 팅

겨 나가듯 앞으로 빠르게 달려나갔다.

일보에 일권.

세 걸음 달려가는 동안 삼권이 연속으로 내질러졌다.

팡! 팡! 팡!

둔탁한 타격음도 아니요, 경쾌한 파열음도 아닌 그 중간의
소리.

"크으!"

송무는 팔목을 들어 막아냈다. 전력을 다한 방어였다. 하
지만 한 번의 주먹질에 꼭 한 걸음씩. 연속으로 세 걸음이나
밀려났다. 팔목뿐 아니라 전신이 욱씬거렸다. 견디기 힘들었
다.

뒤로 물러섰던 장랑이 다시 맹렬한 기세로 달려든다.

이번에는 각법.

그것도 연환각이다.

송무가 가장 자신있어하는 무공이 바로 각법인데…….

퍽! 퍽! 퍽! 퍽!

찌르르한 첫 번째 통증이 채 가시기도 전에 두 번째가 발등
이 어깨를 두들기고 지나갔다. 간신히 받아내긴 했지만 어깨
가 통째로 떨어져 나갈 것만 같았다.

세 번째, 네 번째……. 칼끝으로 난도질당하는 기분이다.
송무는 견디기 힘든 고통으로 인해 이를 악물고 있었다. 여덟
번째 발길이 날아오는 순간 송무는 자신도 모르게 몸을 움찔

거렸고 다리도 휘청하였다.

펑!

거의 무방비에 가까운 상태에서 오른쪽 어깨를 얻어맞는 순간 송무는 정신이 아찔하였다. 그리고 순간 자신의 몸이 붕 하고 떠오르는 느낌을 받았다.

퍼뜩 정신을 차렸을 때는 벌써 이 장 가까이 날아가 바닥에 내동댕이쳐지기 직전이었다.

사뿐!

송무는 맨바닥에 떨어지지 않았다. 충격에 대비해 질끈 감았던 눈을 떠보니 장랑이 위에서 자신을 내려다보고 있었다.

장랑이 어느새 달려와 자신을 받아 든 것이다.

송무는 정신적 충격이 너무도 커 눈물이 나오려 했다. 장랑의 의도는 그것이 아니었지만 송무는 그랬다. 송무는 눈을 감았다.

자존심이 상하지만 현격한 실력 차이가 있음을 인정해야 했다.

송무는 한참 만에 눈을 뜨고는 장랑을 올려다보았다.

“인정하오. 내가 눈이 삐어 장 형 같은 고수를 알아보지 못했소. 자, 나를 내려주시오.”

송무는 다시 조용히 눈을 감았다.

잠시 후, 장랑은 송무의 손을 잡아끌어 모닥불 옆에 앉혔다.

"송 형, 이제 제대로 이야기해 봅시다."

"무슨?"

"내가 귀림곡의 진법을 알아본 것이 송 형에게 그렇게 중대한 문제가 되오?"

송무가 고개를 끄덕였다.

"백 년 전, 운남 대곡산(大曲山)에 위치한 귀림곡. 차기 곡주 자리를 놓고 두 명의 아들, 대공자와 이공자가 알력을 일으켰다. 그들은 양보하려 들지 않았다. 알력은 결국 두 패로 나뉜 내분으로 발전했고, 크고 작은 다툼 끝에 유혈사태가 발생했다. 그리고 패한 이공자는 귀림곡 탈출, 중원행을 선택했다. 이공자는 자신을 지지하며 따르던 무리를 이끌고 한참 융성 중이던 마교에 투신했다. 그런데 여기서 문제가 발생되었다. 기관이나 진법 따위에 별로 관심이 없던 마교는 이공자와 그의 추종자들을 중용하지 않았다. 때문에 이공자는 마교 내 입지강화를 위해 무리수를 둬야 했다. 이공자와 그의 추종자들은 마교가 세력 확장을 위해 개입되는 싸움에 한번도 빠지지 않았고 늘 선두에 섰다. 간간이 그들의 장기인 기관과 진법을 이용했고 그때마다 다수의 적을 쓰러뜨렸다."

장랑은 말을 끊고 시시각각 변해가는 송무의 반응을 살폈다.

송무는 믿을 수 없다는 표정을 짓고 있었다.

장랑은 다시 말을 이어갔다.

"마침내 이공자와 그의 추종자들은 공을 인정받아 입문 일 년 만에 호교대(護教隊)에 소속되었다. 이공자는 곧 호교대주가 되었다. 하나 이는 운남 대곡산 귀림곡의 입장에서는 불행을 알리는 신호였다. 귀림곡은 이공자와 그의 추종자들 때문에 마교 무리로 오인받게 되었다. 정파연합의 별동대인 척마대의 집중 공격을 받았다. 귀림곡은 멸문지화를 당했음은 물론……."

장랑의 입에서 귀림곡의 멸문에 관한 비사가 계속해서 흘러나왔다.

송무는 자신의 귀를 의심했다.

강호상에 퍼졌던 내용과 차이가 많았지만 분명히 그가 사부에게 전해 들은 내용과 대부분 일치하였다.

"귀림곡을 마교의 지부로 오인해 멸문시켜 버린 척마대는 뒤늦게 자신들의 실수를 알게 되었다. 하지만 이미 엎질러진 물이었다. 척마대는 문제를 해결하기 위해 여러 가지 방법을 논의하였고 결국 귀림곡이 마교와 내통했다는 소문을 널리 퍼뜨리는 방법을 택했다. 당시 운남토벌에 나섰던 원(元)제국의 정벌군을 적극 활용하기도 했는데……."

마침내 장랑의 이야기가 끝이 났다.

"장, 장 형, 어떻게 그 일을 전부 알고 있는 겁니까? 그건 귀림곡과 척마대주를 제외한 누구도 모르는 극비사항인데……. 설마 장 형은 척마대와 관계가 있습니까?"

송무가 조심스럽게 물었다.

장랑은 고개를 저었다.

"전혀요. 세상에 비밀이란 없는 법입니다. 그리고 나는 원래 강호 역사에 조금 관심이 있었습니다. 방금 말한 내용은 책을 읽다가 우연히 알게 된 내용일 뿐입니다."

"책이요? 무슨 책입니까?"

"일종의 잡학서입니다. 무림의 역사라든가 무공의 종류, 강호의 풍속 및 방중술 등등… 여러 잡다한 내용이 기술된 책입니다. 책 이름은 흠… 사정이 있어 밝히지 못하니 그 점은 양해바랍니다."

"그런 책이 있다니? 믿기지 않습니다."

"믿으십시오."

"장 형은 사문이 어디기에… 엉? 이제 보니 장 형의 사문을 묻지 않았군요. 실례지만 사문은 어디십니까?"

"공동입니다."

"공동? 장 형께서는 공동파 제자셨소?"

송무는 깜짝 놀랐다.

"……."

"공동파라… 이제 날 어찌 할 셈입니까?"

"어찌하다니? 뭘 말입니까?"

"나는 장 형을 죽이려 했고, 공동파 역시 한때 척마대의 일원으로 활동했던 적도 있으니……."

송무는 뒷말을 잇지 못하였다.

장랑은 송무에게서 큰 잘못을 저질러 놓고 처분을 기다리는 순진한 어린아이의 모습을 발견했다.

"그런 건 괘념치 마시오."

장랑은 그 말뿐이었다.

하나 실제 머릿속은 조금 복잡했다.

살인멸구라는 행위는 결코 용서하기 어려운 행동이다.

여타의 이유를 불문하고 용서해선 안 된다.

하지만 송무의 입장이 되어보면 이해되는 부분도 있다. 그래서 머릿속이 복합한 것이다.

"염치가 없지만 고맙습니다. 그리고 정말 미안합니다."

송무가 고개를 푹 숙였다.

장랑은 그의 숙여진 머리를 한참 동안 바라보았다.

"오늘의 일은 서로 잊도록 합시다."

"고맙……."

"하지만 이 시간 이후 같은 잘못을 반복하면 그때는 나도 송 형을 용서할 수 없을 것 같습니다."

장랑은 송무의 어깨에 손을 올려놓았다.

第三章
의혹(疑惑)

迎請神真老君演此真妙經竟
降臨速得正一
道士廣奉
至大改元四月佛冶為
日弟子趙孟頫敬

송무가 자랑스럽게 꺼내놓은 육포.

두툼한 것이 먹음직스러웠다.

그런데 아직은 고기를 주재료로 쓴 음식은 그다지 익숙하지 않았다.

솔직히 말하면 여전히 부담스럽다.

하나 송무는 웃음을 잃지 않는 표정으로 몇 번이나 거듭하여 권유를 하였다.

'이런 것도 노숙하는 재미 가운데 하나가 아닐까?

하는 생각이 들었다.

장랑은 건네받은 육포 조각을 바라보다가 어색한 미소와

함께 입속에 밀어 넣었다.

그런데.

맛이…….

정말 기가 막혔다.

"북쪽에서는 소나 말 혹은 양이나 염소 등으로 육포를 만들곤 합니다. 그러나 내가 태어나고 자란 광서 용주(龍州) 지역에는 육포라는 음식이 없었습니다. 어쩌다 외지인을 통해 가끔씩 구경은 했는데, 처음 먹어본 육포의 맛은 솔직히 별로였습니다. 그러다 나 역시 이곳저곳 떠돌아다니다 보니 편리성 때문에 육포를 찾게 되었습니다. 그리고 얼마 지나지 않아 그 맛없음에 질려 나름대로 연구를 시작하였습니다. 먼저 육포는 고기가 싱싱할 때 두툼하게 썰어 잘 펴서 마름질한 다음……."

송무는 분명히 스스로 말수가 적은 편이라 밝혔다. 그러나 그건 말뿐인 모양이었다. 그는 일단 말문이 트이자 청산유수요, 천하에 없는 달변이었다.

말발로 따지면 장랑도 누구에게 뒤진다는 생각을 하진 않았지만 송무 앞에서는 달빛 아래 반딧불이 수준이었다.

육포로 시작된 송무의 수다(?)는 장랑의 가벼운 맞장구에 호응, 탄력을 받았다. 육포 다듬는 법에서 시작한 육포 예찬론이 반 시진 가까이 멈추지 않고 계속되었다.

그러다가 겨우 기관과 매복, 그리고 진법에 관한 쪽으로 주제가 옮겨갔다. 그리고 다시 한참 만에 무공 전반에 관한 쪽으로 옮겨졌다.

"화산파가 검술에 관해서 최고라고 말들 하는데, 내가 아는 상식으로는 말입니다, 모두 헛소리……."

송무가 돌연 말을 멈추었다.

그는 무언가에 놀란 사람처럼 눈을 위로 치켜뜨고 있었다.

장랑은 그의 표정이 재미있게 보였다.

"흐이고, 바보! 나는 왜 이럴까? 왜 이제 생각이 났을까? 어쩐지 귀에 익은 이름이라 했어!"

송무는 자신을 탓해 스스로 머리통을 치며 구박을 하였다.

"무슨 일입니까?"

장랑은 묻지 않을 수 없었다.

"쾌검당에 몸을 담고 있는 관계로 별수없이 동료로 지내야 하는 놈이 한 명 있습니다. 청검(靑劍)이라고 하는 자인데, 아까 객잔의 그 처참한 광경을 만들어낸 그자입니다."

장랑은 객잔에서 보았던 참혹한 광경이 떠올라 얼굴을 찡그리고 말았다.

아무리 임무를 수행한다고 해도, 철천지원수가 아니고서는 그렇게까지 잔인할 수 없는 일이다. 청검이라는 자가 눈앞에 있다면 정말 죽도록 패주고 싶었다.

송무가 잠시 말을 멈추고 장랑의 반응을 살폈다. 장랑은 개의치 말라는 표정을 지으며 고개를 끄덕였다.

"청검 그자는 말수가 적고 냉정한 성격이지만 나와 비슷한 시기에 쾌검당에 입당했고 같은 지위이며 수행하는 업무도 서로 보완 관계에 있습니다. 그래서 청검은 동료들과 잘 어울리지도 않는 편인데 유독 나와는 이야기도 나누고 종종 술도 함께 마시곤 합니다."

"그렇군요."

장랑은 추임새에 가까운 맞장구를 쳤다. 송무가 신나게 말을 하게 만드는 방법을 어느새 터득한 것이다.

"그자가 딱 한 번, 휘영청 달이 밝은 밤 드물게 인사불성이 되어 횡설수설한 적이 있었습니다. 그날 청검이 몇 번이나 한 사람의 이름을 되뇌며 이를 갈았습니다. 마치 불공대천의 원수처럼……. 만취한 청검을 숙소로 데려가는데 청검이 이러더군요. '네 이놈! 반드시 네놈을 오체분시, 갈가리 찢어죽이고 말테다' 라고요."

"재미있는 사람이로군요."

"재미있어할 일이 아닙니다."

"무슨?"

"그날 청검 그자가 이를 갈며 중얼거렸던 상대의 이름이 뭔지 아십니까?"

"그걸 내가 어찌 알겠소."

장랑은 빙그레 웃으며 말했다.

"놀라지 마십시오. 청검이 중얼거렸던 상대의 이름이 바로

'장랑!' 이었습니다."

순간 장랑은 자신도 모르게 흠칫하고 말았다. 이를 갈았던 상대가 '장랑' 이라니… 하나 곧 안색을 풀면서 말했다.

"아마 동명이인일 겁니다."

말은 그렇게 했지만 속은 편하지 않았다. 많고 많은 이름 가운데 왜 하필이면 장랑인지.

장랑은 속으로 원한을 가질 만한 사람이 누가 있을까 생각하였다. 따지고 보면 강호에 나온 지 이제 겨우 반년이다. 접했던 사람은 많지만 교분을 나눈 사람은 아주 적었다.

시비에 휘말렸던 적은 딱 두 번이다. 첫 번째가 감숙에서 마적 떼로, 한바탕 싸움을 벌였지만 그건 어디까지나 변방의 사막 지대에 불과한 감숙에서의 일이다.

두 번째는 녹림맹과의 충돌이다. 그러나 그때 상대했던 인물들은 모두가 녹림맹도였다. 그 두 무리 이외 사무치도록 원한을 가질 만한 사람은 없었다.

있다면 남궁세가 정도인데, 따져 보면 남궁세가일 가능성도 전무했다.

남궁세가 일족은 세가라는 보호막과 울타리를 매우 중요시한다. 영원히 강호를 떠날 생각을 하지 않는 이상 세가의 울타리를 벗어나지 않는다.

만에 하나 벗어난다 해도 그건 어디까지나 일시적이거나, 남궁세가에 적을 둔 상태로 무림맹이나 척마대 아니면 남무맹 정도에 파견 나가는 정도에 불과할 뿐이다.

쾌검당이 얼마나 대단한 집단인지 몰라도 남궁세가는 구파일방과 세가연합 소속, 그리고 무림맹 소속 대문파를 제외하고는 모두 발가락의 때만큼도 중히 여기지 않는다. 아니, 중히 여기는 정도가 아니라 관심 자체가 없다. 그렇기에 남궁세가의 인물이 쾌검당에 몸담을 리 없다.

"동명이인이라니요? 동명이인은 절대 아닙니다."

송무가 거세게 손을 흔들었다.

"아니라고요?"

"왜냐하면, 청검 그자의 말투와 억양은 장 형과 아주 많이 닮았습니다. 청검 그자는 장 형과 같은 감숙 사투리를 쓴다 이 말입니다."

"감숙 사투리?"

장랑의 얼굴에서 미소가 사라졌다.

감숙이라면 가볍게 웃으며 지나칠 문제가 아니었다. 불현듯 한 사람의 얼굴이 떠올랐다.

지옥야차 고패랑.

감숙 제일의 마적 떼 흑운대의 실질적 대주였던 그자라면 충분히 원한을 가질 만하다. 그러나 고패랑은 누구의 밑에서 일할 사람으로 보이진 않았다.

쾌검당의 당주가 얼마나 대단하고 큰 인물인지 몰라도 자존심 강한 고패랑이 수하로 들어가진 않을 것이다.

'그렇다면 누굴까?'

"송 형, 그자가 청검이라 했소? 그자의 본래 이름은 어떻게 됩니까?"

"이름은… 잘 모릅니다."

"이름을 모르다니? 가깝게 지내는 사이라고……."

"쾌검당은 당주를 제외하면 모두 별호나 직호를 사용합니다. 간혹 이름을 쓰는 자가 있기는 한데 아주 극소수이고, 그나마 가명인 경우가 대부분입니다. 나 역시 별호만 쓰고 있습니다."

장랑은 잠시 멍해졌다. 청검은 그렇다 치고 쾌검당이 뭐 하는 집단인지 그 정체가 더 궁금해졌다.

"쾌검당은 대체 뭐 하는 곳입니까?"

"쾌검당은……."

송무의 수다(?)가 다시 시작되었다.

그의 설명을 간략하면 이랬다.

쾌검당은 출범한 지 이제 삼 년 남짓한 곳이다. 무림에 공표를 하지 않았으니 문파라 보기도 어렵다. 처음 출발할 당시 임시로 지은 이름인 쾌검당을 계속 사용하고 있다.

실력은 있으되 명문정파 출신이 아니라서 서러움받는 사람, 낭인으로 떠돌며 경험과 실력을 쌓았으되 정착할 곳이 필요한 인물, 소속감은 있으되 구속이 없는 자유로움을 원하는 자, 신분을 드러내지 않고 무공으로 돈을 벌고자 하는 사람

등등이 모여 만들어진 곳이 쾌검당이었다.

쾌검당은 기본적으로 사람 장사를 한다. 가장 많이 팔려가는 업무는 보표였고, 간혹 표사 대행이나 비무 대행도 한다. 드물지만 청부살인과 관계된 일도 관여하는데 직접 수행하는 경우는 없고 적당한 살수나 살수 문파를 알선하는 수준이다.

당주가 관부 출신이라 주 고객은 관부 또는 관부와 관계가 깊은 사람이다. 강호 활동을 하면서 알게 된 몇몇 표국과 중소 규모의 문파와도 거래를 하는데 하나의 원칙은 개인고객을 상대하지 않는다는 것이다.

이야기를 다 듣고 난 장랑은 한마디를 더 물었다.

"이가장 일도 청부에서 비롯된 것입니까?"

"아, 그건… 조금 복잡한 사연이 있습니다. 이가장과 우리 당주 사이에는 여러 가지 이해관계가 얽혀 있는데……. 응?"

송무의 설명이 중단되었다.

밖에서 여러 사람의 인기척이 들린 때문이다.

"안에 있는 놈! 당장 나와!"

누군가 산신묘 앞에서 고함을 쳤다.

장랑과 송무는 서로의 얼굴을 바라보았다.

"쥐새끼처럼 안에 숨어 있는 놈! 나와! 나오지 않는다면, 흥! 불을 질러 통구이로 만들어줄 수 있어."

송무가 음성을 낮춰 말했다.

"이곤, 그자의 목소리입니다."

"아, 이가삼웅 형제의 막내!"

"바로 그자가 맞습니다. 그나저나 이상하군요. 천지진무칠성무극은 주변과 융화를 잘 이루는 진법이라 알아채기가 쉽지 않은데. 이곤이 알려진 것보다 더 눈치가 빠르고 대단한 모양입니다."

송무의 표정은 묘했다.

난감함과 기대감이 반반 섞인 얼굴이랄까?

또다시 고함 소리가 들렸다.

"내 인내심을 시험하지 마라! 나는 두 형님과 달라! 빨리 나오지 않으면 산신묘를 몽땅 불태워 버릴 테니 그리 알아라!"

"……."

"……."

"버티다가 숯덩이가 되겠다 이거냐? 흥, 네놈은 나를 원망 마라!"

이곤의 말투에서 느껴지는 기운이 단순한 협박 같지 않았다.

'산신묘에 불을 지른다.'

밖에 있는 인물의 정신세계가 의심스러웠다.

산신묘 안에는 다양한 종류의 신상이 모셔져 있다. 지방색에 따라 다르지만 그 지방 토속신은 꼭 모셔져 있다. 이 지역 사람이 아니라면 몰라도, 지역에 기반을 두고 있는 이가장 사람이, 그것도 거리낌없이 불을 지른다는 말을 거침없이 내뱉는다는 것이 이해되지 않았다.

"나가봅시다. 산신묘는 인근 백성들의 것. 우리 때문에 불타 사라진다면 곤란하지 않겠습니까?"

"그렇게 하죠."

장랑의 결정을 송무는 반기듯 수락했고 두 사람은 앞서거니 뒤서거니 서둘러 밖으로 나왔다.

문밖에 황의무복 차림에 도신만 다섯 자에 달하는 거대한 크기의 기형도를 움켜쥔 이곤이 위풍당당한 모습으로 서 있었다. 그의 뒤쪽에는 검과 도를 꺼내 들고 선 여섯 명 청년이 좌우로 늘어선 채 장랑과 송무를 위협적으로 노려보고 있었다.

이곤은 장랑과 송무를 번갈아 살폈다.

"알고 보니 쥐새끼가 한 마리가 아니었군. 그래, 그런 거였어! 하지만 좋다. 형님의 약속대로 한 놈은 살려준다."

이곤은 인심 쓰듯 말했다.

"……."

"……."

"왜 그렇게 멍한 눈빛들이야? 아쉽겠지만 한 놈은 죽어야 하고, 한 놈은 살아서 돌아간다는 말이다. 그렇다고 살 놈을 곱게 보내진 않겠다. 성의 표시로 한 팔 정도를 남겨둔다면 살려준다는 뜻이다. 그 정도가 나로서는 최대한으로 양보한 거야. 누구냐? 누가 살아 돌아갈 거냐? 아, 아니지. 그러면 공평치 않겠지? 누가 살아 돌아갈지, 선택권은 너희에게 주겠다. 일다경이다. 일다경이면 상의할 시간은 충분하겠지?"

이곤이 수하들에게 손짓하며 서너 걸음 물러섰다.

송무가 빙글빙글 웃으며 말했다.

"노형. 노형은 스스로 나를 죽일 만한 능력이 있다고 생각하는 모양인데, 혹시 착각이 아니오? 누가 누구에게 선택권을 준다는 거요? 과대망상도 지나치면 약도 없다고 하잖소."

"저, 저런 괘씸한 놈. 네놈 따위가 감히 날 능멸하려 들어?"

이곤은 눈을 부라리며 길길이 날뛰었다.

하지만 송무는 도발을 멈추지 않았다.

"이 노형, 기회는 내가 주겠소. 그 잘난 능력을 발휘해 나 한번 죽여보시오. 그 뒤쪽 잔챙이들은 걷어치우고 둘이서 신명나게 한번 붙어봅시다."

"저런 쳐 죽일 놈. 마빡에 피도 안 마른 어린놈의 자식이 어디서 감히? 삼장주님이 어떤 분이신데 네놈 같은 떨거지가 함부로 굴어!"

"정말 간덩이가 부은 놈이로군! 이놈아, 네놈 정도는 나 혼자만으로도 충분해! 내가 상대해 주마."

이곤 뒤편의 청년 가운데 두 명의 장한이었다.

그들은 누가 먼저랄 것도 없이 거의 동시에 앞으로 뛰쳐나왔다.

─장 형, 이자들은 내가 상대할 테니 장 형은 나서지 말아 주세요.

송무는 장랑에게 전음성을 보냈다. 그는 장랑이 미처 대꾸를 하기 전에 두 장한에게 다가갔다.

"기회를 줘도 스스로 차버리는 어리석은 놈. 네놈이 자원했으니 말리지 않겠다. 당한 만큼 갚아주는 것이 강호의 불문율. 너희는 우리 이가장의 명예를 위해 최선을 다해 싸울 것이며 손속에 절대 사정을 두지 마라."

이곤이 송무를 가리키며 두 장한에게 명을 내리고 뒤로 빠졌다.

"흠! 식전(食前) 간식이라……. 하지만 두 명으로는 별로 흥이 나질 않는데 어쩌지? 두 명은 부족해. 나머지도 한꺼번에 다 달려드는 건 어때?"

송무가 나머지 네 명의 장한을 바라보며 이죽거렸다.

"입 닥쳐!"

"그 주둥아리부터 뭉개기 전에 입 닥쳐!"

두 명의 장한이 분기탱천하여 송무에게 달려들었다. 그들은 합공에 익숙한 듯 자연스럽게 송무를 가운데 두고 좌우에서 합격을 하였다.

평범한 초식으로 시작되는 그들의 공세.

그러나 가로세로, 상하로 휘둘러지는 두 장한의 공세는 점차 예리했고 매서워졌다.

송무는 정말로 두 명 장한을 무시하는지 소검만 꺼내 들었다.

까깡! 깡! 깡! 깡앙!

"호오! 제법인데……."

서너 차례의 공수가 교환되도록 송무는 여유로웠다.

장랑이 보기에 두 장한은 쉽게 볼 상대는 아니었다.

그들은 선봉에 서려고 먼저 달려나올 만큼의 실력을 갖추고 있었다.

송무를 가운데 놓고 펼치는 좌우합격은, 들면서 나면서, 한 사람은 폭 넓은 장검으로 찌르기 위주로, 다른 사람은 두툼하고 긴 장도의 위력을 발휘하는 베기 위주로 공격하였다. 그 어울림이 상당히 절묘해 일수일수가 상당히 위력적이었다.

그러나 송무는 여유로웠다. 처음 섰던 그 자리를 거의 벗어나지 않았다. 빠른 발과 소검의 적절한 사용으로 두 장한의 공세를 무력화시키거나 가볍게 비껴 쳐내고 있었다.

그렇게 송무를 가운데 두고 두 명 장한이 붙었다 떨어졌다 반복하길 여러 차례.

잠깐 동안 이십여 초가 흘렀다.

"재미도 없고 너무 시시하잖아. 다시 말하는데 몽땅 다 덤비도록 하는 건 어때?"

송무가 이곤을 바라보며 다시금 도발을 유도한다.

"저, 저런……."

이곤의 얼굴이 살짝 붉어졌다.

'쾌검당 놈들은 모두 다 왜 저래?

쾌검당은 하남과 호광 북부에 걸쳐 비교적 이름난 낭인 집단이다. 송무는 쾌검당의 다섯 호법 가운데 한 사람이다.

서열상 당주 바로 아래인 호법. 쾌검당의 호법은 일반 문파로 비유하면 장로와 비슷한 지위이고 실제로 역할도 유사했다.

그렇기에 장랑에게 무참할 정도로 깨졌지만 결코 낮은 실력은 아니었다.

"이 노형, 수하들의 실력이 이것밖에 안 됩니까? 아니지. 놀 만큼 놀았으니 이젠 조금 쉴 수 있도록 몇 대 때려줄까나?"

얼굴이 붉어진 이곤은 이젠 눈까지 부릅떴다.

"저런 똥물에 튀겨 죽일 놈. 쳐라."

지켜보고 섰던 네 명 청년이 이곤의 명이 떨어지기 무섭게 송무를 향해 내처 달려나갔다.

육 대 일의 싸움.

싸움의 양상은 단번에 바뀌었다.

위태로운 지경은 아니지만 송무가 일방적으로 주도하던 싸움은 더 이상 존재하지 않았다. 여유롭던 송무의 몸짓에 상당한 제동이 걸렸다.

겉으로 드러난 상황은 호각.

고수에게 있어 실력 차이가 많은 하수는 그 숫자에 관계없다. 한 명이든 두 명이든, 아니면 열 명이든 상관없다. 수백 수천 명이 떼로 몰려든다면 체력적인 부담으로 인해 지쳐 쓰러질 뿐 실력의 열세로 패하는 것은 아니다.

'기초가 탄탄하다. 모두가 명사의 지도를 받은 인물들이다.'

장랑은 새로이 투입된 네 명의 장한에게 강인한 인상을 받았다. 누가 봐도 그들은 명사의 손길에 의해 길러진 무인이라는 생각을 들게 하였다.

명문이 왜 명문이며, 역사와 전통을 왜 그렇게 따질까?

서원(書院)이나 무관(武館) 혹은 강호문파에서 왜 그런 것을 따질까?

이유는 아주 간단하다.

더 빠르고, 더 쉬운 방법, 더 효과적인 수련 방법은 각 문파의 인원과 세월의 무게감에 따라 비례하고 발전한다.

그건 지나쳐 간 선배들이 남긴 발자취가 그만큼 많기 때문이다.

하늘이 내린 천부적 자질과 오성이 뛰어나다면 모를까, 범인(凡人)이 범인을 일류고수로 키워내기란 여간 어려운 일이 아니다.

네 명 장한의 무공 수위는 명문대파 출신 무인들과 별로 다르지 않았다. 이는 이가장의 무공 수련 방식이 아주 혹독하게 몰아치는 방식이거나, 명문대파처럼 오랜 세월에 걸쳐 이룩된 나름의 체계적 수련 방법을 통하여 수련되어졌다는 뜻이다.

육 대 일의 싸움이 되고 나서 십 초가량 지났다. 공방에 새로운 변화가 생겨났다. 변화의 시초는 여섯 장한이 구사하는 초식이 바뀐 데 있었다.

장랑은 천하의 모든 무공을 다 안다고 자신있게 말을 못한다. 하나 적어도 강호잡기총요에 기술되어 있는 무공들만큼은 모두 기억한다.

여섯 장한이 펼치는 초식들은 하나같이 이상했다. 생소하거나 특이해서나 혹은 기기묘묘해서가 아니다.

뭐랄까? 익숙함과 낯설음의 부조화? 어떤 초식은 소림의 대금용산수(大擒龍散手)를 검법으로 변환시키듯 했고, 어떤 것은 점창의 적룡십팔도법(赤龍十八刀法)의 일부를 차용한 듯 보였다.

화산의 삼선검법(三仙劍法)의 변형도 간간이 보였으며 청성의 신학적하검법(神鶴赤霞劍法)이 일부분 섞여 있기도 했다.

원형을 변형시켰거나 일부를 평범한 초식 가운데 끼워 넣는 방법.

각파의 무공을 한곳에 모은 혼합형 짜깁기.

그것은 정신을 집중하여 유심히 관찰하지 않으면 얼른 알아차리기 어려울 정도로 교묘한 편집이었다.

심했다. 심해도 너무 심했다.

여기서 조금, 저기서 조금. 부분과 부분, 조각과 조각을 이어 붙이다니. 그런 황당한 짓을 저지른 인물이 누구인지 궁금했다.

송무와 여섯 명 장한은 목숨을 건 생사결전을 치르고 있다. 그렇기에 장랑은 한가하게 무공 초식을 따지고, 차용된 초식의 숨은그림찾기는 곤란했다.

그래서는 안 된다는 사실을 장랑도 잘 안다. 그러나 어쩔 수 없이 시선은 여섯 장한의 검과 도에서 펼쳐 나오는 초식을 따라다니고 있었다.

'저건 혈회편법(血廻鞭法)을 변형. 저건 낭아곤법(狼牙棍法)의 응용인가? 편법, 곤법이라니… 도대체?'

송무가 방어에 치중하면서 제대로 된 반격을 하지 못하는 이유는 거기에 있었다.

생소함.

그건 한순간이었다.

치이— 익!

다수를 상대하는 방법이 아직 서툴러서인가? 아니면 잠시 방심한 탓에 선기를 잃어버린 것일까?

옆구리에서부터 등 쪽으로 이어지는 부분이 한 자 이상 베어져 나갔다.

움직일 때마다 베어져 벌어진 부분이 너풀너풀거렸다. 송무는 섬뜩한 생각이 들었다.

"이런! 내가 가장 아끼는 옷인데!"

그러나 겉으로는 여유를 부렸다.

다행히 핏물은 비치지 않았다. 그건 직접 만져 보지 않아도 느낄 수 있었다.

"너희들! 이자가 붙기 전에 서둘러 옷값부터 변상하는 것이 좋을 거야!"

이때부터 송무의 움직임도 달라지기 시작했다. 방금전 그의 얼굴에 떠올랐던 여유로움이 사라졌다.

보다 빠르게, 보다 더 날렵하게 움직이려는 기색이 역력해 보였다. 하지만.

"도대체 뭐가 잘못된 거지?"

생각처럼 쉽지 않은 듯.

호각의 균형은 좀처럼 깨어지지 않았다.

그렇게 이각이라는 시간이 빠르게 흘러갔다.

장랑은 조금 전부터 망설이고 있었다. 송무가 자존심 상해할까 봐 입을 열지 못하고 있지만 이젠 뭐라도 한마디 해줘야 될 것 같았다.

─송 형, 저들이 펼치는 합공법은 언뜻 보기에 육합진의 변형 같지만, 실은 무당의 오행검진이오. 송 형은 귀림곡의 후

예이니 나보다 더 잘 알겠지만 오행검진의 장점이자 맹점은 들고 남의 신속함에 있습니다.

장랑은 결국 전음성을 보내고 말았다. 송무가 펼치는 공수법은 전형적인 육합진의 대응 방법인 까닭이다.

하나 장랑의 조언은 더 이상 계속되지 못했다. 잠자코 있던 이곤이 장랑을 향해 한심하다는 표정이 적당히 섞인 얼굴로 다가오고 있었다.

"너는 참 의리없는 놈이구나. 동료가 위기에 빠져 허우적대면 거들어야 인지상정이 아니더냐! 하여간 쾌검당 놈들이란……."

"……."

이곤이 송무를 가리켰다.

"솔직히 네놈보다 저놈이 더 사내답다. 네놈 대신 저놈을 살려주고 싶은 심정이야. 난 너 같은 부류의 인간은 딱 질색이야. 하지만 나 역시 형님처럼 가끔씩 입 밖으로 낸 말에 꼭 책임지고 싶을 때가 있지."

"……."

"길게 이야기해 봐야 입만 아프다. 팔 하나 남겨라. 그러면 약속대로 살려주마. 어떻게 할까? 스스로 할 테냐, 아니면 내가 도와줄까?"

이곤은 조소와 경멸감이 가득한 표정이었다.

장랑은 너무나도 얼토당토 아니하여 대응할 가치를 느끼

지 못하였다.

그러나 해주고 싶은 말은 있었다.

"당신은 오해를 하고 있습니다. 나는 쾌검당 소속이 아니기에 당신에게 그런 소리를 들어야 할 이유가 없습니다. 당신을 비롯한 당신 형제들은 눈이 있어도 보질 못하고, 귀가 있어도 듣질 못합니다. 앞뒤를 잘 따져 현명한 판단을 하기 바랍니다."

"그러니까 네놈은 나, 이곤과 우리 형제들이 사리분별도 못하는 바보천치라는 말이로구나."

"……."

장랑은 대꾸를 하지 않았다.

대화는 꼭 입으로만 하는 것이 아니다. 눈빛과 느낌, 그리고 몸짓만으로도 충분히 의사를 전달할 수 있는 것이다.

"이놈. 왜 대답이 없느냐? 대꾸할 가치도 없다, 이 말이냐? 저런 때려죽일 놈."

이곤은 모욕감을 참지 못했다.

스릉―!

평소에는 잘 꺼내지 않던 기형도를 선뜻 꺼내 들었다.

"아무에게나 막말하는 버릇은 좋지 않습니다."

툭 던진 그 말은 기어코 이곤의 피를 거꾸로 치솟아오르게 만들었다.

"이놈!"

탓!

이곤이 움직였다.

장랑과 이곤은 일 장도 안 되는 짧은 거리를 두고 마주한 상태였다. 이곤이 기형도를 쥔 손을 쭉 뻗으면 닿고도 남을 거리였다.

쐐에— 엑!

이곤의 기형도가 날카로운 파공성을 동반한 채 장랑의 어깨를 노리고 위에서 아래로 내려쳐졌다.

기형도의 궤적이 예상되었다. 구태여 물러설 필요 없이 그 자리에 서서 몸을 비틀거나 허리를 옆으로 젖히면 간단히 피할 수 있다. 그렇게 생각했다. 하지만 직선으로 움직이던 기형도의 방향이 갑자기 크게 바뀌었다.

"훗!"

장랑은 깜짝 놀랐다.

종(從)에서 횡으로 바뀌며 사선으로 그어지는 초식.

어깨가 아니고 허리였다. 더구나 급격하게 변화한 초식은 예상을 훨씬 뛰어넘는 기민함과 쾌속함이 있었다.

팟—!

급히 피한다고 피했지만 옷자락의 한쪽 끄트머리가 한 치가량 잘려 나갔다.

'이런 낭패가!'

추운신법이 아니었으면 옷자락 정도가 아니라 단번에 허

리가 두 동강 날 뻔했다.

싸움의 대소에 관계없다. 상대가 상수이건 하수이건 상관없다.

무인 간의 싸움은 항상 목숨이 걸린 도박과 같은 것이다. 찰나의 순간일지라도 방심은 절대 금물이었다.

슈악—!

회수되었던 이곤의 기형도가 이번에도 어깨를 노리고 날아왔다.

같은 초식이었다.

스르르!

기형도가 도착하기 직전, 장랑의 신형은 유령처럼 소리도 없이 움직여 원래 자리보다 세 걸음가량 뒤쪽으로 물러나 있었다.

그곳은 더도 말고 덜도 말고 딱 기형도의 공격 범위를 살짝 벗어난 위치였다.

“제법 날랜 놈이었군!”

이곤의 표정에 변화가 생겼다. 옷자락을 잘라낸 한 번의 득수로 얻은 ‘너 따위 애송이쯤이야!’ 하며 얕보던 얼굴이 아니었다.

“어디 이번에도 피해봐라!”

이곤이 그 자리에서 펄쩍 뛰어올랐다.

쉬이— 잇!

기형도가 위에서 아래로, 장랑의 머리를 중심으로 그어 내려졌다. 첫 번째 공세의 변형된 그 초식이었다. 역시 빠르고 간결한 동작이었다.

장랑은 이번엔 뒤로 몸을 빼지 않았다. 발끝에 중심을 두고 몸을 젖힌 채 기형도가 지날 방향과 반대쪽으로 급하게 몸을 회전시켰다.

휘이— 잉!

기형도가 빈 허공만 가르고 지나가는 그 순간, 장랑이 벌떡 몸을 일으켜 세웠다. 오른 발끝은 벌써 이곤의 기형도 쥔 손목을 노리고 날아간다. 송무를 제압할 때 썼던 그 수법이었다.

"엇! 이놈이?"

예상치 못한 반격은 이곤을 대경실색하도록 만들었다.

그는 다급한 나머지 기형도 회수를 포기하고 그대로 바닥을 내려쳤다.

팡!

기형도에서 생겨난 반탄력. 이곤은 그 반탁력을 이용하여 그의 신형이 공중으로 날아올렸다.

훌륭한 임기응변.

이곤이 몸을 한 바퀴 뒤집어 멀찍이 날아가 돌아 내려서고 있다.

하나 이곤이 날아가는 그 짧은 시간은 장랑에게 있어 길고 지루한 시간일 뿐이었다.

휘이—!

추운신법. 장랑은 이곤이 떨어져 내릴 그곳에 벌써 와 기다리고 있었다.

그렇다고 자세도 잡지 않은 이곤에게 손을 쓰지 않았다. 이곤이 내려서자마자 주먹을 내질렀을 뿐이다.

그것으로 공격자와 수비자가 완전히 뒤바뀐 교대가 이루어졌다.

장랑은 이곤이 치명적 상처를 입을 정도의 심한 공세는 펼치지 않았다. 단지 선공을 빼앗아 이곤이 공격할 기회를 갖지 못하는 상태에서 스스로 부족함을 알고 물러나도록 유도할 뿐이었다. 그렇기에 장랑은 오로지 육장만 사용하였고 되도록 신체 접촉을 삼가하였다.

빠르고, 단순하게, 틈이 없는 연속 공격.

연환격은 이곤의 손과 발 그리고 눈과 귀를 어지럽혔다. 하나 단지 그것만으로도 부족한 듯 이곤은 정신없이 뒤로 밀리면서도 좀처럼 승복하려 들지 않았다.

아마도 연속으로 몰아치는 장랑의 육장이 결정적인 순간에 돌연 회수되곤 하는 까닭 때문이었다.

확실히 이곤은 장랑이 끝낼 수 있는 결정적인 순간에 멈칫하는 것을 자신을 놀리려는 것으로 착각하고 있었다.

'이 때려죽일 놈! 헛손질로 감히 나를 놀려?

이곤은 이가 갈렸다.

빠른 데다가 공력까지 실려 있는 장랑의 일권.

팡! 팡! 팡!

내지를 때마다 공기가 응축되어 요란한 공기 파열음을 만들어내는 일권.

이곤은 뒷걸음치기에 여념이 없었다.

이곤의 등줄기에서는 연신 식은땀이 솟아났다.

쉼없이 터져 나오는 묵직한 공기 파열음으로 인해 귀는 물론 정신까지 멍멍해질 지경이다.

'뭐야, 이놈! 어디서 이런 놈이 나타난 거야?'

솔직히 겁이 난다. 한 대라도 맞으면, 단 일격에 뼈가 부러지고 근육이 파열되며 살이 찢겨 나갈 것 같은 두려움이 느껴졌다.

그러던 어느 순간, 가슴을 향해 집중적으로 날아오던 장랑의 주먹이 돌연 자취를 감추고 사라졌다.

'응? 뭐지?'

이때 이곤의 귓속을 파고드는 장랑의 목소리.

"승복할 기회를 주었는데 그 기회를 자꾸 놓치고 있군요."

"……."

"시간도 늦고 했으니 이젠 그만 슬슬 끝내도록 합시다."

퍼어— 엉!

이곤의 몸이 휘청거렸다. 견갑골이다. 왼쪽 어깨 전체가 욱신거렸다.

'으윽!'

이곤은 신음 소리가 새어 나오지 않도록 이를 악물고 입을 다물어 간신히 삼켜 버렸다. 그러나 후들거리는 다리는 어쩌지 못하였다.

'이건 아니다. 절대 아니다. 이건… 악몽이야!'

이곤은 기형도를 딱 세 번만 휘둘러 보았다. 그리고 그 이후 제대로 된 반격을 한 번도 해보지 못했다.

사십 년 가까이 무공을 배우고 익혔으며 써왔다.

숱한 싸움을 겪었지만 이토록 황당하게, 이토록 허무하게, 이토록 일방적으로 밀려 당해보기는 처음이었다.

일생일대의 모욕이고 치욕이었다. 눈물이 찔끔 날 정도로 억울하였다.

'개새끼! 죽일 놈!'

욕설이 목구멍까지 치솟기를 여러 번.

그러나 욕설을 내뱉을 힘조차 없었다. 무엇보다 자존심 상하는 것은 애병이며 분신과 다름없는 기형도가 무겁게 느껴진다는 것이다. 변변히 휘둘러 보지도 못하고 그냥 들고만 있을 뿐인데도 무겁게만 느껴졌다. 이런 경우는 처음이었다.

패배를 시인하고 싶은 마음도 있었다. 눈앞의 애송이가 동년배이거나 강호의 이름난 무인이었다면 벌써 그랬을는지 모른다. 하지만 조카뻘도 안 되는 놈이다.

불끈!

오기가 생겼다.

치명적 일격을 허용당해 중상을 입더라도 좋다.

뼈를 주고 살을 취해도 좋다.

동귀어진이면 또 어떠랴!

애송이 놈 몸에 작은 상처라도 남기면 그것으로 족하다는 생각이 들었다.

'이놈! 너 죽고 나 죽자!'

이곤은 급하게 두 걸음 물러섰다. 품속의 그것은 적어도 두 걸음 이상의 거리에서 오는 충격을 받아야 온전한 위력을 발휘하기 때문이다.

이곤은 물러서자마자 사력을 다해 왼발을 땅바닥에 찍었다.

'쿵!' 소리와 함께 먼지가 풀썩이며 속도가 겸비된 달려가는 추진력을 얻었다. 이곤은 이판사판의 심정으로 장랑의 품속으로 뛰어들었다.

수비를 도외시한 육탄 돌격이었다.

장랑의 의아해하는 눈빛이 이곤의 눈에 들어왔다. 남은 거리는 한 자.

'놈! 같이 죽자!'

이곤은 회심의 미소를 지었다. 그대로 부닥치기만 하면 된다. 안에 호신갑을 입고 있으니 큰 부상을 당할지언정 죽진 않을 것이다. 그것이면 충분했다.

쾅!

이곤이 바라고 바라던 품속의 소형 굉천뢰가 터졌다. 그 순간 이곤은 핏물이 목구멍까지 역류해 올라왔음을 느꼈다.

울컥!

자존심 때문에 다시 삼켜보려고 했다. 하나 마음뿐이었다.

"푸— 악!"

이곤은 한 움큼 피화살을 뿜어냈다. 물 마시다 돌연 사레들린 사람 같았다.

퍽! 퍽퍽퍽!

이곤은 자신의 몸뚱이가 붕 떠 있다는 느낌을 받았다. 달빛 속으로 빠르게 사라져 가는 시커멓고 길쭉한 물체가 눈에 들어왔다.

'저건 내 기형도?'

쿵!

이곤은 전신으로 퍼져 가는 뻐근한 통증과 함께 정신을 잃고 말았다.

"이런!"

장랑은 낭패한 표정이었다. 설마 이곤이 품속에 폭약 같은 물건을 지니고 있을 줄 몰랐다. 게다가 생사대적도 아닌데 동귀어진이라니…….

매캐한 화약 냄새가 코끝을 자극했다. 이곤의 앞섶과 마찬가지로 앞섶이 너덜너덜 걸레와 다름없는 상태가 되었다.

'방금은 정말 위험했다.'

이곤이 갑자기 두 걸음 물러서는 순간 이상한 느낌을 받았다. 그가 뒤로 물러설 이유는 전혀 없었다.

뭔가 감추어둔 비장의 수를 쓰려 한다는 강렬한 느낌. 암기라고 생각했다. 어떻게 발산되는지 알 수 없었고, 방법을 모르니 모조리 막아낼 자신도 없었다. 공력을 단번에 십성까지 끌어올려 급하게 호신강기를 사용했다. 그럼에도 약간의 내상은 피하지 못했다.

"아이쿠! 귀가 멍멍합니다. 후! 이 냄새하고는… 그런데 정말 믿을 수 없군요. 그 폭발에서 멀쩡하다니. 이곤 저자는 반송장이나 다름없는데……."

장랑이 뒤를 돌아보니 송무가 감탄해 마지않는 표정으로 서 있었다.

그의 뒤쪽에는 그와 싸우던 여섯 명의 청년이 바닥에 쓰러져 있었다.

장랑의 추궁과혈로 한참 만에 정신을 차린 이곤.

그는 비틀거리며 일어섰지만 여전히 몸을 가누지 못하였다.

수하들의 부축을 받고 나서야 겨우 몸을 세운 그는,

"두고 보자. 이 원한은 반드시 갚겠다."

라는 말을 남기고 힘겹게 걸음을 옮기며 사라져 갔다.

장랑은 그의 뒷모습을 묵묵히 바라보고 있었다. 무엇이 이곤으로 하여금 폭약까지 이용한 동귀어진을 선택하도록 하였는가?

스스로 물러서도록 하려는 자신의 의도가 상대는 자살을 생각할 정도로 치욕적이고, 그토록 자존심이 상하는 일이었던가?

장랑은 그것에만 골똘해 있었다.

반면 송무의 시선은 오로지 장랑에게만 꽂혀 떠날 줄 몰랐다.

존경, 그리고 경외.

송무에게 있어 장랑은 현재 그런 존재가 되어버렸다.

"지금 출발하면 새벽녘에 정주(鄭州)에 도착 가능합니다. 정주에는 쾌검당의 분원이 있습니다. 비록 그다지 크지 않은 장원이지만 누구의 방해도 없이 편안한 휴식을 취하기는 더없이 좋은 장소입니다. 여기서 이러는 것보다 번거롭지만 그곳으로 가는 건 어떻습니까?"

송무의 말투는 존경심으로 가득했다.

"정주라……."

장랑은 얼른 대답하지 못하였다. 호의는 고맙지만 휴식을 위해 밤길을 도와 꼭 정주까지 갈 필요성이 있을까에 대한 회의(懷疑)였다.

송무는 이런 경우 눈치가 빠른 편이다.

"장 형, 청검이라는 자를 만나봐야 되지 않겠습니까? 그자가 그곳에 있을지도 모릅니다. 가시도록 하십시오."

"청검?"

사실 궁금했다. 하지만 더욱더 궁금한 것은 이가장의 정체였다.

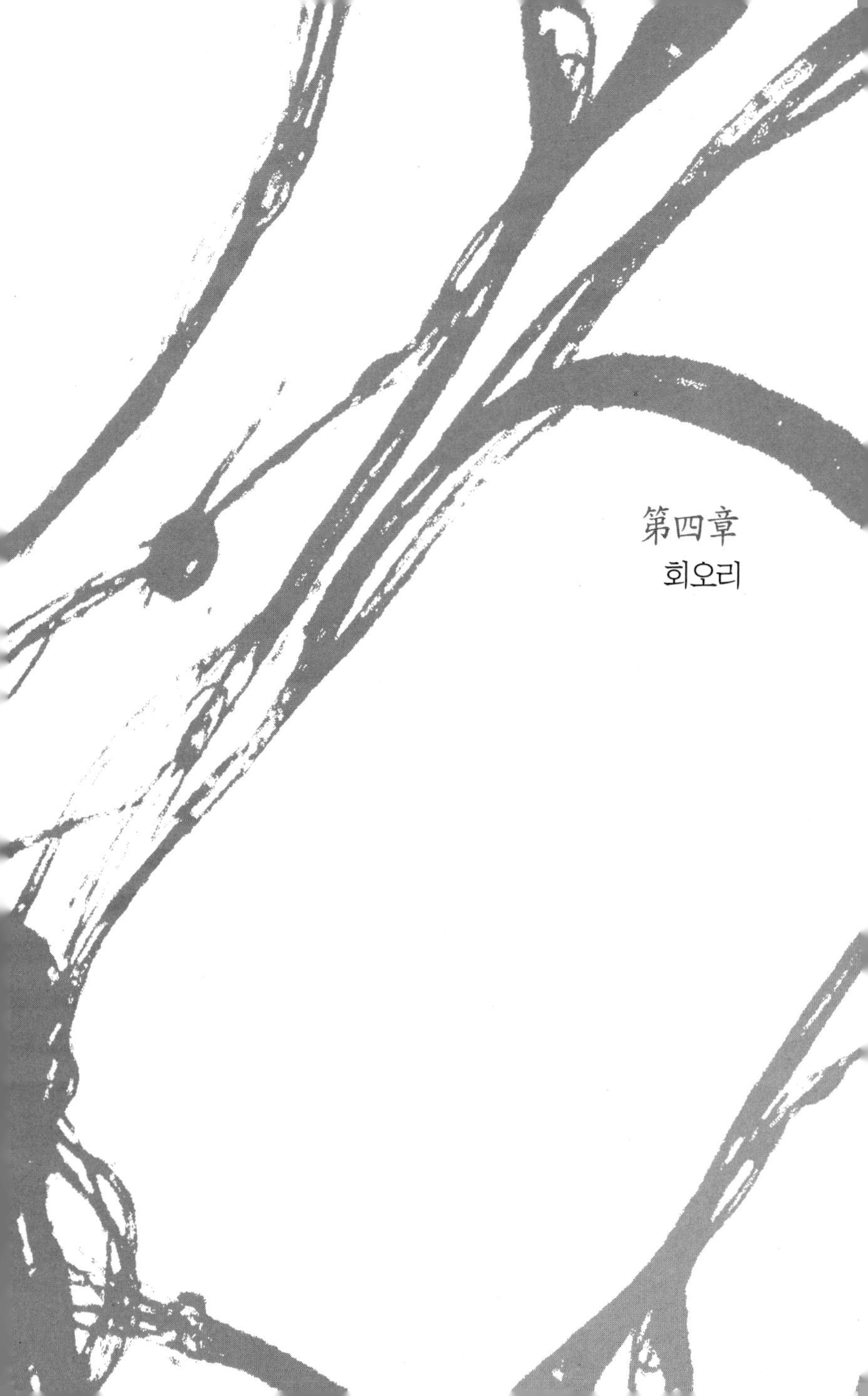
第四章
회오리

新迎請神真老君演此真妙經竟
吾降臨遠滑正一　道吉廣奉
至大改元四月佛洛為
日弟子趙孟順敬

　정주는 상(商)나라 때 만들어진, 이천팔백 년 세월을 고스란히 간직한 역사의 고도였다.

　큰 강을 끼고 발달한 중원 각지의 여러 수변 도시들과 마찬가지로 정주 또한 수운(水運)이 매우 발달되어 있었다.

　가장 큰 포구는 화원포(花園浦)였는데 신안포(新安浦)와 팔양포(八良浦)도 그와 비슷한 규모로, 이를 가리켜 세인들은 정주의 삼대포구라 불렀다.

　팔양포는 삼대포구 가운데 가장 오른쪽에 위치했다. 성에서 가장 멀리 떨어진 곳에 위치했지만 원조(元朝) 때 만들어진 오 장의 폭넓은 관산대로(關山大路)가 다른 포구와의 거리

차이를 충분히 메워주고 있었다.

관산대로의 좌측은 황가촌과 천문리, 우측은 이서촌과 포대촌으로 관산대로는 그 경계의 역할을 했다. 그리고 그것은 정주를 지배하는 양대문파인 백호문(百虎門)의 관할과 대웅방(大熊幇)의 영역을 구분하는 표식이기도 했다.

송무가 말한 쾌검당의 분원은 팔양포구에서 가까운 관산대로 변에 있었다.

쾌검당의 분원은 송가장(宋家莊)이라 불리는데, 형식상 일대에서 알부자로 소문난 송대옹(宋大翁)의 소유였다.

장랑과 송무는 진시(辰時) 무렵 팔양포에 도착했다.

대문이 열리고 장원 안에 들어서는 순간 장랑은 정돈이 참으로 잘되어 있다는 느낌을 받았다.

눈앞에 펼쳐지는 수려한 한 폭의 산수도.

마당이 있어야 할 자리에 거대한 크기의 가산(假山)이 놓여 있었다.

옆에서 송무가,

"태행산 자락의 일부를 그대로 옮겨놓았습니다."

하고 귀띔을 해주었다.

송가장을 꾸민 사람이 누구인지 몰라도 감각은 뛰어난 인물 같았다.

가산은 보기도 좋을뿐더러 외부로부터 장원 안쪽의 노출을 막아준다.

안으로 들어서는 순간, 명문 대갓집의 안채나 여인네만이 머무는 별채 후원에 들어섰다는 느낌을 준다. 그것은 방문자에게 편안함과 더불어 몸가짐에 신경 쓰도록 유도하였다.

"송가장을 분원으로 사용한 지 이 년이 조금 넘었습니다. 그렇지만 주변의 누구도 이곳을 평범한 장원으로 알고 있을 뿐, 쾌검당의 분원이라는 점을 알아채지 못한다고 합니다. 송대웅이 어린 애첩에게 푹 빠져, 그녀와 그녀의 친정 식구에게 살기 좋은 장원을 장만해 주었다고 생각할 뿐이죠. 저도 처음에 이곳에 도착해서……."

장랑과 송무는 가산을 따라 옆으로 길게 이어진 청석로를 함께 걸으며 특유의 수다(?)를 떨었다.

송무는 설명에 열중, 장랑은 계속 듣기에 열중하였다.

가산을 빙 돌아 청석로가 끝날 무렵 크지 않은 마당이 나왔고 아담한 크기의 대전 건물이 눈에 들어왔다.

대전 앞에는 두 명의 사내가 서 있었다.

그들은 장랑과 송무가 가까이 다가서도록 계속 심각한 표정으로 이야기를 나누고 있었다. 한 명은 이십대 중반가량이었고 다른 한 명은 이십대 후반에서 삼십대 초반으로 보이는 사내였다.

그들은 송무를 발견하자마자 환한 표정으로 일제히 달려왔다.

"백검 대인! 어서 오십시오. 잘 오셨습니다."

"두 달 만에 뵙습니다. 좋아 보입니다, 백검 대인."

그들 두 사람은 송무를 반갑게 맞이했다.

"오랜만입니다. 월창(月槍) 대인, 첨비(尖匕) 대인."

쾌검당에서는 지위고하를 막론하고 누구나 이름 끝에 대인(大人) 호칭을 붙인다.

장랑은 송무에게 그 소리를 들었을 때 갸웃하였는데 실제로 보니 사실이었다.

당주 상천명이 어떤 인물인지 몰라도 소속원끼리 서로 존중하게 만들려는 의도는 훌륭한 선택 같았다.

"그런데 이분은?"

"새로 입당하신 분인가요?"

월창과 첨비가 거의 동시에 물었다.

"아직 입당은 안 했지만 반드시 입당시키려고 제가 공을 들이고 있는 분입니다. 서로 인사를 나누시죠. 이쪽은 장 대인, 이쪽은 월창 대인과 첨비 대인입니다."

송무는 쾌검당 식으로 장랑을 칭호했다. 장랑은 대인 소리를 듣게 되니 조금은 어색한 느낌이 들었다. 아직 그럴 나이가 아니지 않은가. 하나 그런 기색을 감추고 목례와 함께 포권으로 두 사람에게 인사를 건넸다.

"장입니다."

송무가 알려준 대로 간단히 성만 밝혔다.

"월창입니다."

월창은 반갑게 인사를 받았다. 그런데 첨비는 조금 달랐다.

첨비는 환하게 웃던 모습에서 돌연 찌푸린 얼굴이 되어 송무를 똑바로 쳐다보았다.

"백검 대인, 아직 입당 않은 분이라면… 곤란하지 않을까요? 먼저 분원주께 허락을 구하는 것이 순서 같습니다."

첨비가 깐깐하게 나왔다. 송무는 첨비가 그보다 나이 어린 자신이 호법 지위에 있는 것을 못마땅하게 생각하고 있는 것을 알고 있었다.

"첨비 대인, 내가 비록 나이가 어리고 강호의 견문도 짧지만 생각없이 행동하는 사람은 아닙니다. 설마 아무 생각도 없이 외인을 들였다고 생각하십니까?"

"그게, 그런 뜻으로 말하려…….'

의외로 강경하게 나오는 송무로 인해 첨비는 당혹감을 감추지 못하였다.

"첨비 대인, 통조(通爪) 대인이 이곳의 분원주이며 책임자가 맞습니다. 때문에 기본적으로 첨비 대인의 말은 전혀 틀리지 않습니다."

"그렇게 생각하신다면…….'

"하지만 그전에 짚고 넘어가야 할 부분이 있습니다."

"무슨 말씀이신지?'

"저는 나이는 어리지만 통조 대인보다 윗사람입니다. 때문에 방금 첨비 대인의 표현에 적절하지 못한 점이 있었습니다. 허락을 구한다가 아니고 협조를 요청한다가 적당한 표현 같습니다.”

송무는 사람이 달라져 있었다.

지난밤부터 조금 전 장원을 들어서기까지, 수다스럽고 가벼운 느낌을 풍기던 그 송무가 아니었다.

“그거야, 그렇습니다.”

첨비는 난처한 표정이다.

아무리 직급이나 직책에 큰 비중을 두지 않는 쾌검당이지만 호법과 분원주 사이에는 분명 직급의 차이는 존재했다.

하지만 첨비는 나름대로 화가 났다.

백검과는 거의 십 년의 나이 차가 있다. 나이 차를 따지지 않더라도 첨비는 쾌검당 초기부터 활동한 사람 가운데 한 명이었다. 비록 말단무사에서 출발했지만 입당한 지 겨우 반년에 불과한 백검에 비하면 하늘과 같은 대선배였다.

당주가 무슨 생각으로 백검에게 호법의 지위를 주었는지 모른다.

하지만 밑바닥에서 출발해 산전수전 다 겪어온 첨비로서는 경험과 실력 면에서 백검에게 뒤진다는 생각은 하지 않았다. 그렇기에 단지 직급의 차이 때문에 백검의 훈계를 들어야 하는 상황이 화가 나는 것이다.

‘월창에게 하듯이 비무를 빙자해서 한번 붙어볼까?

불현듯 불끈하는 마음과 함께 호승심이 치솟아올랐다.

하나 섣불리 입 밖에 낼 수 없는 말이다. 상대가 되지 않음을 뻔히 아는데 달려들 이유가 없다.

'제길, 당주님이 뭣 때문에 이런 자를!'

사실 자신이 나설 문제가 아니었다.

외부인을 함부로 들여놓으면 그 책임은 당사자인 백검에게 있으며 시시비비를 따질 사람은 분원주였다.

'분원주는 하필이면 이런 때 자리를 비워가지고……'

첨비가 이런저런 생각으로 머리를 굴리고 있을 무렵,

"통조 대인은 지금 자리를 비운신 건가요?"

송무가 화제를 바꾸어 버렸다.

"네."

첨비는 못마땅한 기색으로 짤막하게 대꾸했다.

분원주 통조는 이른 새벽 연락을 받고 신안포에 위치한 천호소(千戶所)로 달려갔다. 그렇지 않아도 그 문제 때문에 월창과 이야기를 나누고 있었다.

천호 관양(關暘)은 권위적이면서 게으르기로 소문난 인물이다. 그래서 관양은 평소에는 거의 사시(巳時)가 되어야 겨우 천호소에 등청한다. 관양과 관련있는 사람치고 그런 사실을 모르는 사람은 없다.

게으름의 대명사 관양이 묘시(卯時)도 안 된 시각에, 새벽 댓바람부터 분원주 통조를 호출했다는 것은 좀처럼 없는 일이었다. 이는 곧 중대한 문제가 발생했다는 증거이기도 했다.

"백검 대인, 통조 대인은 급한 일로 출타 중입니다. 언제 돌아올지 모르니 여기서 이러지 말고 객청으로 자리를 옮기도록 합시다."

첨비를 대신해 나선 이는 월창이었다.

"그러죠."

송무는 마지못해 응낙하는 사람처럼 굴었다.

도도함과 권위가 묻어 있는 태도.

장랑은 웃음이 터져 나오려는 것을 억지로 참고 있었다.

네 사람이 막 자리를 뜨려 할 때였다. 누군가 대전 쪽을 향해 급히 달려오고 있었다. 그는 화의 차림의 삼십대 후반의 뚱뚱한 사내였다.

"아! 마침 저기 통조 대인이 오는군요."

월창이 반색을 했고 첨비 또한 덩달아 얼굴에 화색이 돌았다.

　　　　　*　　　*　　　*

신안포에서 남쪽으로 반 마장가량 떨어진 하탄촌.

정주 일대를 관장하는 두 개의 천호소 가운데 하나인 신안포 천호소가 그곳에 있었다.

천호소 군영의 너른 앞마당에는 창과 검 그리고 활과 방패

등 여러 종류의 병장기로 무장한 육백 명가량의 병사들이 모여 있었다. 천호소에 적을 둔 인원은 천 명이 넘었지만 당장 동원 가능한 인원은 지금 어슬렁거리고 있는 육백 명이 전부였다.

'에휴! 이런 놈들을 정예라 불러야 하다니……. 한심하군.'

수하 병사들의 면면을 살피던 관양은 눈살을 찌푸리고 말았다.

새 군복을 지급한 지 얼마 되지 않았다. 그럼에도 어디다 팔아먹었는지 아직도 낡았거나 해질 대로 해진 군복을 입고 있었다. 터지고 찢겨진 군복을 대충대충 꿰매 입은 놈도 심심치 않게 눈에 띄었다.

그뿐이면 말을 안 한다. 이제 겨우 코흘리개를 면한 나이 어린 놈이 있는가 하면, 머리카락이 희끗희끗한 초로의 병졸도 자주 눈에 띄었다.

피죽도 못 먹었는지 어깨가 축 늘어져 있는 놈이 칠팔 할에 이르고, 가슴을 펴고 당당한 자세를 유지하는 놈은 가뭄에 콩 나듯 했다.

복장은 창수인데 들고 선 무기는 장도인 놈이 있는가 하면, 부월수인데 기다란 겸도를 어깨에 메고 있지를 않나. 보졸 주제에 대궁을 쥐거나 어깨에 걸친 놈들도 여러 명 눈에 띄었다.

대주와 갑장들이 이리 뛰고 저리 뛰면서 나름대로 오와 열을 맞춰 도열시켰지만 부대라 부르기 민망할 정도로 대오는 엉성했다.

'설마 이런 정도로 오합지졸일 줄이야……. 짜증나는군.'

관양은 한숨이 절로 나왔다.

평소 집합과 훈련을 게을리 한 건 사실이지만 해도 해도 너무했다.

물론 어쩔 수 없는 부분도 있었다.

자신이 데리고 있는 수하들은 잦은 전투로 단련되고 기강도 바로 선 변방의 둔전병(屯田兵)이 아니다. 내륙의 둔전에 속한 병졸은 외지인이 거의 없다. 그 지역 순수 토박이 농민인 경우가 구 할이 넘는다. 그래서 내륙의 둔전병 기강을 바로잡는 일은 쉽지 않다. 섣부르게 기강을 잡으려다 목적도 달성 못하고 오히려 원성을 사는 경우가 다반사다.

지역의 민심을 잃어버리면 그것으로 끝이다. 이름도 없는 멀고먼 남만의 국경지대로 쫓겨갈 날만 기다리면 된다.

제대로 된 수하 병사들이 적다는 것. 그것이 관양이 시시때때로 쾌검당 무인들을 불러다 쓰는 이유였다.

앞마당의 오합지졸들이 줄을 맞춰 느린 속도로 천호소 군영을 벗어나고 있을 무렵.

군영의 뒤편에는 스무 명 남짓한 사람들이 낡은 병사 복장으로 옷을 갈아입고 있었다.

"이거야 원……."

송무가 장랑에게 미안하고 난처한 표정을 지어 보였다.

"사람이 부족하다 보니 일이 이렇게 꼬이는 경우도 있습니다. 장 형, 정말 면목이 없습니다."

송무는 결국 고개를 푹 숙이고 말았다.

"괜찮습니다."

장랑은 고개를 푹 숙이고 있는 송무를 일으켜 세웠다. 송무는 장랑에 의해 몸을 세웠으나 장랑의 얼굴을 똑바로 쳐다보지 못했다.

장랑은 별수없이 송무를 위해 한마디 해야 했다.

"사흘 하고 반나절인데 은자 오십 냥입니다. 누구도 적다고 말하지 못할 정도의 금액입니다."

"그렇게 말씀을 해주니… 고맙습니다."

"대가를 받기로 한 일입니다. 잠시지만 일자리를 마련해준 송 형에게 오히려 감사를 드립니다. 일이 끝나면 한잔 사도록 하겠습니다."

장랑은 그렇게 말한 후, 눈썹 위에서 귀밑까지 가려지는, 차양이 튀어나오고 꽃술까지 매달린 가죽투구를 깊게 눌러썼다. 옆에 놓여진 석 자 반 길이의 강도(鋼刀)까지 집어 들었다.

오장(伍長) 급 병사들에게 지급되는 갑주와 투구 그리고 장도였다.

다른 이들도 장랑과 비슷하게 차려입었는데 영락없는 오장이나 갑장(甲長)의 모습이었다.

"자자, 주목합시다."

통조가 큰 목소리로 흩어져 서 있는 쾌검당원의 주의를 환기시켰다.

그는 백부장 지위에 해당되는 대주(隊柱) 차림이었다.

"이번 우리의 임무 구역은, 정주성 삼십 리 밖에서 개봉성 삼십 리 밖까지입니다. 일단 작전 예상 시간은 사흘이고, 우리가 최우선으로 보호해야 할 인물은 모두 다섯 명입니다. 현직은 세 명인데, 정주통판 이 대인, 좌동지 양 대인, 신안포 천호 관 대인입니다. 전직 관리는, 전(前) 등양지부 호 대인, 전 예부시랑 진 대인입니다. 아까 말한 대로, 네 명이 한 사람씩 담당하되 이인일조로 전후에서 일정 거리를 두고 호위합니다. 요령은 전과 같습니다. 특별히 질문있습니까?"

통조는 중간중간에 말을 끊어 틈을 주어가며 설명을 했다.

장랑을 제외하면 이미 수차례나 같은 임무를 수행했던 터라 질문하는 사람은 없었다.

"그럼 출발합니다."

통조의 인솔에 따라 장랑이 포함된 이십 명 쾌검당원이 움직였다.

출발이 지연되고 있었다.

미시(未時)에 출발한다는 연락을 받았다. 신시(申時)가 다 되어가지만 움직일 기미는 없었다. 오히려 몰려드는 인파로 인해 혼란만 가중되고 있었다.

장랑은 조급한 마음이 들지 않았다. 시간관념이 희박하다고 그들을 탓할 생각도 없었다.

정주에 도착한 다음에야 알게 되었다.

정확히 말하면 통조에게 전해 들은 향후 일정과 지금 눈앞에서 벌어지는 희한한 행태를 목도한 연후에야 확실히 알게 되었다.

권력.

주기옥의 실체.

등봉에서 함께 했던 주기옥은 약간의 고압적 자세를 가진 평범한 고관의 자제에서 크게 벗어나지 않는 인물이었다. 정말로 그 이상도 그 이하도 아니었다.

하지만 정주에서 송무 일행과 함께 제삼자의 시각으로 바라본 주기옥의 위상은 남달랐다. 겹겹이 싸인 인의 장막으로 인해 만나보기는커녕 머리털 하나 구경하기 힘들었다. 등봉에서 알았던 주기옥과는 너무나 다른 차원의 위상. 그때와 비교해 하늘과 땅의 차이 정도라고 할까?

파발에 의해 어제 밤늦게 주기옥의 행렬이 정주로 향한다는 소식이 전해졌다.

그 소식을 접하는 순간 정주부는 초비상 상태에 돌입했다.

특히 전 현직 관리들의 호들갑은 상상 이상이었다.

그들은 모두가 주기옥을 직접 알현하는 기회를 원했다. 말을 섞을 기회가 주어지지 않아도 좋았다. 가까이에서 대면할 기회면 충분했다. 그도 아니면 멀리서 눈도장을 찍을 수 있는 위치만 확보해도 좋다는 사람도 많았다. 그렇게 행동하는 전현직 관리의 숫자가 이백 명이 넘었다.

뿐만 아니라 주기옥이나 혹은 그의 측근에게 연줄을 대려는 지역의 유지나 지방 토호들 숫자는 그들보다 배는 많았다.

정주성을 그냥 지나치려던 주기옥이 별수없이 정주부에서 잠깐 쉬어가게 된 이유가 거기에 있다는 소문이었다.

주기옥은 전 현직에 구분없이 정사품 이상의 관리만 만나보겠다는 지시를 내렸다. 시간이 부족하다는 이유가 그것이었는데, 예상대로 정사품 미만의 관리들은 일제히 정주부 밖으로 밀려 나왔다.

여기까지가 장랑이 조금 전 통조에게 전해 들은 내용이었다.

지금 정주부 앞에서 모여 떠드는 사람의 숫자만 수백 명이 넘었다. 그중 상당수는 직접 알현 대신 힘들게 마련한 예물만이라도 전하려 애쓰는 부류였다.

권력이란 그런 것이다.

정주부가 잘 보이는 대로의 한 귀퉁이.

"거 참, 애들도 아니고 말이야. 평소 근엄한 표정을 지으며 점잔을 떨던 사람들이 왜 저 모양인지. 쯧쯧쯧."

송무가 불만 가득한 얼굴로 혼잣말로 혀를 차고 있었다.

"저들 나름의 생존전략이겠지요."

"생존전략이요? 맞습니다. 하나 저렇게까지 할 필요는 없죠. 저렇게 설친다면 그 피해가 누구에게 돌아가겠습니까?"

"피해는… 글쎄요."

"성왕야입니다. 성왕야 본인에게 돌아갑니다. 성왕야가 누굽니까? 환관들에게 완전히 장악된 황실에서 그나마 제정신을 유지하며 큰소리치는 유일한 황족입니다. 그런 성왕야에게 고스란히 피해가 돌아갑니다."

송무는 주기옥에게 호의적 모습을 보였다.

듣고 보니 장랑도 약간의 우려는 되었다. 조금 과장되는 측면이 있긴 해도 저런 식의 행보는 가공하기에 따라서는 자칫 황권에 대한 모독 또는 도전으로 비춰질 수 있었다.

현 황제 주기진은 성품이 온유한 편이나 바보가 아니었고, 환관의 우두머리 태감 왕진과 그 패거리들 또한 어리석은 인물이 아니다.

어쩌면 그들은 진작부터 주기옥을 견제하는 방안을 마련해 놓고 있을 것이다.

주기옥뿐이 아니라 황위를 노리거나, 노릴 위험이 있는 황가의 인물은 누구라도 예외없이 견제의 대상이었고 견제당하기 마련이었다.

다만 주기옥의 경우 지금까지 특별히 잘못하는 부분이 없기에 그냥 두었을 뿐이다. 명분이 생긴다면 언제라도 견제당하게 될는지 모른다.

"그런데 저기, 저놈들 왜 저래? 왜 저렇게 설치고 다녀? 여기가 자기 안마당인 줄 아나? 월권이야, 월권! 하여간, 불알 없는 것들은 저래서 문제야."

송무는 여기저기 휘젓고 다니는 동창 무리들이 눈에 거슬리는 모양이었다.

아닌 게 아니라 환관 복장으로 옆구리에 검을 매달고 활보하는 모습이 그다지 보기 좋지 않다. 이따금 고압적 자세로 정주부 소속 병사들을 나무라거나 이리저리 지시를 내리는 광경도 충분히 거부감을 불러일으킬 만했다.

"저자! 저자는 무슨 죄를 지었다고 저렇게 굽실하는 거야. 에휴! 천호라는 작자가 저게 뭐야? 저놈 바보 아냐?"

송무가 연신 고개를 숙이며 쩔쩔매는 장수 차림의 중년인을 바라보며 비웃듯 말했다.

"동창의 위세가 대단하긴 대단한 모양이군요. 천호쯤 되는 인물이 나 죽었소 하며 당하는 걸 보니."

장랑과 송무가 말하는 중년인은 천호 관양이었다.

천호라면 정오품 무관이다. 백성들 입장에서 보면 결코 낮은 관직이 아니었다. 그래서일까? 거들먹거리는 동창 무리보다 얼굴에 경련이 일어날 정도로 웃으며 심하게 비굴한 모습을 보이는 관양이 더 눈에 거슬려 보였다.

개선장군처럼 거들먹거리며 관양을 괴롭히던 동창 무리들이 갑자기 어디론가 사라졌다.

장랑과 송무가 계속 자신을 주시하고 있다는 사실을 인식했을까?

관양이 손짓으로 두 사람을 불렀다.

"어이, 거기. 이쪽으로 와봐."

"무슨 일입니까?"

한발 앞서 다가간 송무의 대꾸는 퉁명스러웠다.

"뭐냐, 그 태도는?"

관양이 눈을 부라렸다.

당한 화풀이를 하려는 걸까? 관양은 여차하면 송무를 한 대 칠 기세였다.

"관 대인, 복장은 이래도 저희는 천호소 소속이 아닙니다. 아실 텐데요?"

송무는 확실한 경계를 그으려 했다.

하나 관양은 화를 누그러뜨리지 않았다. 오히려 목소리를 더 크게 높였다.

"알아. 그래서? 그것이 뭐 어쨌다는 거야? 앙!"

"우리는 고용된 사람이 맞습니다. 하나 관 대인의 수하가 아니라는 점은 분명히 기억하셨으면 합니다."

"이놈이? 콱!"

관양이 송무를 한 대 후려치려다 그냥 손을 내려놓는다. 그는 주변을 두리번거렸다.

"통조 그 자식은 매번 수하 관리를 왜 이따위로 하는 거야? 통조 그 자식 어디 갔어? 당장 가서 그놈 불러와."

"관 대인, 듣기가 조금 거북합니다."

송무가 인상을 썼다.

"오호, 이놈 봐라? 삼류무인 주제에. 너희들 누구 덕에 먹고사는지 알아? 이놈들을 그냥……."

관양은 더 이상 목소리를 높이지 못했다. 주위에서 그를 바라보는 시선이 곱지 않아서다. 무리를 지어 주변을 서성이는 사람의 태반이 그와 비슷한 지위의 전 현직 관리이거나, 인근에서 유지 소리를 들으며 목에 힘깨나 주고 다니는 인물들이었다.

그들의 곱지 않은 시선은 관양으로선 부담일 수밖에 없었다.

"야, 너. 네가 가서 통조 그자를 불러와."

관양은 장랑을 지목했다.

장랑은 송무를 힐끗 바라보았다. 이런 경우 어떻게 처신하는 것이 좋을까 하는 물음이었다. 그러자 관양은 짜증스런 목소리로 다그치듯 말했다.

"이놈들이 정말 뭐를 잘못 먹었나? 오늘따라 왜들 이래? 꾸물대지 말고 당장 가서 불러와."

송무가 장랑에게 눈을 찡긋하더니 관양에게 다가섰다.

"관 대인, 할 말이 있으면 제게 하십시오. 아시겠지만 통조 대인은 지금 성 밖에 있습니다. 오가려면 시간이 많이 걸립니다. 제게 말하면 금방 전하도록 하겠습니다."

관양은 송무의 뻣뻣한 태도가 마음에 들지 않는 듯 보였다. 하나 지금 송무가 뿜어내는 기도에 눌린 탓으로 처음과 달리 함부로 성질을 부리지 못했다.

"너희 같은 아랫것들이 처리할 문제가 아니야. 에이, 재수가 없으려니까."

"아랫것? 재수가 없어? 아, 나 이거야 원!"

송무의 눈에서 불꽃이 튀어 올랐다.

그때였다. 요란한 말발굽 소리와 함께 등장한 수십 명의 사람.

그들은 거칠 것 없는 기세로 급하게 말을 몰아 거리를 질주해 달려오고 있었다. 그들은 멀리서 봐도 한눈에 무림인으로 보이는 그런 사람들이었다.

자욱한 먼지구름과 함께 그들이 수백 명 사람들 앞에서 말을 멈춰 세웠다.

주변을 가득 메웠던 수백의 사람들이 먼지구름 때문에 인상을 썼으나 그들의 위세에 밀려 한쪽으로 비켜섰다. 정주부 안쪽에서 십여 명 동창위사들이 깜짝 놀란 표정으로 달려나와 그들의 앞을 막아섰다.

"웬 놈들이냐? 여기가 어디라고 감히! 모두 죽고 싶은 것이냐?"

화난 표정으로 앞으로 뛰쳐나온 이십대 중반의 청년.

그는 동창의 소감(少監) 채비(蔡備)였다.

말을 탄 인물들이 하나둘 내려섰다.

키가 크고 혈색이 좋아 보이는 당당한 체격의 중년인. 그가 채비에게 다가갔다. 그는 무림맹의 동표각주이자 백운보의 보주인 좌도정이었다.

"무림맹의 동표각를 맡고 있는 좌도정입니다. 공공께서는 실례지만 어디 소속이신지요?"

"무림맹? 무림맹이었소? 무림맹이 이곳엔 무슨 일로?"

채비는 고개만 갸웃하였다. 그가 알기로 무림맹이 찾아올 만한 이유는 없었다.

무림맹의 위세는 원래 대단했다. 구대문파와 개방을 제외하면 모두가 무림맹에게 조금씩 양보하는 것이 관례처럼 되어 있었다. 관부라 할지라도 예외는 아니었다. 어지간한 고위직이 아니라면 무림맹이라는 단어 앞에서는 위축되거나 조금은 양보하는 편이었다.

하지만 동창은 달랐다. 무림맹이 아무리 대단한 위세를 떨치더라도 동창은 무림맹의 이름 앞에서도 당당했다.

서로 함부로 무시못하는 사이.

채비의 자신감은 그런 것에서 나왔다.

좌도정은 그런 채비가 귀여워 보이는지 빙그레 웃으며 말했다.

"공공께서는 미처 연락을 받지 못하신 게로군요."

"연락이라니? 무슨 연락을 말하는 거요?"

채비는 다분히 고압적이었다.

"잠깐만."

보통 키에 호리호리한 체격 그리고 염소수염이 잘 어울리는 중년인. 그는 천천히 움직여 좌도정과 어깨를 나란히 하며 섰다.

그는 좌도정과 다르게 행동했다.

조카뻘인 채비에게 정중하게 인사를 건네며 말했다.

"공공, 강호에서 낙화검려라는 조그만 무명을 얻어 활동하는 양지명이라는 무인입니다. 저도 역시 여기 좌 대협과 함께 무림맹에 몸을 담고 있습니다. 공공, 저희는 모두가 한 가지만 생각하면서 먼 길을 쉬지 않고 달려왔습니다."

"그래 보이는군요."

양지명이 워낙 겸손하게 나온 터라 고압적 자세를 견지하던 채비의 태도가 조금 누그러졌다.

"공공, 우선 시원한 냉수로 목부터 축였으면 합니다. 그동안 공공께서는 이것의 내용을 검토해 보시고 이상이 없다고 생각되시면 왕야께 전달해 주십시오.”

그리고는 양지명이 품속에서 배첩과 한 통의 서찰을 꺼내 채비에게 내밀었다.

무림맹 인물들이 하나둘 채비의 뒤를 따라 문 안쪽으로 사라지고 있었다.

관양의 얼굴은 우거지상이 되었다.

무림맹의 고수들이 주기옥의 행차에 끼어들고 있었다.

이유는 묻지 않아도 뻔하다.

거금을 들여 쾌검당과 유림방 그리고 무적방까지 끌어들였다. 그런데 무림맹으로 인해 모처럼 만에 찾아든 절호의 기회가 날아갈 판이다.

공연히 짜증이 났다. 누군가 화풀이할 대상이 필요했다.

만만한 놈을 찾다 보니 시선이 자연스럽게 저만치 떨어져 자신을 바라보고 있는 장랑을 향하게 되었다.

깐깐하고 거칠게 나오는 송무보다는 부드럽고 사람 좋아 보이는 장랑이 만만해 보인 탓이다.

“너, 아직도 안 가고 여기서 뭐 하니?”

“…….”

“야, 내 말이 말 같지 않아?”

“적당히 하시죠. 우리가 관 대인 몸종도 아니고… 뭡니까?”

도발적인 말투.

관양의 신경질적 말투에 반응을 보인 사람은 이번에도 장랑이 아닌 송무였다. 그는 장랑이 나서지 못하도록 자신의 등으로 장랑을 가로막았다.

사실 이때 송무의 인내심은 이미 한계에 도달해 있었다. 다른 때 같으면 관양의 신경질 정도는 애교로 받아들일 정도의 수준이었다. 그보다 심한 경우도 많기에 그저 '껄껄' 하면서 받아넘길 수 있었다. 송무뿐만 아니라 쾌검당원의 대부분은 늘 고압적 태도를 보이는 고용주들을 그런 식으로 대응하였다.

세상에 공돈은 없으니까…….

하지만 이번은 아니었다. 장랑은 쾌검당 소속이 아니다. 송무는 당주를 졸라 최고의 귀빈으로 대우할 생각이었다. 그래서 마다하는 장랑을 감언이설로 꼬드겨(?) 억지로 송가장으로 모시고(?) 온 것이다.

그런데 호사다마라고, 도착하자마자 일이 꼬이기 시작했다. 귀빈 대우는커녕 첨비와 언쟁을 벌여 장랑을 불편하게 만들었는가 하면 불현듯 발생한 임무로 인해 자리를 비워야 하는 상황까지 발생했다.

그때 통조는 대놓고 인원이 부족하다고 하소연했다.

그것은 정황상 텅 비게 되는 송가장에 장랑을 혼자 남겨둘 수 없다는 완곡한 의사표시였고, 실제로 서둘러 송가장 밖으로 내보내 달라는 뜻도 강하였다. 그것이 장랑에 대한 첫 번째 민망함이었다.

얼치기 무인들과 달리, 정통무인들은 자존심이 강했다. 특히 뛰어난 고수일수록 그 정도가 심했다. 그래서 강호고수들은 간섭이 많고 잔소리 심한 보표나 호위무사 같은 일거리를 내켜하지 않는다. 보표를 하는 무인을 극단적으로 경멸하거나 인간 이하로 취급하기도 한다.

그런 상황에서 상상도 할 수 없는 초고수인 장랑이 자발적으로 나서주었다. 이유는 단 한 가지. 난처한 상황에 몰린 자신의 체면을 살려주기 위해서였다.

그러한 사실을 잘 알고 있는 송무는 장랑이 쾌검당의 일 때문에 수모를 당하도록 지켜보고 있을 수 없었다.

"이놈들이 정말 간덩이가 부었군. 이놈들아, 내가 몇 번을 말해야 알아들을 거냐? 네놈들이 지금 누구 덕에 밥벌이를 하는지 잊었어? 통조 그 자식은 물론이요, 네놈들의 그 잘난 당주 나으리도 나를 이런 식으로 대하지 않아."

관양의 흥분된 목소리가 너무 커서였을까? 정주부 건물 안쪽으로 모습을 감추었던 동창 무리 가운데 몇 명이 모습을 드러냈다.

"뭐야, 당신들? 왜 이렇게 시끄러워?"

짜증 섞인 목소리로 손가락질로 관양을 비롯한 송무와 장랑을 나무라는 사내.

그는 소감 채비였다.

"그, 그것이, 이자들이… 항명을 하는 바람에 그만……."

관양은 당황하여 장랑과 송무를 가리키며 말도 제대로 이어가지 못하였다.

소감은 종사품, 천호는 정오품.

품계상 겨우 한 단계 차이. 그러나 동창의 소감은 정삼품 당상관조차 함부로 대하지 못하는 존재였다. 함부로 대하기는커녕 나이가 어리더라도 동창의 소감만 되어도 어지간한 당상관들은 서로 말을 트고 지내기도 한다.

그러니 천호인 관양이 채비 앞에서 비 맞은 강아지마냥 꼼짝 못하고 떠는 것은 당연하였다.

"관 천호 당신, 병졸 관리를 어떻게 하는 거야? 항명이라니? 어디서 감히 항명이야? 그래 가지고 위계질서가 똑바로 서겠어?"

채비는 적어도 열서너 살가량 위로 보이는 관양을 마치 동네 꼬마 아이 나무라듯 한다.

"죄, 죄송합니다."

관양은 이마에서 흐르는 식은땀을 연신 훔쳐 내며 고개를 조아렸다.

"죄송하다면 다야?"

"죄송……."

"한심하군. 이자들은 지금부터 내가 처리할 테니 그리 아시오. 항명이라니? 건방지게 어디서 감히!"

채비는 쩔쩔매는 관양에게서 시선을 거두어 장랑과 송무를 노려보면서 누군가를 불렀다.

"화 백호."

"……."

어디선가 건장한 체격의 사내 하나가 달려나와 그 앞에 섰다.

"이자들은 나라의 지엄한 법도를 무시하고 함부로 상관을 기만하고 모욕하였다. 이 자리에서 당장 목을 쳐도 무방할 정도의 중죄인이다. 하나 오늘은 성왕야께서 정주부에 행차하신 기쁜 날. 이런 날에 피를 볼 수 없다. 일단 포박하여 옥에 가두어놓도록. 문초는 나중에 따로 하겠다."

"넵."

채비의 말이 떨어지기 무섭게 백호 화웅이 장랑과 송무에게 거침없는 발걸음으로 다가갔다.

화웅. 그는 금의위 소속이지만 이 년 전 동창으로부터 차출되어 정주에 파견 나와 있는 인물이다.

백호의 지위를 가진 그가 천호소의 말단 병사 따위를 포박하는 행위는 사실 부끄럽기 그지없는 일이다. 그러나 어쩌랴. 하고 싶지 않아도 해야만 한다.

"너희는 아무것도 하지 않고 그저 얌전히 손만 내밀면 된다. 그러면 불필요한 구타 없이 조용히 끝날 거야."

화웅은 수하에게서 포박용 밧줄을 넘겨받으며 나름대로 인심을 쓴다고 썼다.

동창이나 금의위가 나서는 경우 담이 약한 인물은 지레 겁을 먹고 부들부들 몸을 떨거나 심하면 오줌까지 지린다. 그도 아니면 줄행랑을 치는 경우도 있는데 그럴 때면 여러 가지로 피곤하다. 그래서 인심도 쓸 겸 혹시라도 있을 수고도 덜 겸 해서 화웅이 그런 말을 한 것이다.

하나 송무로부터 돌아온 답은 화웅의 예상에서 많이 벗어났다.

"뭐라는 거야, 지금? 지은 죄가 없는데 왜 손을 내밀어? 눈은 두었다가 어디에 쓰려고 그래?"

송무는 당당하기 그지없었다.

"그래? 죄가 없어? 피곤한 놈들이구나. 난 말야, 일단 손을 쓰게 되면 인정사정없어. 그거 알아?"

하면서 화웅이 송무에게 달려들었다. 화웅은 금의위 내에서 실력으로 따지는 등급 부류 상중하 가운데 상에 속했다. 본시 무인은 아니었으나 자질은 나쁘지 않아, 열여덟에 금의위에 투신한 후 팔 년 동안 갈고닦은 무공 실력은 어지간한 무림의 이류고수 수준에 넘어서고 있었다. 따라서 천호소 병졸 따위는 애초에 그의 상대가 아니었다. 그러나 그건 어디까지나 화웅의 생각일 뿐.

화웅이 송무의 상대가 될 리 없다. 더욱이 송무를 천호소 병졸로 오인하고 무시하기까지 하는데……．

"어이쿠!"

송무의 손목을 낚아채려던 화웅은 어이없게도 바닥에 내동댕이쳐졌다.

그렇다고 송무가 특별히 손을 쓴 것도 아니다. 송무는 그저 몸을 좌우로 흔들며 움찔 뒤로 물러서며 작은 돌멩이를 툭 찼을 뿐이다. 그런데 하필이면(?) 화웅이 송무를 따라잡으려 무리하게 앞으로 전진하는 발끝에 닿고 만 것이다.

"이, 이놈이?"

얼굴이 붉어진 화웅이 벌떡 일어서며 송무에게 눈을 부라렸다.

그것은 마치 '너는 이제 죽었어!' 하고 말하는 것과 같았다.

한편, 사부 좌도정을 따라나섰던 노금성은 문 앞에서 소란이 일어나자 안으로 들어가는 일행에서 이탈해 밖으로 나와 문설주에 기대어 섰다.

동창무사와 일개 병졸 간의 싸움.

그건 노금성이 볼 때에는 동네 어린아이들의 개싸움이나 다름없었다. 하나 그런 싸움도 간혹 제법 쏠쏠한 재미를 주었다. 그런데 지켜보니 예상과 달리 개싸움이 아니라 무인과 무인 간의 대결이었다.

'놈들! 제법이로군.'

그가 보는 화웅은 기초가 잘 다져진 무인이었다. 내공이 없다는 것이 흠이 될 뿐 권각술은 상당한 수준이었다. 그럼에도 별로 힘을 들이지 않고 화웅의 공세를 요리조리 잘 피해내는 송무 또한 훌륭하다고 말할 수 있었다.

서로가 병기를 들고 죽자 사자 피 터지게 싸우거나, 내공을 이용해 무시무시한 장력을 내뿜으며 맞서는 싸움도 재미있다. 하나 역시 아기자기하고 소소한 재미는 화웅처럼 마구잡이식 육탄 돌격이 먼저인 박투가 더 나았다.

"이놈아! 왜 슬금슬금 피하기만 하느냐! 사내답게 당당히 맞서 싸우자!"

화웅은 피하기만 하는 송무에게 화가 나 자신도 모르게 핏대를 세우고 말았다.

"이런 눈치 하고는… 이봐, 당신. 그렇게 눈치가 없나? 상대가 안 된다 싶으면 승복하고 조용히 물러서야지. 뭐냐? 왜 그리 눈치가 없어?"

송무가 피하기만 할 뿐 맞상대 않는 이유는 문제를 더 이상 크게 만들기 싫어서였다.

의견 충돌이나 사소한 몸싸움까지는 나중에 해명하면 된다. 분원주 통조로는 힘들지만 수석호법이나 당주가 나서면 관계를 얼마든지 원상태로 되돌릴 수 있다. 수석호법이나 상천명은 그만한 능력을 가진 인물이니까.

하나 진짜로 맞서 손을 쓰게 되어 관부 인물의 몸에 상처라도 나게 된다면 문제가 심각해진다. 쾌검당을 탈당할 각오를 하지 않는 이상은 말이다.

인상을 쓰며 지켜보기만 하던 채비가 돌연 버럭 소리쳤다. 단단히 화가 난 모양이다.

"사로잡을 필요 없다. 그냥 죽여 버려."

"죽여요?"

화웅이 멈칫했다.

"죽여. 책임은 내가 진다. 그리고 너희들, 가만있지 말고 화 백호를 도와."

무공으로 따지면 화웅보다 못한 실력을 가진 채비였지만 형세를 읽는 판단력은 몇 배나 뛰어났다. 그는 송무가 화웅을 데리고 놀고 있음을 간파했다.

싸움은 갑자기 십 대 일이 되어버렸다.

"젠장!"

송무는 진짜로 난처한 상황에 놓여 버렸다.

달려드는 열 명은 그가 마음만 먹으면 반 각 안에 모조리 땅바닥에 큰대 자로 눕힐 수 있다. 그러나 그렇게 손을 써서는 곤란하다. 그렇다고 이 상태를 계속 유지하기도 껄끄러운 상황이었다.

"관 천호."

채비가 관양을 가까이 불렀다.

"하명하십시오."

"가서 아이들을 좀 더 불러오시오. 그리고 관 천호 휘하의 쓸 만한 궁수 이십 명 정도와 방패수도 그만한 인원만큼 데려오시오."

채비는 열 명이 달려들어도 상황이 나아지지 않자 결국 특단의 조치를 내리고 말았다.

사건이 커질 조짐이 보였다.

채비가 관양에게 명령하는 목소리는 크지 않았다. 한쪽으로 밀려난 수백 명의 웅성거리는 소음, 송무를 노리고 휘두르는 열 명의 시끄러운 칼바람 소리 등. 채비의 음성은 그런 것에 묻혀야 정상이었다.

하나 채비와 비교적 가까운 위치에 노금성이 서 있었다.

그는 채비의 지시 내용을 똑똑하게 듣고 있었다.

'고자 놈 주제에 고집은 있어가지고… 저놈이 일을 키우지 못해 안달이 났군.'

병졸 차림의 송무와 장랑을 역도(逆徒)로 취급한다면 모를까, 주기옥이 머물고 있는 관사 앞에서 동창의 인물이 백 명 가까운 병사를 동원한다는 것은 결코 올바른 행동이 아니었다.

'저자가 위험 부담을 짊어져야 할 이유가 없을 텐데?'

노금성은 채비의 행동에 못지않게 송무의 행동도 신경 쓰였다.

                    *   *   *

하루 전.

구비회의 돌연한 폐회. 뒤이어 들려온 주기옥의 피습 사건.

그 두 가지 사건은 아직 등봉 일대를 떠나지 않은 무림인들 사이에 큰 파장을 일으켰다.

각 문파, 각 조직의 수뇌부들은 가만있지 않았다.

여기저기서 회합들이 소집되었다.

가장 빨리 움직인 쪽은 무림맹이었다. 무림맹은 맹주 철혈검 상호양이 직접 회의를 주재하였다.

짧은 시간 안에 여러 다양한 의견이 나왔다. 저마다의 주장은 달랐지만 모두가 동의하는 공통된 의견은 단 하나였다.

무림맹이 즉시 나서야 한다는 것.

주기옥이 경사에 무사히 도착할 때까지 무림맹에서 호위해야 한다는 의견이 주류였다.

하지만 상대가 상대이다 보니 무림맹이 함부로 나서기 어려운 부분도 있었다.

고려해야만 하는 사항도 많았다. 그중에서 가장 큰 부분은 무림맹과 황실의 관계였다.

황실 문제에 무림맹이 적극적으로 나섰다는 인상을 심어 줘서는 곤란했다. 그렇다고 상당수 무림인들의 지지를 받는 주기옥의 일을 듣고도 가만있을 수 없는 일. 때문에 회의는 길어질 수밖에 없었다.

성왕야의 위상, 격에 맞는 책임자의 선정, 파견에 적정한 인원수 그리고 그들의 무공 수위 등등이 모두 고려되었다.

그리고 저녁 무렵, 마침내 최종적 결론이 도출되었다.

주기옥의 위상을 고려해 파견 책임자는 원로원의 장로이자 개방의 태상방주인 북두신개가 선정되었다. 황실의 오해와 마찰 방지를 위해 제갈수천이 황실로 출발, 방문 설명을 하기로 하였다.

파견할 무인은 사표각을 선택하였다. 무림맹에서 사표각이 차지하는 비중은 낮지도 높지도 않았기에 그들의 선정은 적절했다.

북두신개는 회의가 끝나자마자 곧바로 주기옥을 향해 출발했고, 다음날 이른 아침에 네 명의 각주와 그들의 직전제자가 포함된 사표각 인원 오십 명이 등봉을 출발해 정주로 향했다.

그리고 조금 전 그들 오십 명이 정주부에 도착했다.

그런데 발 빠른 행보를 보인 곳은 무림맹뿐이 아니었다.

세가연합, 강북무림맹 그리고 강남무림맹 역시 비슷한 결론을 도출했고 비슷한 형태로 움직이고 있었다. 다만 목적이 무림맹과 다를 뿐.

*   *   *

장랑은 채비가 관양을 부르는 순간 그들의 움직임에 주목하고 있었다.

채비가 관양에게 내리는 지시가 장랑의 귀에도 들어왔다.

좋지 않은 상황.

─송 형, 일단 자리를 피하는 것이 좋겠습니다. 지금 당장!

장랑의 전음을 전해 들은 송무. 그는 주저하지 않았다.

오래 겪어온 사이가 아니라도 말 몇 마디 섞어보면 인물의 됨됨이를 알 수 있는 법. 더욱이 장랑이 아무 이유 없이 그런 전음을 보내올 리 없었다.

차아─ 합!

송무는 요란한 기합성과 함께 그대로 몸을 솟구쳐 올렸다.

삼 장 가량 날아가 내려서려는 찰나 무리를 이탈한 두 명의 사내가 그의 뒤에 바짝 따라붙었다. 동창의 파견 무사 가운데 가장 발이 빠른 두 명이었다.

─뒤는 내가 알아서 할 테니 그냥 가시오.

장랑의 전음성이 다시 들려왔다. 송무는 뒤를 돌아보지 않았다.

그는 따라붙은 두 명의 사내를 무시한 채 재차 신형을 뽑아 올렸다.

이번에 그가 움직인 거리는 사 장.

바로 앞에 수백 명 구경꾼들이 그의 길목을 막고 있었다. 하나 송무는 동작을 멈추지 않았다.

타앗!

두 걸음 더 움직여 또 한 번 몸을 솟구쳐 올리며 그는 사람들의 머리 위로 날아올랐다.

구경하던 사람들은 갑자기 자신들에게 달려드는 송무로 인해 움찔하면서 놀랐다. 앞선 사람들 위주로 부닥치지 않기 위해 우왕좌왕 사방으로 흩어지려 했다. 그런데 피하기는커녕 오히려 서로가 뒤엉키는 꼴이 되어버렸다.

탓! 탓!

송무는 뒤편에서 영문도 모르고 두리번거리는 구경꾼 가운데 한 명의 어깨와 또 다른 사람의 어깨를 가볍게 찍으며 구경꾼들 너머로 사라져 버렸다.

장랑도 움직였다.

휙!

장랑의 목표는 송무의 뒤를 쫓던 두 명의 사내였다. 제법 거리가 떨어져 있었지만 문제될 건 없다.

염려는 단 하나.

구경꾼들이 지레짐작으로 뒤엉켜 서로가 서로를 짓밟는 사태뿐.

스—윽!

장랑은 송무를 쫓던 두 사내의 양어깨를 군중들과 충돌하

기 직전 붙잡아 뒤로 잡아당겼다. 갑자기 나타난 장랑으로 인
해 당혹감을 감추지 못하고 쳐다보는 두 사내를 뒤로하고 장
랑은 송무와 마찬가지로 몸을 솟구쳐 올렸다.

휘이익!

장랑의 신형은 우아하게 날아가는 한 마리 백학과 다르지
않았다. 군중들을 훌쩍 뛰어넘어 칠 장 가까이 날아내린 장랑
은 곧바로 저 멀리 앞서 달려가는 송무의 뒤를 따랐다.

"저, 저놈들 잡아! 어서!"

채비가 분을 이기지 못하고 고래고래 소리를 질렀다. 하나
장랑도 송무도 채비의 그런 열받은 모습을 직접 보진 못했다.

第五章
어쩔 수 없는 선택

脯此彰爲賜其福佑
近請神眞老君演此眞妙經竟
降臨速得正一　道吉廣奉
至大改元四月佛浴爲
日弟子趙孟頫敬

장랑과 송무가 일으킨 한바탕 소동.

그냥 조용히 묻혀 버릴 수 있던 그 소동이 관사에 머물고 있는 주기옥에게까지 보고되었다.

그 모든 것은 체면을 중시하던 채비로부터 시작되었다.

어떻게 해서든지 송무와 장랑을 잡아넣고 싶었던 채비는 병력을 동원했던 정당성을 확보하기 위해 실제보다 많이 부풀리고 과장을 하여 보고를 했다.

그는 마치 자신이 적의 내습을 눈치 채고 그것을 차단시켜 큰 공을 세운 것처럼 보고하였다.

그런데 더 큰 문제는 고대동이 발생시켰다. 그는 채비의 보고를 접하는 순간 좋은 기회라고 판단했다. 그는 채비의 과장된 이야기를 더 과장시켰고, 일부는 제멋대로 뜯어고치기까지 했다. 있지도 않은 내용이 다수 추가되었고, 그것을 자신의 잣대로 멋대로 해석해 덧붙였다.

결과는 침소봉대를 넘어 날조의 수준.

장랑과 송무는 졸지에 강호에 암약하는 비밀 집단에서 파견된 정체를 알 수 없는 괴한이 되어버렸다. 더하여 그들은 역도로서 주기옥의 암살미수범이 되고 말았다.

"…(상략)……놈들은 천호소 병졸 복장을 하고 있었습니다. 소감 채비와 천호 관양을 불러 상세히 알아보았습니다. 그들의 증언에 따르면 괴한들은 오늘 아침에 갑자기 나타난 인물로서 정체를 숨기는 능력이 탁월하다는 것입니다. 현장 경험이 풍부한 두 사람조차 전혀 눈치 채지 못했을 뿐만 아니라…(중략)……. 이는 황실은 물론 왕야를 기망하는 행위입니다. 도저히 용서할 수 없는… 반드시 잡아들여야 하며, 나아가 그들을 사주한 놈들까지 일망타진해야 합니다.(하략)……."

성토에 가까운 고대동의 보고로 인해 주기옥은 얼굴을 찌푸리고 말았다.

"고 대인, 간단히 말하면 괴한들의 정체는 자객이며, 나를 목표로 삼고 접근하다가 중도에 발각되어 줄행랑쳤다는 뜻이군요. 맞습니까?"

주기옥은 고대동의 보고를 단 몇 줄로 간단히 정리했다.

고대동은 조금 당혹스런 모습을 보였다. 그가 의도했던 채비와 자신의 공로 부분이 무시되어 버린 탓이다.

"확언하기 어렵지만 소신을 비롯한 현장에 있던 사람들은 모두 그렇게 생각하고 있습니다."

"그렇군요."

고개를 끄덕이던 주기옥이 시선을 진회팔에게 돌렸다.

"진 대인, 어떻게 생각하시오? 아무리 뛰어난 자객이라 할지라도 단 두 명만으로 가능한 일은 아니지 싶은데. 지난번 등봉의 그자들과 한패라는 고 대인의 말도 일리있는 추측이고… 경비를 강화하면 될까요?"

"……."

진회팔은 답을 하지 못했다.

곁에서 고대동의 이야기를 모두 다 들었다. 그가 보는 고대동의 이야기는 비약이 심하고 여기저기 허점투성이였다. 냉정히 말해 등봉의 사건과 그다지 연관성도 없어 보였다.

하지만 고대동의 주장이 사실이라면 주기옥의 안위를 책임져야 하는 그의 입장에선 심각하게 받아들여야 했다. 정면으로 달려드는 적? 얼마나 강한지 여부와 관계없이 능히 막아낼 자신이 있었다.

자객이라면? 역시 자신이 있다. 하지만 간과해선 안 될 부분은 수하들의 피해를 감수해야 한다는 점인데 그건 그의 자존심이 용납할 수 없는 일이었다.

진회팔은 주위를 둘러보았다.

처음부터 잠행에 참여했거나 중도에 합류한 이십여 명을 제외한 나머지는 전부 낯선 인물들이었다.

이럴 때일수록 자신감을 보여야 한다. 진회팔은 어깨를 펴고 가슴을 쑥 내밀었다.

"왕야, 지금 왕야 곁에는 저와 금의위가 있고, 몸을 던질 준비가 되어 있는 충성스런 신하들이 많이 있습니다. 그러니 사소한 사건 하나에 일일이 신경 쓰실 필요 없습니다. 왕야께서는 이제부터 경사로 도착하는 그때까지 편안하게 여행을 즐기시면 됩니다."

지극히 상투적이고 원론적인 말이다. 하나 때로는 원론적인 말이 더 큰 힘이 되는 경우도 있었다. 진회팔은 그 점을 잘 알고 있었다.

"아! 무림맹에서 사람을 보내왔다고 하던데 그들은 지금 어디에 있습니까?"

주기옥은 이제야 생각난다는 듯 물었다.

고대동이 나섰다.

"무림맹에서 왕야를 위해 최고의 정예 오십 명을 보내왔습니다. 그들은 도착하자마자 활동에 들어갔습니다. 그들 가운데 절반은 이미 두 명의 괴한을 쫓는 추격대에 합류했으며 나머지 절반의 인원은 객청에서 앞으로 왕야의 신변 보호 계획을 구상하면서 명령을 기다리고 있습니다. 왕야, 그들을 한번 만나보시겠습니까?"

"아닙니다. 보고만 듣고 만나는 건 다음 기회로 미루지요."

주기옥은 시큰둥한 반응을 보였다. 그는 실내에 모여 있는 삼십여 명을 휘 둘러보았다.

진회팔과 엽진숭, 구판기 그리고 이 자리에는 없으나 장랑과 깊은 친분 관계가 있어 보이는 고집불통 노인과 몇 명의 무인.

그들 몇 사람을 제외하면 그다지 신용할 만한 인물이 얼른 눈에 들어오지 않았다.

'정말 믿을 사람이 없군. 그나저나 왜 아직도 오지 않는단 말인가? 내가 너무 성급했을까?'

장랑을 만나지 않고 등봉을 떠나온 것에 아쉬움이 남았다. 원인은 갑자기 들이닥쳐 감언이설을 늘어놓은 두 명의 낯선 소감 때문이었다. 그들은 모든 일을 채비에게 떠넘기고 어디론가 홀연히 사라졌다. 문책을 하고 싶어도 사람이 없으니.

그러나 따지고 보면 판단은 자신이 내린 것이다. 지금 성화에 못 이기는 척 정주에 머물면서 시간을 끄는 이유는, 실은 부지런히 뒤를 따라올 장랑에게 합류할 시간을 벌어주기 위해서였다.

곁에 두고 싶은 인물. 그냥 마음이 끌리고 정이 가는 사람.

시간이 지날수록 점점 더 그리워지는 사람.

어느덧 장랑은 그에게 그런 인물이 되어버렸다.

'서찰 하나 달랑 남겨놓고 떠나오는 것이 아니었어. 촉한의 소열제는 제갈무후를 얻기 위해 삼고초려까지 했다 하거늘……'

주기옥은 뒤늦은 후회를 하고 있었다.

*   *   *

장랑과 송무는 정주부 관사 앞을 벗어나자마자 성 밖 송가장 쪽으로 움직였다.

"한바탕 소란을 피웠더니 출출하군요. 뭐라도 먹어… 아! 맞다! 어탕, 어탕 맛이 기가 막힌 집을 알고 있는데 그리로 갑시다."

'어탕?'

장랑은 군말하지 않았다. 다른 건 몰라도 송무는 스스로 대단한 미식가인 것에 자부심을 가진 사나이이니 그가 맛이 있다고 하면 맛이 있을 것이다.

송무의 안내로 찾은 곳은 팔양포에서 가까운 노천 반점이었다.

인근의 뱃사람을 상대로 음식을 비롯하여 술과 안주를 파는 곳이다.

장랑은 모르지만 황하에서 잡혀 올라오는 잡어로 끓인 어탕이 일품이라 정주 일대에 소문이 자자한 집이었다.

모두가 한참 바삐 일할 시간인지라 손님은 그리 많지 않았다.

"동창 놈들이 안하무인이라는 소리는 들었지만 설마했습니다. 소문이란 원래 과장되기 마련이니까요. 그런데 막상 겪어보니 소문은 절대 과장되지 않았군요. 생각 같아서는 그 채비라는 놈의 모가지를 비틀고 나머지 동창 놈들도 몽땅 요절내고 싶었는데……. 어휴! 내가 참아야지."

송무는 아직 분이 풀리지 않은 듯했다.

"잘 참았습니다."

장랑은 달리 위로할 말이 없었다.

이에 송무가 씨익 웃으며 말했다.

"장 형, 낮술 한잔합시다. 두강주(杜康酒) 어떻습니까? 이 집의 두강주는 유명합니다."

"주선(酒仙)의 그 두강주를 말하는 겁니까?"

"네, 바로 그 술입니다."

"아!"

장랑은 고개를 끄덕였다.

두강주라면 마셔본 적은 없지만 익히 들어 알고 있는 술이다. 어용주(御用酒)로 유명한 술이기도 하지만 도가에서는 죽림칠현 가운데 한 사람, 유령(劉伶) 선생이 도(道)를 깨우쳐 등

선하기 직전 석 잔을 마셔 대취하여 삼 년이나 잠만 잤다는
그 술이었다.

"두강주는 이 집에서 가장 좋고 가장 비싼 술입니다. 한 근
에 은자 두 냥이던가? 아무튼 한잔 술로 모든 시름을 단박에
날려 보낼 수 있다는 명주 중의 명주이니 값은 중요치 않습니
다."

"기대가 되는군요."

장랑도 두강주의 맛을 보고 싶었다.

주문한 술이 나왔다.

쪼르르르—

노란 호박색 빛깔에서 풍겨 나오는 오랫동안 숙성된 주향
이 코끝을 자극한다.

마시기도 전에 그 향기에 취해 버릴 것 같다.

"드시죠."

"향이 정말 좋군요."

장랑과 송무는 서로의 얼굴을 바라보면서 잔과 사발에 가
득 담긴 술을 집어 들었다. 장랑은 잔에 따라 홀짝 마시는 데
반하여 송무는 커다란 사발을 주문했고 거기에 가득 담긴 술
을 냉수 마시듯 벌컥벌컥 들이켰다.

"크으!"

"후아!"

목구멍을 타고 흐르는 짜릿함.

단전 바로 위쪽에서 시작한 뜨거운 열기가 삽시간에 전신으로 퍼져 나갔다.

어지간히 독한 술이다.

"끄윽!"

송무는 낮은 트림을 했고 얼굴이 붉은 사과처럼 벌게졌다.

콸콸콸콸—

송무는 술과 원수진 사람 같았다.

장랑은 단 한 잔으로도 어질어질하는 판국인데 송무는 아무렇지도 않은 모양이었다. 장랑이 두 잔을 비우고 석 잔째를 따르는 사이 송무는 벌써 사발로 연거푸 세 사발이나 들이켜 버렸다.

장랑은 탄복하는 눈빛으로 송무를 바라보았다. 앞으로야 모르겠지만 지금은 그저 송무의 엄청난 주량이 놀라울 따름이었다.

"자, 한잔 더 받으시죠."

"네."

송무가 계면쩍어하면서 장랑의 잔에 술을 가득 채웠다.

장랑이 잔으로 손을 가져가는 그 순간이었다.

갑자기 등줄기가 오싹해졌고 머리끝이 쭈뼛해졌다.

"피햇!"

장랑은 재빨리 탁자 너머로 몸을 날렸다. 송무를 덮치듯 하여 어깨를 낚아채는 동시에 탁자 옆 바닥으로 굴렀다.

슈슈슈슈슉!

따따따다닥!

날카로운 파공성이 장랑의 귓가를 스치고 지났는가 싶더니, 목표를 잃은 수십 개의 화살이 탁자와 그 주변 바닥에 파고들며 뿌연 흙먼지를 피어 올렸다.

"이런, 개썅……."

상황을 파악한 송무가 욕지거리와 함께 몸을 벌떡 일으켜 세우려 했다.

"잠깐! 이쪽!"

장랑이 재차 그의 옷자락을 잡아챘다. 송무는 장랑의 제지로 일어서지도 못했고, 입 밖으로 나오려던 욕지거리 역시 미처 다 내뱉지 못하였다.

쨍— 그랑!

퍼퍼퍼퍽!

술을 마시던 탁자는 요란한 진동과 함께 화살이 가득 박힌 고슴도치 모양으로 변해 버렸다.

장랑은 화살이 날아오는 방향을 살폈다.

삼십여 장 떨어진 뒤쪽에서 수십 명의 관인 복장 방패수가 눈에 들어왔다. 그리고 그들에게 둘러싸인 이십 명 궁수들이 활을 겨누고 있었다.. 그 뒤로는 병장기를 소유한 여러 복색의 수십 명 인원도 함께 있었다.

노천반점은 순식간에 난장판이 되어버렸다.

“저, 저런 미친놈들.”

“쳐 죽일 놈들. 여기 사람이 얼마… 인데.”

식사 도중 벌어진 황당한 사건. 사람들의 분노에 찬 목소리가 여기저기서 터져 나왔다.

다행히 다친 사람은 없었다. 그러나 손님 대부분이 놀란 가슴을 쓸어내리거나, 공포에 질린 표정으로 몸을 웅크리고 있었다. 일부는 탁자 밑에 몸을 숨기거나 바닥에 배를 대고 납작 엎드려 있기도 했고, 몇몇은 공포에 질려 꼼짝 못하고 그 자리에서 벌벌 떨고 있기도 했다.

“송 형, 일단 이곳부터 벗어나고 봅시다.”

“……?”

송무는 왜라는 표정이다.

“여긴 장소가 좋지 않습니다. 아무 연관도 없는 애꿎은 사람들이 피해를 입게 됩니다. 우리가 그렇게 만들 수는 없지 않겠습니까?”

송무는 단박에 장랑의 말뜻을 알아들었다.

타타타타탁!

그 와중에도 화살은 계속 날아와 박혔다.

“갑시다.”

장랑과 송무는 누구라 할 것도 없이 거의 동시에 강변 쪽으로 몸을 날렸다.

관산대로를 벗어나기까지 화살세례는 몇 차례나 계속되

었다.

강변에 도착했을 무렵이 되어서야 화살이 더는 날아오지 않았다.

궁수대는 육안으로 식별이 불가능할 정도의 먼 거리로 뒤처져 버렸다. 대신 궁수대 뒤편에 있던 다른 무리들이 궁수대를 대신하여 추격해 따라붙고 있었다.

그들의 숫자는 모두 마흔네 명.

세 부류였다.

강호무인으로 추정되는 스물두 명, 동창위사 차림의 열 명, 정확한 신분은 알 수 없으나 대략 금의위로 추정되는 인물 열두 명이 그들이었다.

그들이 쫓는 사람은 장랑과 송무였지만 그들은 함께 어울리지 않았다.

각자의 대오대로 움직였다. 동창은 동창의 방식대로, 금의위는 금의위 나름의 방식대로, 강호무인은 그들만의 방식으로…….

'사냥감을 두고 경쟁하자는 건가?

장랑은 그들이 각기 경쟁 중임을 눈치 챘다.

"조금 더 가면 인적이 드물어집니다. 그곳에 가서 저놈들과 결판을 냅시다. 죽일 놈들."

송무가 길 안내를 하면서 '뿌드득!' 이를 갈았다.

바로 그 순간이었다.

“헉!”

송무가 돌연 비틀거렸다. 그와 동시에 매서운 파공성 하나가 귓전을 스치고 지나갔다.

“무슨……?”

하지만 강전은 이미 송무의 옆구리를 스쳐 지나갔다. 강전은 십 장 앞 아름드리나무 밑동을 완전히 파고들어 박힌 채 꼬리 부분만 남아 부르르 떨고 있었다.

소리보다 빠른 속도. 상식을 뛰어넘는 엄청난 속도였다.

‘어떻게 이런 일이……. 맥궁은 일반 활보다 열 배 이상 강력하다. 하지만 맥궁이라 할지라도 이런 엄청난 속도는 무리다. 누구지?’

최고의 활이라 칭해지는 맥궁(貊弓)조차 활의 순수한 탄력만으로 그 정도의 속도와 위력을 내지 못한다. 십중팔구 신궁 소리를 듣는 무공고수가 활의 탄력에 강한 내력을 실어 그 위력을 배가시켜 날린 것이다.

얼른 떠오르는 인물은 궁왕 황정정(黃正靜)이다. 그런데 궁왕 황정견은 이십 년 전 은거에 들어갔다. 그는 고향인 막북(漠北)을 다시는 벗어나지 않겠다는 선언을 하였다. 무림에 대해 조금이라도 관심이 있는 인물이라면 다 아는 사실이다.

따라서 궁왕이 이곳에 있을 리 없다. 더구나 궁왕은 결코 등 뒤에서 시위를 당기는 인물이 아니다.

장랑의 시선은 송무의 옆구리를 향했다.

"젠장! 재수가 없으려니까 이런 일도 생기는군요. 그런 눈으로 보지 마십시오. 그냥 가벼운 생채기 수준입니다."

송무의 푸념 섞인 목소리.

"가벼운 상처라도 치료를 소홀히 하면 안 됩니다."

"걱정 마십시오. 적당한 장소에 도착하면 그때 치료해도 늦지 않습니다. 저놈들이 가까이 다가옵니다. 서둘러야 합니다."

송무는 장랑이 신경 쓰는 것을 꺼려하였다. 그는 스스로 지혈을 하면서 오히려 장랑을 재촉하였다.

하지만 송무의 낯빛은 이미 창백하게 질려가고 있었다. 지혈이 잘되지 않는지 옆구리가 온통 피투성이였고 그 주변도 빠르게 젖어가고 있었다.

"아무래도 안 되겠습니다. 지혈만이라도 제대로 하고 갑시다."

"아닙니다. 저들의 숫자가 너무 많습니다. 더 가야 합니다. 조금만 더 가면 저들의 추격을 피할 좋은 장소가……."

송무가 도중에 말을 멈추더니 난처한 표정을 지었다.

장랑은 다급히 물었다.

"무슨 일입니까?"

"독! 독입니다. 화살촉에 독이 묻었던 모양입니다. 내공이 모이질 않습니다. 흠, 신선폐(神仙廢)나 군자산(君子散) 같은 종류의……."

송무는 참담한 얼굴이었다.

"산공독?"

"……."

장랑은 결단을 내려야만 했다. 되도록 충돌을 피하려 했지만 이젠 어쩔 수 없었다.

"이쪽으로."

장랑은 송무를 부축하여 가까이 보이는 제방 쪽으로 움직였다.

홀로 사십 명이 넘는 인원을 상대하기란 쉽지 않다. 일정 거리를 유지하며 치고 빠지는 각개격파가 가장 좋지만 송무로 인해 현재 그 방법은 불가했다.

"고집 피우지 말고 앉아 계세요. 자꾸 그러면 나 화냅니다."

함께 싸우겠다고 결연한 의지를 내보이는 송무를 어르고 달래 겨우 바닥에 앉혔다.

장랑은 뒤쪽에 거칠게 요동치며 도도하게 흘러가는 황하를 등지고 섰다.

혼자서 다수를 상대하기 좋은 지형은 지금과 같은 곳이 아니라 삼면이 가로막힌 호리병 같은 장소다. 그런 지형에서는 한쪽만 신경 쓰며 집중하면 그만이다. 하지만 사방이 뻥 뚫린 경우는 전 방향에 고루 신경을 써야만 한다. 필연적으로 집중력이 분산되기 마련이다. 장랑이 강을 등진 이유는 신경 쓸 방향을 하나라도 줄여보자는 생각에서였다. 장랑은 그래도 사방이 훤한 너른 들판이 아닌 것이 천만다행이라 생각했다.

뒤를 따르던 사십여 명의 무리가 세 방향으로 흩어졌다.

그들은 장랑과 송무를 가운데 두고 삼면에서 포위하듯 접근해 왔다.

좌측은 동창, 우측은 금의위, 정면은 이십여 명 무림인.

동창과 금의위는 그다지 신경 쓰이지 않았다. 그들은 언제든지 마음만 먹으면 어려움 없이 한 번에 누일 자신이 있다. 그래서 신경 쓰이는 무리는 정면에서 가장 느리게 접근해 오는 무림인 이십여 명이다.

그중에서도 특히 맨 뒤편 두 명의 중년인. 그들이 은연중 풍겨내는 기세는 가벼이 볼 수 없는 수준이었다.

"꼴좋구나, 이놈들. 왜? 더 도망가 보지?"

동창의 무리 가운데 누군가가 비아냥거렸다.

"이익!"

송무가 불끈하면서 자리를 털고 일어섰다.

"개자식들. 장 형, 동창 놈들은 내게 맡겨주십시오. 내 비록 내력을 끌어올리기 어려운 지경이나 저들 정도는 어렵지 않게 처리할 자신이 있습니다."

"송 형, 내 말 좀 들어보시오."

장랑은 송무를 다시 부축해 자리에 앉히며 자제를 부탁하였다.

한편, 좌도정은 장랑에게 다가가는 수하들과 달리 뒤쪽에 움직이지 않고 서 있었다.

그는 지금 자신도 모르게 고개를 갸웃하고 있었다.

"저자의 얼굴이 낯설지 않아. 어디서 봤더라?"

멀찌감치 떨어져 뒤를 쫓을 때는 긴가민가했다. 그러나 정면에서 바라보니 확실히 낯이 익었다.

"그래요? 나 역시 어디선가 본 듯합니다."

양지명도 좌도정과 같은 반응을 보였다.

"그런데, 어디서 봤는지, 누구와 닮았는지, 통 기억이 나질 않습니다. 눈썰미라면 누구에게도 뒤지지 않을 자신이 있었는데! 이거 참! 나이가 들면 기억력이 흐려진다던데 설마 내가 벌써?"

좌도정이 늘어진 어깨를 으쓱하며 추슬렀다.

"좌 대협이 오랜만에 농을 다 하는군요. 왜 생면부지일지라도 간혹 친근감이 느껴지는 경우가 있지 않습니까? 지금이 그런 경우가 아닐까요? 나는 그렇게 생각합니다."

"그럴까요?"

"아마도 그럴 겁니다."

좌도정과 양지명.

그들은 서로의 얼굴을 바라보면서 멋쩍은 웃음을 지었다.

좌도정이 크지 않은 목소리로 노금성을 불러 세웠다.

"금성아."

"부르셨습니까, 사부님!"

노금성이 쪼르르 달려왔다.

"동표각 아이들이 너무 가깝게 접근한다. 더는 앞으로 나아가지 말라고 해라. 아니, 차라리 뒤로 조금 물러서도록 해야겠다."

"사부님! 왜 그런……."

노금성은 승복하려 들지 않았다. 공을 세울 좋은 기회를 놓치기 싫은 것이다. 그는 자신들이 쫓는 두 사람 가운데 한 명이 동창 위사를 상대하는 모습을 처음부터 끝까지 지켜보았다.

동창 위사는 전부 허울뿐, 도무지 송무의 상대가 되지 못했다. 때문에 금의위라 해도 별다르지 않는다 생각했다. 동창에서 검을 들고 다니는 인물의 대부분은 금의위에서 차출된 인물이기 때문이다.

단 한 사람. 신기에 가까운 궁술을 선보인 금의위의 장년인을 제외한 나머지는 병졸 복장의 두 명을 당해내기 어렵다는 판단을 하고 있었다.

그래서 처음부터 두 명의 병졸은 자신들의 몫이라 생각했다.

"우리는 무림맹의 정예다. 하지만 이 일의 주체는 우리가 아니다. 저들을 추적하고 추포하는 책임은 동창과 금의위에 있다. 우리는 보조하면서 도와주는 입장일 뿐이다.”

“사부님!”

“안다. 네 마음 안다. 그러나 일단은 동창과 금의위에게 맡겨두도록 하자. 저들이 만약 실패를 하고 우리에게 도움을 요청할 때, 그때는 우리가 나서야겠지. 그것이 순서다. 양 대협, 안 그렇습니까?”

좌도정은 노금성 대신 양지명의 동의를 구하는 것으로 말을 끝맺었다.

“맞습니다. 순서를 지켜야지요.”

양지명이 고개를 끄덕였다.

“저놈들이 무슨 꿍꿍이지? 왜 갑자기 멈춰 선 거야?”

송무는 무림맹 무사들이 삼십여 장을 남겨두고 더 이상 접근을 않자 즉각 반응을 보였다. 장랑도 그건 마찬가지였다. 하나 장랑은 더는 깊게 생각하지 못했다. 유독 그의 눈길을 끄는 사내 때문이었다.

그는 금의위로 추정되는 무리의 지휘자로 일행과 조금 떨어진 위치에서 석 자 길이의 가느다란 묵곤을 구부리고 있었다. 묵곤은 반원 모양으로 천천히 구부려져 가는데 자세히 보니 양 끝단에 작은 홈이 파여 있었다.

‘바로 저자였군.’

강전을 날렸던 인물이 분명했다.

가장 먼저 다가온 무리는 동창의 위사들이었다. 그들은 한 명을 제외하고는 모두가 송무에게 병기를 휘둘렀던 그들이었다.

"이놈들, 감히 우리 동창을 건드리고 도망을 쳐? 정말로 간덩이가 부운 놈들이야."

"찢어 죽여도 시원치 않을 놈들이야."

"흐흐흐흐. 이놈아, 계집도 아닌데 찢긴 뭘 찢어?"

"아! 그렇구나. 대신 불알이 달렸잖아. 찢는 대신 터뜨려 버려야지. 안 그래?"

"맞아. 크크크큭."

동창위사 두 명이 저들끼리 농담을 주고받으며 키득키득하였다. 그들은 자신들이 송무의 상대가 되지 못함도 모르는지 하나같이 득의양양한 표정으로 장랑과 송무를 독 안에 든 쥐 바라보듯 하였다.

송무의 입도 가만있지 않았다.

"고자 놈들 주제에⋯⋯. 하하하. 장 형, 저놈들은 우리가 꽤나 부러운 모양입니다. 하긴 남들 다 있는 것도 없는 놈들이니 부러워할 만도 하겠지. 장 형, 안 그렇습니까?"

"뭐, 아무래도 그렇겠지요."

장랑은 신체의 일부를 가지고 농을 주고받기에는 아직 어색한 부분이 있었다.

그러나 송무에게 보조를 맞추어줄 필요가 있어 고개만 끄덕였다.

"미친 새끼들. 죽여, 다 죽여 버려!"

화웅이 소리쳤다. 동창위사들이 일제히 검을 빼 들고는 미친 듯이 달려들었다.

그런데 장랑의 움직임은 그들보다 몇 배나 더 빨랐다.

퍼퍼— 퍽퍽! 퍼퍼벅! 퍽퍽! 퍼퍽!

장랑은 한줄기 자유로운 바람과 같았다.

자유자재로 방향이 전환되는 신형. 들어가고 나오면서 한 번씩 내지른 주먹. 그에 따른 경쾌한 타격음과 함께 터져 나오는 여러 답답한 신음성.

"컥!"

"꾸엑!"

그리고 뒤늦게 불신과 경악 가득한 목소리와 표정.

"으— 음!"

"끄응! 어, 어떻게?"

열 명 동창위사들은 칼 한번 제대로 휘두르지도 못했다. 장랑이 한 걸음, 또 한 걸음 내디딜 때마다 그저 번개 맞은 사람처럼 부르르 떨다가 강풍에 휘말려 숏구쳐 올랐다 떨어지는 힘없는 허수아비처럼, 누구도 예외없이 몸을 높이 띄웠다가 땅바닥에 내동댕이쳐졌다.

동창위사들은 한결같이 새우 등처럼 허리를 반으로 접은 채

바닥에 누워 있었다. 그들이 극심한 통증을 참아내며 송무를
향해 걸어가는 장랑의 뒷모습을 멍한 눈빛으로 바라만 보았다.

"송 형, 저들의 혈도는 모두 제압하였소. 그럴 리 없겠지만
혹시 혈도가 풀릴지 모르니 저들을 잘 감시해 주시오."

"장 형, 도무지……."

장랑은 송무에게 말할 시간을 주지 않았다. 곧바로 가까이
접근해 온 금의위 쪽을 향해 달려가고 있었다.

적소립(赤笑立).

그는 천잠사와 노루 심줄을 하나로 엮어 꼬아 만든 시위를
천천히 묵궁에 걸었다. 그리고는 느긋한 자세로 시위를 당겼
다 놓았다 하면서 묵궁의 탄력을 점검하였다.

적소립은 이때가 좋았다. 평범한 묵곤이었던 쇠몽둥이가
천하에 다시없는 신병이기 가운데 하나인 묵궁으로 변신한
모습. 그 모습을 바라볼 때마다 천하를 모두 다 가진 듯한 행
복감을 느꼈다. 그렇기에 때때로 그렇게 시위를 가볍게 당겼
다 놓았다 반복하면서 그 행복의 여운까지 즐기곤 했다.

"역시, 좋군."

그윽한 시선으로 묵궁을 바라보며 고개를 끄덕이던 적소
립은 만족한 표정으로 수하들에게 고개를 돌렸다. 그런데.

"헉? 뭐, 뭐야?"

적소립은 자신이 착각하여 뭔가 잘못된 광경을 보았다고

여겼다.

조금 전, 동창 녀석들이 촌티 팍팍 나는 병졸 놈의 희한한 춤사위 몇 번에 맥도 못 추고 짚단 쓰러지듯이 우수수 쓰러지는 모습을 멀리 떨어진 곳에서 곁눈질로 슬쩍 보았다.

좀처럼 보기 힘든 광경이었으나 그의 흥미를 끌지는 못하였다. 그 순간에는 묵궁의 탄력에서 느껴지는 행복감이 더 중요했다. 오히려 그 행복감이 깨어질까 봐 금방 시선을 거두고 말았다.

솔직히 동창 녀석들이 당하여 쓰러지는 모습은 고소하기도 했다.

그 녀석들은 원래 주둥이로 먹고사는 놈들이며, 화웅을 제외하면 전부가 말과 행동에 있어 허세가 절반이 넘는 족속이니 당해도 싸다는 생각을 했다. 그리고 무공도 모르는 놈들이 겉멋만 잔뜩 들어서 설치다 변변한 저항도 못하고 속절없이 당한다 해도 새로울 것이 없었다. 일류고수쯤 되면 동창위사 수십 명쯤은 손안의 공기돌처럼 마음대로 가지고 놀 수도 있는 일이었다.

하지만 지금, 금의위 무사들까지 같은 방식으로 무너져 내리는 모습을 똑똑히 목격하게 되니 머리가 핑 도는 것이 금방이라도 현기증이 일어나려 했다.

보통 놈이 아니라는 생각이 들었다. 하나 그보다는 분노가 더 먼저였다. 금의위는 동창과 다르다. 금의위는 동창처럼 머릿수나 채우고 있다가 추풍낙엽으로 가볍게 쓰러져 먼지나 피워 올릴 존재가 아니었다.

금의위는 질적으로 다른 우월한 존재라는 믿음. 그건 적소립을 비롯한 금의위 무인들의 자부심이었다.

더욱이 이번에 출동한 인원은 며칠 전 진회팔 대인으로부터 직접 호출을 받아 구성된 뇌호단(雷虎團) 소속이었다.

시종일관 도망만 치기에 놈들을 우습게보았다. 하나 녀석들은 심심풀이 토끼몰이하듯 재미 삼아 상대할 인물이 아니었다.

'그래 봐야 제깟것이. 가만두지 않겠다.'

묵궁은 무림기병 가운데 하나. 금의위에 속한 평범한 기교에 불과했던 자신을 어느 날 갑자기 초일류무인으로 탈바꿈시켜 버린 고마운 존재. 천호 벼슬을 제수받도록 해주었고 곧 만호를 눈앞에 두게 만들어준 귀중한 존재.

적소립은 묵궁만 있으면 천하의 그 어떤 무림고수도 두렵지 않았다.

적소립은 강전 하나를 재빨리 시위에 걸었다.

'감히 나의 수하들에게 손을 대? 건방진. 한 방에 박살 내주마.'

하는 생각을 강전에 담아 시위를 잡아 당겼다.

투앙―

묵궁의 시위를 떠나 날아가는 강전의 빠름은 빛의 속도를 방불케 했다.

목표는 녀석의 가슴.

녀석의 신체가 금강불괴이거나, 대단한 호신강기를 일으킬지라도 묵궁에서 투사된 강전은 막지 못하리라.

적소립은 자신만만하였다.

장랑은 묵궁을 떠나 자신에게 날아오는 강전을 똑똑히 보았다.

위력은 차치하고 무엇보다 무척 빨랐다.

보지 못하는 상태에서 날아왔더라면 모를까, 시위를 떠나는 모습을 육안으로 확인했으니 문제될 것은 없다. 몸을 조금 비틀어 피하면서 낚아챌 자신이 있었다.

그렇게 생각했다.

"크윽!"

하지만 그건 장랑의 착각이었다. 낚아채기는커녕 도리어 입 밖으로 나직한 신음성만 토해내고 말았다.

순간적으로 손바닥이 후끈하면서 얼얼했다.

상처를 입은 건 아니지만 불에 데인 듯한 화끈한 통증 후 손바닥은 이내 붉게 달아올라 있었다.

회선향(回線向).

너무나 빠른 자전(自轉)으로 인해 회전하고 있다는 느낌이 들지 않는 수법.

어설프게 잡아채려다가는 손목이 통째로 날아가고 마는,

그건 분명 회선향이었다. 태음진결을 운용하여 손을 보호하지 않았더라면 손바닥은 단번에 걸레짝이 되었을 것이다.

'대단한 활!'

장랑은 생각을 바꾸어 앞으로 달려나갔다. 어느 순간 도움닫기를 하여 몸을 높이 솟구쳐 올렸다.

"저, 저런! 말도 안 되는……."

적소립은 기가 막혀 말조차 나오지 않았다.

묵궁에서 투사된 강전은 천 년 고목 아름드리나무를 아무렇지도 않게 관통한다. 폭이 두 자가 넘는 석주도 단번에 박살 내는 위력을 지녔다. 인간의 육신은 살짝 스치기만 해도 살점이 한 뭉텅이 이상 떨어져 나가야 한다. 그런데 멀쩡했다.

"그렇다면……."

적소립은 환영시(幻影矢)와 무영시(無影矢)를 동시에 시위에 걸었다.

시위를 벗어나는 순간 형체를 완전히 감춰 버린다는 무영시, 날아가는 동안 심하게 요동을 치며 거리에 따라 두 개 혹은 네 개로 분리되는 환영시.

그 두 가지는 적소립이 잘 사용하지 않는 필살기였다.

화후가 낮아 무영시는 아직 형체를 완전히 감추지 못하고, 환영시는 겨우 두 개만 분리되는 수준이지만 아직 그 정도조차 막아내는 인물은 보지 못했다.

투퉁―

환영시와 무영시가 동시에 묵궁을 떠나 허공을 가로질러 갔다.

허공에 몸을 띄우던 장랑은 자신의 눈을 의심했다.

대쪽처럼 갑자기 두 개로 갈라지는 화살과 돌연 투명해지면서 형체를 감추는 화살.

"응? 뭐지?"

장랑은 급하게 비룡번신(飛龍翻身)으로 몸을 뒤집었다.

핏! 핏!

환영시 두 개의 화살을 피했다. 하지만 무영시의 종적을 그만 놓치고 말았다.

찌이익!

무영시가 어느 틈에 장랑의 어깨를 스치고 지나갔다. 신형을 뒤집지 않았더라면 가슴을 관통당했을지 모른다.

'대단한 위력!'

바닥에 내려선 장랑은 등골이 오싹해짐을 느꼈다. 살짝 스치고 지났음에도 어깨 부위 옷이 쥐가 파먹은 듯 파형으로 가로세로 세 치 이상 뜯겨 나갔다.

오랜만에 느껴보는 팽팽한 긴장감.

원거리 살상무기이기에 근접한 싸움에 무용지물이나 다름없어 천대받던 활. 그것이 사용하기에 따라 도검류에 못지않은 커다란 효용성이 있음을 알게 되었다.

적소립이 다시 시위에 화살을 재는 모습이 눈에 들어왔
다.

장랑은 추운신법을 펼쳐 냈다. 전력을 다하면 이형환위를
능가하는 빠르기를 만들어내는 추운신법이다. 하나 아직 전
력을 다할 필요는 없다. 좌우로 움직이며 어느 한곳을 목표로
잡지 못하게 하면 그뿐이다.

예상대로 시위를 잡아당긴 적소립은 목표를 잡지 못해 허
둥대며 시위를 놓지 못하고 있었다.

찰나지간 적소립의 코앞에까지 다가간 장랑.

퍽! 퍽! 퍼퍽!

개천풍운장에 이은 비각퇴의 두 초식.

복부에 위치한 중주혈(中注穴)에서 시작하여 목젖 아래 유
부혈(兪府穴)까지 이어진 네 번의 타격.

그것이면 충분했다.

"아아아— 아악!"

적소립 입에서 연이어 처절한 비명소리가 터져 나왔다.

단전 바로 위에서 시작한 통증이 삼시간에 온몸으로 퍼져
나가며 전신을 찢어발기는 듯한 끔찍한 고통. 온몸이 불길에
휩싸여 활활 타오르는 것 같았다.

적소립은 온몸에 경련을 일으키며 뒤로 몇 걸음 밀려나는
듯하다가 그대로 무너져 내렸다.

쿵!

적소립은 당장 정신을 잃었지만 깨어나면 느끼게 될 것이다. 장랑이 그에게 끔찍한 고통만 느끼게 했을 뿐, 달리 어떠한 부상도 입히지 않았음을……

자신의 기호에 맞거나 괜찮다는 느낌이 드는 인물에게 흔히 '호감이 간다'라고 한다. 그리고 그 호감도가 매우 높은 경우엔 '반했다'라는 표현을 쓴다.

장랑은 주기옥에게 그런 존재가 되어 있었다.

그래서 주기옥은 장랑이 빨리 합류하기를 기다리고 있었고, 남들 눈에 학수고대로 비춰졌지만 개의치 않는다.

'장랑의 무엇이 좋아서 그러느냐?' 묻는다면 주기옥은 말할 수 있다.

"몰라. 그냥 아무 이유도 없이 좋아."

그 때문인지 몰라도 주변에서 마음에 쏙 드는 인물을 발견하기가 쉽지 않았다.

최고의 측근이자 열렬한 추종자이며 충복인 엽진숭, 언제나 든든한 버팀목 역할을 해왔던 진회팔을 제외하면 아직 그들에 필적할 만한 인물을 찾지 못했다.

그래서 장랑이 절실하게 필요하게 되었는지 모른다.

주기옥은 엽진숭에게 시선을 돌렸다.

"구판기는 지금 어디에 있느냐?"

"왕야, 그새 잊으셨습니까? 왕야께서 구판기에게 무림맹 무인들을 접대하라 명을 내리셨습니다."

"아참, 그랬지."

주기옥은 고개를 흔들었다. 이젠 건망증 중세까지 생기는 듯했다.

엽진숭은 슬며시 주변을 둘러보았다.

주위에 아무도 없음을 확인한 엽진숭은 주기옥의 눈치를 살피며 조심스럽게 입을 열었다.

"왕야, 무엇이 그리도 초조하십니까?"

"초조하긴 누가 초조하다고 그러느냐?"

주기옥이 시치미를 뗐다.

"왕야, 제 눈은 못 속입니다. 제가 누구입니까? 더구나 왕야 곁에서만 벌써 십 년이 넘었습니다."

"그래? 벌써 십 년이라. 흠, 그리고 보니 네놈이 내 옆에서 십 년이나 아부를 떨며 먹고살았구나."

"왕야, 그렇게 말씀하시면 소인 정말 섭섭합니다."

엽진숭이 몸을 비틀었다.

주기옥이 정색을 했다.

"이놈아, 나는 초조해하지 않아. 다만 직접 만나보지 못하고 떠나온 것이 후회될 뿐이야."

"장 공자요? 왕야께서는 장 공자의 어떤 점이 그렇게 마음에 드셨습니까? 저는 장 공자에게 별 특이한 점을 발견하지 못했는데? 대체 뭡니까? 저도 좀 알려주세요."

"그게 말이다, 참으로 이상하단 말야. 그가 곁에 있을 때는 그다지 큰 존재감을 느끼지 못했어. 하지만 막상 눈앞에서 사라지니까 뭔지 모를 아쉬움이 생기더니 그것이 마구 커지더란 말이지. 이해할 수 있겠느냐?"

"……."

엽진숭은 아무런 말도 못하고 주기옥을 물끄러미 바라만 보았다. 그가 보는 주기옥은 마치 첫사랑에 빠진 열다섯 소년과 같은 모습이었다.

'왕야가 설마 남색? 에이그, 망칙해.'

엽진숭은 혼자 상상을 하다가 그만 얼굴을 붉혔다. 하지만 그럴 리 없다.

이때까지 그러한 징후는 없었다. 더구나 끔찍이 여기는 정비(正妃)인 왕비(汪妃)가 있고, 후궁인 항귀비(杭貴妃)가 있다. 주기옥이 남색을 탐하면 그 두 여인을 그토록 탐닉하며 사랑하진 않는다.

'뭐지? 이해가 되지 않네.'

엽진숭이 혼자 생각에 빠져 있을 때.

"엽가야, 어젯밤 그 거지영감은 지금 어디에 있느냐?"

주기옥이 돌연 화제를 바꾸어 물었다.

"거, 거지 노인이요? 아! 그 거지 노인은 지금 객청에 있습니다."

"객청? 흥! 그래, 그 노인네 씻기는 씻더냐?"

"그, 그것이……."

엽진숭은 우물쭈물 대답을 하지 못했다.

주기옥이 말한 거지영감은 무림맹 맹주의 부탁으로 달려온 개방의 북두신개였다. 북두신개가 비록 거지 차림으로 다니기는 해도 강호 최대 방파인 개방의 전임 방주이며 현 무림맹 태상장로의 신분이다.

그는 어제 늦은 저녁 찾아와 독대를 요청해 왔다. 주기옥이 왕부에 머물고 있다면 이런저런 핑계를 들이대 거절해 버렸겠지만 이곳은 왕부가 아니기에 딱히 거절할 만한 명분이 없었다.

진회팔의 설득과 엽진숭의 감언이설로 두 사람의 만남은 성사되었다. 하지만 주기옥과 북두신개의 만남은 자리를 마련한 지 반 다경도 못 되어 대화가 중단되고 말았다. 의례적인 인사 몇 마디를 나눈 것이 고작이었는데 주기옥이 발작적으로 구토를 하고 만 것이다.

엽진숭이 생각해도 북두신개 몸에서 솔솔 풍겨 나오는 악취는 너무 심했다. 방문은 물론 모든 창문까지 활짝 열어 한 시진 가까이 환기를 시켰지만 냄새는 좀처럼 가시지 않았다.

북두신개라는 존재가 강호에서 차지하는 비중을 모르는 바 아니지만 주기옥도 도저히 버틸 재간이 없었을 것이다.

엽진숭은 자리가 파하자마자 북두신개에게 목욕하기를 권하였다. 그로서는 용기를 내서 어렵게 꺼낸 말이었지만 북두신개는 그런 것에 아랑곳하지 않고 대뜸 눈부터 부릅떴다.

"이런 미친놈! 거지가 지저분하고 냄새를 풍기는 것은 당연한 이치가 아니더냐! 씻으라고? 황제가 칙령을 내려도 거절할 마당에 어찌 환관인 네놈의 명을 따라야 하느냐! 어린 환관 놈아! 비 오는 날 먼지나도록 두들겨 맞기 전에 썩 물러가거라!"

엽진숭은 북두신개의 호통 소리에 귀가 멍멍해진 상태로 쫓겨나다시피 했다. 주기옥이 북두신개의 이름을 거론하자 엽진숭이 전전긍긍하는 이유였다.

"왜? 그 거지 노인이 죽어도 싫다 하더냐?"

주기옥은 핵심을 찔러 물었다.

"왕야, 사람마다 각기 사정이라는 것이 있습니다. 북두신개는 오랜 세월 동안 익숙해진 자신의 모습이 변하는 것을 매우 꺼려하는 듯 합니다. 해서……."

"그만, 그만. 알아들었다."

주기옥은 엽진숭의 말을 끊어버렸다.

이래저래 장랑의 생각이 간절했다.

＊　　　＊　　　＊

멀리서 지켜보던 좌도정과 양지명은 놀란 입을 다물지 못하였다. 도무지 말이 안 되는 상황이다.

동창과 금의위의 실력은 좌도정도 알고 양지명도 잘 안다. 동창과 금의위에 속한 무사치고 누구 하나 약한 무공 실력을 가진 이는 없다. 동창은 몰라도 금의위 무사들만큼은 모두 엄격한 선발 과정을 거쳐 뽑힌 진짜 일류고수였다. 무림맹에서 파악한 자료에 그렇게 기록되어 있고, 실제 강호 활동 중에 겪어본 그들의 무위는 강호 일류고수의 수준이었다. 그중 일부는 절정고수에 가까운 뛰어난 무공 실력을 가지고 있기도 했다.

그런 일류고수 십여 명을 상대로 동에 번쩍 서에 번쩍, 무인지경으로 내달리며 제압하는 실력자라니……. 눈으로 보고도 잘 믿어지지 않았다.

"흠, 보통이 아니로군."

좌도정의 얼굴에 수심이 깃들어갔다.

사표각 인물의 얼굴이 모두 굳어지는 가운데 홀로 입가에 미소를 짓고 희희낙락하는 사내도 있었다. 그는 최근에 대력신룡이라는 별호를 얻으며 승승장구 중인 노금성이었다.

노금성은 장랑이 자신이 상대하기 버거운 상대라는 점을 한눈에 파악했다. 하나 자신은 이때까지 패배와 담을 쌓고 살아왔다. 다른 사람은 몰라도 자신만큼은 누구에게도 패한다는 생각은 하지 않았다.

실제로 객관적 열세로 점쳐지던 상황에서 모두의 예상을 뒤엎고 당당하게 승리를 이끌어낸 경우도 제법 되었다. 그렇기에 노금성은 아무리 강한 상대를 만나더라도 늘 이길 자신이 있었다.

근래 들어 제대로 된 상대가 없어 약간은 무료했는데 간만에 배운 실력을 유감없이 발휘할 상대를 찾았다.

노금성은 원없이 싸워서 이길 생각을 하니 묘한 흥분감과 더불어 마음까지 들떠졌다.

'뭐야, 저 자식?'

노금성은 장랑을 향해 걸어가다가 돌연 걸음을 멈추고 말았다. 흥겨운 기분에 약간의 금이 갔다. 이유는 단 하나, 장랑의 시선이 그에게 있지 않기 때문이었다.

'저 자식이 날 무시해? 그냥 콱!'

갑자기 자존심이 상한다. 달려들어 뒤통수를 한 대 후려갈기고 싶다. 하나 그럴 수는 없는 일. 백운보의 대제자이며 무림맹 동표각 부각주 신분이지 않은가? 화는 나지만 참아야 한다.

이즈음 장랑의 시선은 무리의 맨 뒤편 좌도정과 양지명을 향해 있었다.

장랑은 그들 두 사람만이 신경 쓰였다. 드물게 보는 고수의 느낌이다.

그렇다 해서 그들이 감당하기 어려울 정도의 대단한 실력자라는 뜻은 아니다.

단지 만약의 사태에 대비, 혹시 그 두 사람이 합공을 펼칠 경우를 가정했을 뿐이다. 부닥쳐 봐야 알겠지만 두 사람이 합공을 한다면 난처한 상황에 직면하게 될지도 모른다. 즉, 그들 두 사람이 자신의 손에 의해 부상당할 가능성이 아주 높다는 것이다. 그런 상황을 바라지 않는 장랑으로서는 약간의 심적 부담이 되었다.

"이봐, 통성명 정도는 해야 되지 않나? 동창과 금의위를 쓰러뜨렸다고 기고만장하면 곤란하잖아."

"……."

장랑은 대꾸하지 않았다. 노금성을 고의로 무시하는 것은 아니다. 단지 지금은 노금성 정도의 인물이 눈에 들어오지 않을뿐더러 관심도 없었다.

"이봐, 지금 나를 무시하는 거야? 왜 대꾸가 없어?"

노금성의 목소리가 높아졌다.

"……."

장랑의 시선이 노금성을 향했다. 신경질을 내거나 목소리를 높여서가 아니다. 들어보니 귀에 익은 목소리인 탓이다.

"귀형은… 혹시 노금성 소협?"

말을 건네다 문득 그의 이름이 기억난 것이다.

"뭐야, 나를 알아?"

노금성은 다소 황당하다는 반응을 보였다.

그 역시 장랑이 왠지 낯설지 않게 느껴지는 부분이 있었다. 다만 일개 병졸 따위를 자신이 알고 있을 리 없다는 생각과 누군지 확실히 모르는 상태에서 먼저 묻는 것은 자존심이 상한다는 것이다.

실상 서로가 서로를 못 알아보는 이유는 있었다.

장랑은 하루 반나절 전만 해도 머리를 틀어 올리고 죽잠을 비껴 꽂았으며, 낡았지만 깔끔하고 정결해 보이는 도복을 입고 있었다. 그것은 도관만 쓰지 않았을 뿐 누가 봐도 영락없는 공동파 도사의 차림새였다. 그런데 지금은 낡고 빛이 바랜 누런 황토색 군졸의 복장에 가죽투구까지 깊숙이 눌러썼으며 무림인들은 잘 사용하지 않는 폭넓은 장도를 들고 있었다.

더구나 구대문파의 제자들 대부분은 아직도 등봉과 숭산 일대를 떠나지 않고 있었다. 그런 사실은 노금성을 비롯한 무림맹 소속 누구나 다 알고 있었다. 때문에 조금 전 장랑의 놀라운 무위를 직접 목격했지만, 중악묘에서의 장랑과 연결시킬 수 없는 것이다.

또 하나, 명문정파의 제자는 아주 특별한 경우가 아니라면 절대로 군졸 복장 같은 변복을 하지 않는다. 더구나 그 차림으로 황실 인물의 행차에서 나타나 말썽을 일으킨다는 것은 상상하기 어려운 일이었다.

한편 그런 점들은 무림맹 인물들도 마찬가지였다.

장랑은 좌도정이나 양지명을 구비회 기간 동안 단 한 차례도 본 적이 없으며, 그들이 이끌고 온 사표각의 무인들 또한 생면부지였다.

장랑이 무림맹 인물 가운데 유일하게 얼굴을 아는 사람은 단상에 앉았던 무림맹주 상호양뿐이다. 그 외 실력을 과신한 나머지 비무대에 오르려 시도했던 노금성을 멀리서 보았을 뿐이다.

결정적으로 노금성은 하루 반나절 전에는 백운보 무사 특유의 청의경장 차림이었으나, 지금은 무림맹의 공식 복장인 백의무복을 입었다. 그리고 무복 위에 피풍의를 겸한 장포까지 걸치고 있었다.

뿐만 아니라 노금성의 안면부 절반 가까이를 덮고 있던 시커먼 수염과 구레나룻이 하루 만에 사라졌다는 점인데 그건 무림맹주의 지시였다.

무림맹주 상호양은 주기옥에게 무림맹에 대한 깨끗한 인상을 남기기 위해 출동하는 사표각 소속 무인 모두에게 청결함을 강조하고 또 강조하였다. 이에 사표각의 무사들은 출동 직전 일제히 면도를 해버린 것이다.

장랑이 양손을 마주 잡아 포권으로 먼저 인사를 건넸다.

"중악묘에서 위풍당당하게 목소리를 높였던 소협이 한 명 있었소. 듣기에 그의 이름은 노금성. 멀리 떨어져 있던 관계로 정식 통성명은 못했지만 강렬했던 인상은 기억에 남아 있습니다."

"……."

노금성은 일시 말을 잃었다.

상대가 자신을 알아보는데 자신은 못 알아보면 그것은 노금성의 사고 속에서는 체면에 손상이 가는 일 가운데 하나였다.

노금성은 장랑의 얼굴을 찬찬히 살폈다. 그러나 분위기가 많이 달라져 버린 장랑을 쉬이 알아보지 못했다.

"나를 알아본다는 말은 중악묘에 있었던 무림인이라는 소리인데. 묻겠다, 어느 문파 소속이냐?"

"……."

장랑은 순간 멈칫했다. 공동파 문하라는 사실을 이 자리에서 밝히면 어쩌면 별다른 충돌 없이 일이 잘 마무리될 가능성이 높았다. 그러나 그 대신 사문의 명예는 그만큼 실추될 가능성도 있었다. 그건 장랑이 원하는 바가 아니었다.

"문파까지 들먹일 필요는 없고, 한 가지 묻겠습니다."

장랑이 대꾸를 질문으로 돌려 버리자 노금성은 얼굴을 살짝 찡그렸다.

"뭐지?"

"뒤를 따르는 이유가 뭡니까? 동창이나 금의위가 발끈하는 것은 이해됩니다. 하지만 당신들의 행동은 이해가 되지 않는군요. 관부에서 돈을 주고 고용한 무림인 같지는 않은데… 말입니다."

장랑은 노금성 일행이 무림맹 소속임을 눈치 챘다. 정도를 걷는 무림인이라면 반드시 부끄러움을 느낄 것이고, 스스로 물러서도록 유도하려고 운을 띄운 것이다.

하나 장랑의 그 생각은 너무나 순진한 발상이었다.

"뭐? 이놈이? 지금 어디다 대고 헛소리야! 이놈!"

노금성이 버럭 화를 내면서 대뜸 주먹을 날리려 했다.

"금성아, 잠깐만 기다려라."

장랑에게 접근 중에 있던 좌도정이 서둘러 달려와 노금성을 제지하였다.

"소협, 방금 그 말은 내가 묻고 싶었던 말이오. 소협의 행동으로 보아 방문좌파의 출신은 아닌 듯싶소. 그런데 어찌 불순한 무리와 어울려 난동을 피우는 게요? 나는 소협이 이제라도 그런 행동을 그만두었으면 하오."

좌도정은 타이르듯 점잖게 말했다.

"난동이라… 표현이 지나치다는 느낌이 듭니다. 누구에게 그런 소리를 들었는지 모르나 불순한 무리 같은 표현이나, 난동이라는 표현은 적절치 않습니다. 전후 사정을 살피면 바로 알겠지만 출발은 사소한 오해에서 시작되었습니다. 관부와의 충돌은 원래 여러 귀찮은 일을 만들어냅니다. 그 귀찮음을 피하기 위해 일시 자리를 뜬 것일 뿐 난동을 피우고 도망치는 것은 아니라는 점을 밝혀둡니다."

장랑은 차분하게 설명 식으로 말하였다.

"동창의 채 대인 설명과 소협의 설명은 서로 많이 다르군."

"사부님, 저자의 말은 모순이 많습니다. 일개 군졸 따위가 사소한 오해 때문에 상관이나 다름없는 동창위사에게 칼을 들이댈 수 없습니다. 뿐만 아니라 일개 군졸의 무공이 절정고수 수준에 육박합니다. 상식적으로 이해되지 않습니다.”

장랑에게 반감이 생긴 노금성이 펄쩍 뛰었다.

좌도정은 노금성을 힐끗 쳐다보더니 장랑에게 별일 아니라는 듯 말했다.

“그렇다는군.”

“…….”

“이보게, 소협. 복장을 보면 짐작되겠지만 우리는 무림맹 소속일세. 즉, 우리는 지금 개인 자격이 아니라 무림맹의 일원으로 이곳에 와 있다는 뜻이지. 그래서 나는 소협에게 한 가지 제안을 하려고 하는데 들어보겠는가?”

양지명이었다. 줄곧 침묵만 지키고 있던 그가 처음으로 나섰다.

장랑은 고개를 끄덕였다.

“들어보도록 하죠.”

“우리는 정식으로 요청을 받았네. 따라서 아무 성과도 없이 그냥 돌아간다면 우리 맹의 체면이 서질 않아. 그러니 우리와 함께 정주관아까지 동행해 주게. 안전은 보장을 하지. 관아에 도착하는 순간 이후에 마음대로 행동해도 관여하지 않겠네.”

양지명은 무력을 쓰지 않고 조용히 해결하고 싶은 모양이었다. 그렇기에 제안이라는 거창한 단어를 언급한 것이다. 하나 장랑 입장에서 보면 제안은커녕 무림맹의 위세를 빌어 황당하기 그지없는 협박을 한 것에 불과했다.

“받아들이기 곤란한 제안이군요.”

장랑은 일언지하에 거절하였다.

양지명이 곤란하다는 표정을 지었다. 그러나 장랑을 바라보는 그의 눈빛은 범같이 사납기 그지없었다.

“아, 이런. 내가 너무 점잖게 표현을 하려다 보니 실수, 실수를 하였네. 이보게, 소협. 거절하면 정말 곤란하다네. 우리는 무림맹일세. 자네는 우리의 제안을 꼭 받아들여야만 한다네. 알겠는가?”

“생각보다 질긴 분이로군요.”

장랑의 눈썹이 꿈틀거렸다. 그가 억지로 화를 참아 누를 때 종종 발생하는 현상이다.

第六章
어설픈 자존심

張郎
行路

泯膡幽影賜其福佑
如近靖神真老君演此真妙經竟
吾降臨遠滑正一　道音廣奉
至大改元四月佛浴為
日弟子趙孟頫敬

"쩝!"

북두신개는 지금 상황이 매우 탐탁지가 않아 입맛을 다시고 말았다.

'이게 도대체 무슨 꼴이야!'

가슴이 갑자기 답답해졌다. 그러고 보니 사방이 꽉 막혀 있었다.

북두신개는 원래 사방이 막힌 공간을 좋아하지 않는다. 남들은 그 이유를 오랜 기간 동안 유리걸식하며 몸에 배어버린 노숙의 습관에서 찾지만 실은 그것이 아니다.

그저 타고난 천성일 뿐이다. 좀 더 자세히 말하자면 반골

기질에서 기인한 체질적인 거부 반응이다. 아무튼 누군가의 강요를 받는 것이 세상에서 제일 싫었다.

북두신개는 다시 한 번 양팔을 벌려보았다. 제자리에 서서 한 바퀴 빙 돌아보기도 했다.

의지와 관계없이 타인의 강요에 의해 바뀌어 버린 복색.

아무리 능라 재질의 최고급 옷이라지만 어색한 것은 어색한 것이다.

개방에 입문한 지 육십오 년.

그 숱한 세월 동안 오로지 순수한 거지로만 살았다.

가끔씩 평생을 거지로 살았는데 조금도 억울하지 않느냐 묻는 인간이 있다.

그럴 때마다 북두신개는 항상 당당히 말해왔다.

"거지가 뭐 어때서? 거지로 살아왔던 내 인생은 늘 즐거움의 연속이었어. 이제 남은 단 하나의 소원이라면, 생의 마지막 순간까지 거지인 채로 거지답게 조용히 눈을 감는 것이지."

그런데 인생의 말년이 가까이 오고 있는 지금, 뭔가 일이 심하게 꼬여가고 있었다.

북두신개는 눈앞에서 안절부절못하는 중년 사내를 바라보았다.

"너 말이다, 여우 꼬리는 땅속에 삼 년 묻었다 꺼내도 족제비 꼬리가 되지 않는다는 그 속담 잘 알지?"

중년 사내는 북두신개의 진의를 파악하지 못했다. 이럴 때는 대꾸없이 어색한 미소로 고개를 끄덕이는 것이 최선이었다.

"한번 거지이면 영원히 거지인 거 맞지?"

"네."

중년 사내는 짤막한 대답과 함께 여전히 어색한 미소로 고개만 끄덕거렸다.

"이게 다 뭐야! 에이, 귀찮아!"

북두신개는 기어코 입고 있던 능라 비단 무복을 신경질적으로, 그것도 한꺼번에 홀러덩 벗어버렸다.

"태상장로님!"

중년 사내의 이름은 황웅원.

그는 마침내 눈을 동그랗게 뜨고 말았다.

"왜?"

"무엇이 그리도 불편하십니까?"

"무엇이 불편? 전부. 아암! 전부 불편해."

"……."

황웅원은 할 말이 없었다. 현소장의 장주이며 무림맹 남표각 각주의 신분인 그다. 이제 막 절정의 경지에 들어선 무공 실력과 이만하면 충분하다 싶을 만큼의 연륜이 쌓인 사십 중반 나이였다.

강호의 명숙으로 대접을 받을 수 있는 충분한 조건을 갖추었으며, 종종 명숙 대우를 받는 그가 북두신개 앞에서는 어떠한 행세도 하지 못했다. 한 세대 이상의 나이 차이가 나는 까마득한 대선배인 까닭이다.

"이보게, 내 옷은 어디에 있나? 원래의 내 옷을 가져다주게."

북두신개는 지금 중요한 부분을 가리는 천 쪼가리 하나만 걸친 채였다.

"그 옷은… 지금 없습니다."

황웅원이 민망하여 얼굴을 제대로 들지 못했다.

"없어? 왜?"

"그것이… 빨아서 널어놓은 모습은 보았는데 어떻게 된 것이 그만, 없어져 버렸다고 합니다."

"없어져?"

"그러니까 바람에 날려 담벼락에 걸쳐진 모습까지 본 사람이 있습니다. 그런데 그 이후에 본 사람은 아무도 없습니다."

"바람에 날아갔다, 이 말인가?"

"이 후배도 전해 들은 터라 확실치가 않습니다."

"썩을 놈들."

가벼운 욕설을 내뱉는 북두신개에게 체념 비슷한 느낌이 풍겨졌다.

황웅원은 내심 약간의 안도감을 느낄 수 있었다.

수하 가운데 하나가 북두신개가 벗어 던진 냄새나는 넝마 쪼가리를 소각하려고 했을 때, 혹시나 하는 마음이 들어 그러지 못하도록 제지하였다. 오히려 깨끗이 빨아놓도록 지시하였다.

타인에게는 썩은 내 나는 지저분한 누더기요, 쓰레기보다 못한 넝마 조각으로 보이겠지만 북두신개에겐 오랜 시간 동안 늘 입고 다니던 귀하디귀한 단 한 벌의 옷이다.

황웅원은 그 점을 알고 있었다. 그런데 북두신개의 그 빨아 널은 옷이 감쪽같이 사라져 버렸다. 수하들 짓은 아닐 테고 십중팔구 객청을 관리하는 이곳 누군가의 탓일 것이다. 그 누군가는 난데없이 등장한 넝마 조각을 발견하고는 화를 냈을 것이고 병균이라도 옮길까 봐 재빨리 태워 버렸을 가능성도 있었다.

아무튼 황웅원은 꼭 찾아오라고 지시를 내렸고, 아직까지 소식이 없었다.

"쩝!"

북두신개가 다시 입맛을 다셨다.

영 내키지 않는 표정이었다. 그러나 곧 바닥에 떨어져 있던 능라 재질의 짙은 색 청색장포를 주워 들었고 마지못해 주섬주섬 걸치고 있었다.

'휴우, 다행이로군.'

황웅원은 내심 안도감이 들었다. 비로소 금의위의 수장 진회팔과 성왕야의 시동 소감 엽진숭의 간곡한 부탁을 겨우 완

수하게 된 것이다.

현 무림 최고 배분에 속하는 인물로서, 무림맹주 상호양조차 조심스럽게 대하는 북두신개에게 새 옷을 갈아입도록 한 것이다.

"이 안이 조금 덥지 않느냐?"

북두신개가 물었다.

"아, 네. 창문을 모두 활짝 열도록 할까요?"

"그건 아니고… 아직 시간이 조금 남았지?"

"네. 이각 정도 남았습니다."

"그럼, 바람 좀 쐬고 와야겠다."

"지금이요?"

황웅원은 약간 당황했다.

"우리 무림맹의 체면이 있으니 늦지 않도록 하겠다."

"그러시다면……."

북두신개는 황웅원의 대꾸를 다 듣지도 않고 그대로 객청을 빠져나갔다.

황웅원은 북두신개가 사라지자 일시에 긴장감이 풀렸다.

고양이 목에 방울을 매다는 역할이 겨우 끝난 것이다.

"에휴!"

역시 중재 역은 쉬운 일이 아니었다.

*　　　*　　　*

반 각. 정확히 반 각이었다.

사표각 소속의 정예라고 자부하는 스무 명 가까운 인원이 모두 쓰러지기까지 걸린 시간이다.

그나마 가장 오래 버틴 인물이 노금성이었다. 멋지게 한판 붙어 자웅을 가리겠다고 큰소리를 친 것에 비해 너무도 초라하지만 그래도 삼 초를 버텼다.

노금성은 아직도 충격에서 벗어나지 못하고 있었다.

극심한 통증으로 인해 어깨를 부여잡고 있지만 그는 그런 사실조차 인지하지 못하고 멍한 눈으로 장랑을 바라만 볼 뿐이었다.

좌도정은 여전히 침착함을 유지하고 있었다.

그는 제자인 노금성의 곁으로 다가가 완맥을 잡았다. 상처를 살피는 동시에 점혈을 풀어보려는 의도였다.

천부혈과 소락혈 그리고 거료혈이 막혀 있었다.

좌도정은 공력을 주입해 노금성의 막힌 혈도를 뚫어주려 했다. 그러나 돌아오는 건 노금성의 고통에 찌든 일그러진 얼굴과 혈도에서 느껴지는 반발력뿐이었다.

좌도정은 노금성의 완맥에서 손을 떼며 장랑을 향해 돌아섰다.

"참으로 독특한 점혈법이로군. 나는 스스로 점혈만큼은 어느 누구에게도 뒤지지 않는다고 자부해 왔는데 소협의 점혈은 도무지 무슨 수법인지 알 길이 없구려. 소협, 혹시 알려줄 수 있겠소?"

좌도정은 당당함을 잃지 않았다.

장랑은 고개를 끄덕이며 말했다.

"원래는 표화운룡조(表花雲龍爪)라는 조법인데 제가 약간 변형을 하여 점혈 수법으로 쓰고 있습니다. 표화운룡조에 의한 점혈은 인위적 방법으로 해혈이 어렵습니다. 다만 마음을 편안히 하고 반 시진가량 안정을 취하면 절로 해혈이 되기에 안심을 해도 됩니다."

"표화운룡조라… 처음 들어보는 수법이로군. 소협, 실례가 되지 않는다면 사문을 밝혀줄 수 있겠소?"

"표화운룡조는 한때 곤륜에 적을 두었던 어느 노신선께서 말년에 창안하신 조법 가운데 하나입니다."

"오호! 그럼 소협은 곤륜의 문하였소?"

"아닙니다. 제가 어찌 곤륜의 문하일 수 있겠습니다. 단지 우연히 기회가 닿아 배우게 되었을 뿐입니다."

장랑은 고개를 저었다. 장랑은 강호에 잘 알려져 있는 개천풍운장과 비각퇴를 제외한 공동파의 무공을 일체 배제하고 사용하지 않았다. 공동파의 제자라는 사실을 드러내고 싶지 않았다. 물론 개천풍운장과 비각퇴는 공동파의 무공이지만 공동파 문하가 아닌 사람도 많이 익히고 있기에 상관없었다.

"소협이 사문을 밝히려 들지 않는다면 더는 묻지 않겠소.

다만 궁금한 것은 소협과 같이 뛰어난 실력자가 어찌 강호에
이름이 알려지지 않았을까이며, 왜 성왕야의 행보를 방해하
는지 의문이요.”

“잘못 알고 계십니다. 아까도 밝혔지만 우리는 성왕야의
행보를 방해할 의도는 없습니다. 단지 권세를 믿고 함부로 행
패를 부리는 동창 무리와의 약간의 충돌이 이런 상황을 몰고
온 것뿐입니다.”

“이런, 이야기가 다시 원점으로 돌아왔구려. 소협, 우리는
무림맹 사람이오. 나는 소협과 같이 심성이 착한 젊은 영웅이
사소한 문제로 인해 무림맹과 맞서는 일이 없기를 진심으로
바라오.”

다시금 불거져 나오는 무림맹의 이름을 앞세운 협박.

장랑은 오늘 자신의 내부 깊은 곳에 반골의 기질이 숨어 있
음을 발견했다.

무림맹의 이름을 전면에 내세우면 내세울수록 강하게 거
부하고 싶어지는 마음.

그건 반발심이었다.

“무림맹에서 나온 분들과 동행, 함께 가는 것은 별로 내키
지 않는군요. 그냥 돌아가십시오. 나중에 저희들끼리 찾아가
채비인지 뭔지 하는 인물과 따로 시시비비를 가리도록 하겠
습니다.”

“그건 곤란하다고 말했을 텐데.”

양지명이 다시 나섰다.

"그럼 할 수 없는 일이죠."

"좌 대협, 뭘 그렇게 망설이는 거요. 어서 손을 씁시다."

"별수없군."

좌도정은 고개를 끄덕이며 장랑을 향해 섰다.

"소협, 인정하기 싫지만 나는 혼자 힘으로 소협을 제압할 능력이 되지 않네. 따라서 여기 양 대협과 힘을 합칠 생각이네. 나이 먹은 사람이 어린 친구를 상대로 합공을 펼치는 것은 심히 부끄러운 일이지만… 패하는 것보다는 차라리 이 방법이 좋을 듯싶으니 소협이 이해를 해주게."

"그렇게 하십시오."

장랑은 순순히 인정을 했다.

좌도정 정도의 지위를 가진 인물이, 한 장원의 장주이며 수십 명의 수하를 거느리는 인물이 자신의 실력이 부족함을 인정하기란 결코 쉬운 일이 아니다.

더구나 명예를 위해 죽음조차 가볍게 여기는 백도무림 인물의 특성상 매우 희귀한 일이라 할 수 있었다.

그렇기에 일이 지금보다 더 커질 수 있음에도 장랑은 두 사람의 합공을 허용한 것이다.

좌도정과 양지명은 장랑을 가운데 두고 주위를 천천히 돌기 시작했다.

한 걸음 두 걸음.

걸음이 점차 빨라지며 그들은 장랑의 주위를 어지럽게 돌고 돌았다. 단 두 사람에 불과했지만 그들은 오랫동안 호흡을 맞춰온 사람처럼 서로가 서로를 보완하며 유기적인 움직임을 보였다. 때문에 장랑은 그들에게서 허점을 찾지 못하였다.

쉬이익! 씨잉—

좌도정과 양지명의 검이 양쪽에서 거의 동시에 날아왔다. 확실히 수하들과 달랐다. 그들의 출수는 완벽했고 강한 위력이 담겼다는 느낌이었다. 그리고 담겨진 위력에 비해 검의 놀림은 경쾌하기 그지없었다. 그 정도의 빠르고 완벽한 출수라면 아무리 대단한 고수일지라도 간담이 서늘해질 지경이다.

장랑은 발검과 동시에 검을 좌우로 각기 한 번씩 비켜 쳤다.

까— 깡!

마주친 검은 양쪽에 각기 하나씩이지만 튀어나온 금속성은 하나였다.

좌도정과 양지명이 거의 동시에 뒤로 튕겨지듯 물러섰다.

장랑은 추운신법을 펼쳐 오른쪽의 양지명에게 접근해 들어갔다. 분월도라는 별칭이 있을 정도로 빠른 추운신법은 장랑이 단번에 양지명의 코앞에까지 도달하게 만들었다.

양지명의 두 눈에 놀라운 기색이 역력히 떠올랐다. 장랑이 그토록 빨리, 그것도 자신을 첫 상대로 택했다는 놀라움이었다. 그는 자세를 미처 가다듬기도 전이지만 장랑을 향해 검을 휘두르고 말았다.

피이잇!

장랑이 살짝 주저앉음과 동시에 양지명의 검이 머리 위로 스치듯 지나갔다. 표현은 간단하지만 실은 장랑의 무조건적인 반사 동작이 아니었다면 그대로 목이 잘려 나갈 뻔한 위험한 상황이었다.

장랑은 몸을 일으켜 세우지 않았다. 앞으로 엎어지듯 하면서 몸을 반쯤 틀었다. 그렇게 해서 생겨난 회전력.

퍼어억!

찰나의 순간 장랑의 팔꿈치가 양지명의 복부에 꽂혀들었다. 양지명은 복부에서 느껴지는 강한 충격으로 인해 눈을 크게 떴는데 마치 금방이라도 눈알이 튀어나올 것 같은 모습이었다.

"으억!"

양지명이 비명성을 토해내며 뒤로 몸을 빼내려 했다. 하나 장랑의 이어지는 연속 동작은 그의 생각보다 빨랐다. 장랑은 몸을 벌떡 일으켜 세우며 복부를 강타했던 팔꿈치를 위로 치켜 올려 양지명의 턱을 그대로 강타해 버렸다.

빽—!

"큭!"

턱에서 출발한 충격은 곧장 양지명의 뇌로 전달되면서 그의 골을 마구 흔들어놓았다. 양지명은 순식간에 입에 거품을 물고 말았다. 그리고는 밑동이 잘려 나간 썩은 고목나무처럼 뒤로 벌러덩 넘어갔다.

그 모습을 바라보던 좌도정은 경악을 금치 못하였다. 양지 명은 낙화검려라는 별호가 붙을 정도로 화려하고 멋진 검술 의 소유자였다. 그런 그가 본신의 실력을 제대로 발휘 못하고 허무하게 쓰러져 버린 것이다.

양지명은 그 자신과 호각을 이루는 실력을 가진 인물. 좌도 정은 양지명이 쓰러지는 순간, 그의 모습 속에 자신이 투영되 어 있다는 착각을 일으켰다.

"안 돼!"

좌도정은 고함과 함께 검을 고쳐 잡았다. 장랑이 자신 쪽으 로 몸을 돌리기 전에 선공을 가해야 한다는 일념. 좌도정이 발을 내디디려는 그 순간.

휘리릭!

장랑이 어느 틈에 자신의 앞으로 다가서 있었다. 좌도정은 부지불식간에 검을 휘둘렀다. 그의 자랑이요, 최고의 절기인 백운검법. 그 가운데에서도 가장 강력한 위력을 지닌 파석비 룡(破石飛龍)이었다.

전심전력을 다한 일초.

하나 장랑은 어느새 그의 손목을 움켜잡고 있었다.

"헉!"

좌도정의 입에서 다급한 경악성이 흘러나왔다.

퍽!

장랑의 나머지 한 손이 자신의 복부에 박혀들었다.

"끄윽!"

서서히 무너져 내리던 좌도정은 불신이 가득한 눈빛으로 장랑의 얼굴을 올려다보았다.

온화하고 순박해 보이기까지 하였던 장랑의 두 눈이 순간적으로 마치 아무런 감정도 없는 사신의 눈길처럼 느껴졌다.

"이, 이건 아니야……!"

그 말을 끝으로 좌도정은 의식을 잃고 말았다.

"휴우!"

장랑은 멈춰졌던 숨을 그제야 길게 몰아쉬었다.

확실한 실력 차가 있기는 했지만 비교적 어려운 싸움이 될 것이라 예상했었다. 양지명이 무너지는 순간 좌도정이 크게 당황하지 않았더라면 분명 그랬을 것이다.

아무튼 서로가 큰 부상을 입지 않아 천만다행이었다.

북두신개는 믿을 수 없었다. 잠시 머리를 식히러 나왔다가 말도 안 되는, 봐서는 안 되는 광경을 보고 말았다.

무림맹 무사 이십여 명. 그들이 순식간에 바람에 휘날려 우수수 떨어져 내리는 추풍낙엽과 같이 구르고 있었다.

'저건 또 뭐야?

그러나 그때까지만 해도 끼어들 생각은 전혀 없었다. 사표각의 무인들이야 원래 무공 수준이 상대적으로 낮은 편이었다. 그럴 수도 있다는 생각이었고, 무엇보다 그들을 이끌고 있는 양지명과 좌도정이 든든하게 버티고 있기에 그다지 염려할 바는 아니었다. 게다가 상대는 몸을 상하게 할 의도를 가지고 있는 것 같지도 않았다.

오히려 방향을 잘못 잡아 엉뚱한 곳에 도착하는 바람에 꼬박 하루 동안 객사에 갇혀 감옥생활(?)과 다름없는 상황에서 벗어난 자유로움이 깨질까 두렵기만 했다. 그런데 역시 무림인이며 무림맹의 태상장로라는 신분으로 인해 시선을 다른 곳으로 돌리기 어려웠다.

"어? 뭐냐?"

북두신개는 조금 황당하다는 생각이 들었다. 철석같이 믿고 있던 양지명과 좌도정이 연이어 맥없이 깨지고 말았다. 그냥 두고 볼 문제가 아니었다.

무림맹 내부의 파벌 싸움에서 밀려 일개 각주 자리에 머물고 있지만 양지명이나 좌도정 같은 자는 당주 자리도 아깝지 않은 인물이었다. 그들은 강호에 이름난 초(超)일류고수이며 무림맹을 지탱해 나가는 근간이 되는 자였다. 그들이 이름도 없는 무명의 무인에게 허무하게 무너졌다는 소문이 외부로 흘러나가면 정말로 곤란했다.

"이놈, 그만두지 못할까!"

북두신개는 고함을 질렀다. 동시에 자신이 펼칠 수 있는 최대의 속도로 경공을 펼쳤다.

무너져 내리는 좌도정을 바라보던 장랑은 소리가 나는 쪽으로 몸을 돌렸다.

멀리서 화려한 복색의 노인이 쏜살같이 달려오고 있었다. 몇 호흡 지나지 않았는데 노인은 벌써 그의 앞에 도달해 있었다.

엄청나다는 표현밖에 다른 설명이 필요없는 폭발적인 경공.

그건 북두신개가 허명으로 무림맹의 태상장로 지위를 차지한 것이 아님을 보여주는 단적인 예였다.

"이놈, 간덩이가 부어도 유분수지. 백주대낮에 감히 우리 무림맹의……."

북두신개는 도중에 말을 멈추었다.

"가만? 네놈은 혹시? 어제 공동파의 그 젊은 놈이 아니더냐?"

북두신개는 가볍게 고개를 숙이는 장랑의 정체를 금방 알아차렸다.

"그놈이라 하시면?"

"이놈이? 지금 나를 놀리는 것이냐? 공동파의 명공 그자가 입에 침이 마르도록 칭찬을 하고 또 칭찬했던 장 뭐시기인가 하는 그놈이 아니더냐? 그렇게 변복을 한다고 해도 내 눈은 못 속여."

대놓고 아는 체를 하는데 더 이상 모른 체하기도 어려운 일이다.

장랑은 순순히 시인을 하였다.

"송구합니다. 무림말학 장랑이 북두신개 노선배님을 뵙습니다."

"역시 맞구나. 이놈아, 이게 무슨 일이냐? 무슨 일이기에 이런 황당한 짓을 벌인단 말이냐?"

북두신개는 장랑을 윽박지르고 있었다.

별수없었다. 자초지종을 이야기는 수밖에.

장랑은 조용히 그간에 벌어졌던 일을 설명하였고 이야기를 다 들은 북두신개는 이해할 수 없다는 표정을 지었다.

"그러니까, 네놈은 네놈으로 인해 공동파의 체면이 손상될까 봐 신분을 감추었다 이 말이냐?"

북두신개는 사건의 발단이 된 송무와 채비의 충돌, 그리고 좌도정과 양지명의 강요에는 별로 관심을 두지 않았다. 그는 오로지 장랑이 공동파의 체면 때문에 신분을 감출 수밖에 없었던 부분에 관심을 가졌다.

"어떻게 하다 보니 그렇게 되었습니다."

"하하하하. 역시, 송진 선배께서 혜안을 가지셨군!"

북두신개는 느닷없이 웃음을 터뜨리며 십 년 전에 유명을 달리한 공동파의 전임 장문 송진자의 이름을 꺼냈다.

"……."

"그런 상황에서 너의 생각은 나쁘다고 말할 수 없지. 하지만 그렇다고 해서 옳은 판단도 아니다."

"……."

"한낮에 내리쬐는 태양을 두 손만으로 가릴 수는 없는 법. 너의 실력이 뛰어난 탓에 당장은 저들을 물리치고 조용히 사라질 수 있겠지. 하지만 무림맹은 네 생각처럼 그렇게 허술하고 간단한 집단이 아니야. 무림맹은 금방 너의 정체를 파악해낼 것이고, 결국은 너와 공동파에 책임을 물으려 하겠지."

"아무래도 제 생각이 짧았나 봅니다."

장랑은 북두신개의 말을 부인하지 않았다.

장랑도 북두신개와 같은 그런 생각을 여러 차례 하였다. 때문에 순간순간, 매번 행동에 나설 때마다 갈등하였고 그래서 송무처럼 쉽게 앞에 나서지 못했던 것이다. 그런 연장선상에서 동창과 금의위 그리고 무림맹의 무사들에게 손을 쓸 때에도 되도록 손속에 사정을 두었으며, 부상을 입지 않도록 배려하였다.

그런데 장랑의 사과에 고무되었을까? 북두신개의 관심이 송무에게 돌아갔다.

북두신개는 멀찍이 떨어져 앉은 송무를 가리켰다.

"저자는 너와 구체적으로 어떤 관계냐? 네가 감싸주어야 할 특별한 이유라도 있는 것이냐?"

"어제저녁 제가 도움을 받은 인물입니다."

"도움이라니? 무슨?"

장랑은 송무를 만나게 된 사연도 간략하게 설명했다.

"사내대장부가 은혜를 입었으면 당연히 열 배, 스무 배로 갚아야 한다. 하나 그것도 정도가 있는 법. 사문에 누를 끼치면서까지 무리하게 은혜를 갚으려 하는 것은 정상이 아니다."

북두신개는 장랑의 행동에 약간의 문제가 있음을 지적했다. 그는 물론 채비와 다툼이 일어났을 때 장랑이 송무 편을 드는 것은 당연하다고 여겼다. 그러나 동창을 넘어 금의위가 나서고 나아가 무림맹까지 끼어드는 상황이라면 그 시점에서 명확하게 선을 긋는 결단이 필요했다. 독불장군은 없는 법. 강호의 생활은 그런 것이다.

북두신개는 그렇게 생각했다. 그래서 장랑에게 약간의 주의를 주었다.

"나는 무림맹 사람이기 전에 구파일방의 하나인 개방 출신이다. 또한 오래전부터 등선한 송진 선배와 호형호제하던 사이였다. 따라서 나는 네가 잘못된 길로 들어서는 모습을 그냥 두고 볼 수 없다. 내 따끔한 훈계로 네가 바른길에 들어서도록 할 작정이다. 이의있느냐?"

장랑으로서는 받아들이기 어려운 다소 황당한 말이었다. 장랑이 알기로는 공동파와 개방은 그리 깊은 유대 관계를 맺고 있는 사이가 아니었다. 더구나 송진자 사조와 북두신개가 서로 호형호제하는 사이라는 말은 금시초문이었다. 하나 북두신개쯤 되는 인물이 자신과 같은 어린 후배에게 헛소리를 할 리 만무했다.

생각해 보면 공동파와의 인연을 떠나 무림의 명숙 가운데 한 사람인 북두신개의 조언을 듣는 것은 나쁜 일이 아니었다.

장랑은 그렇게 생각했다.

"훈계가 아닌 조언이라면 언제든지 노선배님의 말씀을 경청하겠습니다."

대신 순순한 조언이라는 조건을 내걸었다.

북두신개는 어이없는 표정을 지었다. 설마 장랑과 같이 새카만 후배가 자신에게 그런 식의 말장난(?)을 할 줄은 전혀 예상하지 못했다.

북두신개는 장랑의 조언이라는 말을 자신에 대한 불경죄로 받아들였다. 공동파의 장문인 명공 도장도 자신에게 그런 식의 도발적 언사를 함부로 하지 않은 때문이다. 하나 북두신개는 무림의 어른이다. 마음을 가다듬고 일부러 어린아이의 투정 정도로 낮추어 생각하려 했다.

"네가 그렇게 말을 해주니 고맙다. 하나 그전에 먼저 처리해야 할 문제가 있다."

"경청하겠습니다."

"우선 저들의 마음이 상하지 않도록 사과를 하여 돌려보내도록 해라."

북두신개는 무림맹 무사들을 가리켰다.

"그건 곤란합니다."

장랑은 한 치의 망설임도 없이 거절의 의사를 밝혔다.

정당방위 차원에서 적당하게 손을 쓴 것뿐이다. 사과할 이유가 없었다.

"내 말을 거역하겠다는 뜻이냐? 그렇게 받아들여도 될까?"

"노선배님, 저는 노선배님의 조언을 금과옥조로 여겨 받아들일 준비가 되어 있습니다. 하나 제가 저들에게 사과하느냐 마느냐의 문제는 차원이 조금 다른 문제입니다."

"이놈, 네가 지금 나를 가르치려 드느냐?"

북두신개의 입에서 거친 소리가 튀어나왔다. 좌도정과 양지명의 위신을 조금이라도 살려줄 생각이었고, 장랑이 겸손한 인물이라는 점도 부각시켜 주고자 했다. 서로 적으로 남지 않고 향후 강호에서 다시 만나더라도 좋은 관계를 유지하게 하려는 배려였다.

그런데 중재는커녕 도리어 중재에 선 자신의 체면까지 깎이게 된 처지가 되고 말았다. 북두신개는 장랑이 태도만 정중할 뿐 속으로 자신을 놀리고 있다는 생각을 하였다.

한편 장랑도 기분이 썩 좋지 않았다. 북두신개의 속내는 약간 짐작이 간다.

그러나 아닌 것은 아닌 것이다. 자신이 잘못을 했으면 무림맹 무사들뿐 아니라 지나가던 강아지일지라도 고개를 숙여 사과할 자세가 되어 있다. 아니, 그런 자세 정도가 아니라 분명히 사과할 것이다.

그러나 방금 전 북두신개의 요구는 무림의 노선배답지 않은 요구였다.

아무리 팔이 안으로 굽는다지만, 먼저 공격을 받고 쫓겼던 쪽은 자신과 송무였다. 먼저 핍박을 받은 사람은 자신들인데 어찌 당하고도 사과를 할 수 있단 말인가.

"이놈, 내 후일 공동의 장문인에게 머리를 숙여 사과하는 한이 있더라도 네놈의 뼈마디를 분질러 어른에게 맞선 불경죄, 그에 대한 버릇을 고쳐 놓고야 말겠다."

장랑은 북두신개를 말없이 똑바로 쳐다보았다. 물러설 때와 나아갈 때를 잘 판단해야 준걸이라고 했다. 여기서 물러서는 것이 여러모로 이익이라는 생각도 언뜻 뇌리를 스치긴 했다. 하나 그렇게 하기에 아직은 젊었다.

장랑은 패기로 맞서기로 했다.

"무림말학의 장랑, 북두신개 노선배님에게 한 수 가르침을 받도록 하겠습니다."

북두신개는 어리석은 사람이 아니다. 장랑의 얼굴에서 나타나는 미묘한 감정의 변화를 읽어내고 있었다. 그러나 한번 입 밖으로 낸 말은 다시 주워 담을 수 없다. 그렇게 하기에는 주변에 눈이 너무 많았다.

북두신개가 나직한 한마디를 뱉어냈다.

"미련한 놈."

그 말은 그 자신에게 한 말인지 아니면 장랑에게 한 말인지 잘 구분되지 않았다. 듣는 사람에 따라 받아들이기 나름이니 아마도 둘 다에게 해당되는 말일지도 몰랐다.

"삼 초를 양보하겠다. 그리고 십 초를 버틴다면 너의 그 방자함을 용서하기로 하겠다. 그 정도 실력을 가졌다면 충분히 건방질 자격이 있으니까."

장랑은 북두신개를 향해 정중하게 허리를 굽혔다.

"노선배님의 배려, 정말 감사드립니다. 그런데 노선배님께서 삼 초를 양보하시면 칠 초가 남는 것이요, 이는 결국 제게 칠 초를 받으라는 말씀과 같습니다. 따라서 저는 삼 초를 제외한 칠 초만 받도록 하겠습니다. 대신 선공은 제게 주십시오."

북두신개가 헛헛한 웃음을 보였다.

"이놈, 네놈 눈에는 내가 만만해 보인다 이 말이냐?"

"그럴 리 있겠습니까? 전혀 그렇지 않습니다."

"좋다, 네 말대로 하자. 괜한 강호의 관습에 얽매이는 것보다 실용적인 것이 좋겠지."

장랑과 북두신개는 서로 마주 보고 섰다. 그저 편안히 상대를 바라보고 있었다. 그건 누가 봐도 이상한 광경이었다.

원래는 두 사람 사이에 팽팽한 긴장감이 감돌아야 했다. 그래야 맞았다. 그것이 강호 고수들 간에 펼쳐지는 무공 대결에서 흔히 볼 수 있는 모습이니까.

그런데 두 사람에게서는 그런 기색이 전혀 느껴지지 않았다.

그런 식의 마주 보기가 반 각 넘게 유지되었다.

북두신개가 먼저 입을 열었다. 그건 충분한 탐색이 끝났다는 의미였다.

"제법이구나. 젊은 혈기 가득 채워진 괜한 객기나 부리는 놈인 줄 알았더니 아니구나. 역시 큰소리칠 만한 실력이야!"

"높게 평가해 주셔서 감사합니다. 그럼."

장랑이 허리를 굽힘과 동시에 북두신개에게 달려들었다.

당금 강호를 지배하는 열 명의 절대자를 십강존자라 불렀다. 십강존자는 한마디로 무신이다. 북두신개는 안타깝게도 그 십강존자 반열에 이름을 올리진 못했다. 그러나 무신이라 불리는 그들조차 호적수로 인정하는, 무신과 버금가는 엄청난 실력의 소유자가 북두신개였다.

북두신개는 담담히 바라보는 그 눈빛만으로도 상대를 압도한다. 압도뿐 아니라 상대가 싸우기도 전에 스스로 패배를 시인하며 물러서게 만들었다.

그런 놀라운 경지에 도달해 있는 북두신개에게 장랑이 덤벼들었다.

장랑은 육장을 사용하였다.

공동파의 대표적 절기인 복마장법을 사용하려는 것이다.

북두신개는 그 자리에서 조금도 피하지 않았다.

육장과 육장이 부닥쳤다.

꽝!

그런데 의외로 두 사람 사이에서는 벽력탄이 터질 때 나는 요란한 폭음 소리가 흘러나왔다.

턱－턱－턱!

장랑은 세 걸음이나 뒤로 밀려나서야 겨우 신형을 바로 세울 수 있었다.

반면 북두신개는 겨우 반보가량 뒤로 밀렸을 뿐이다. 누가 봐도 북두신개가 현격한 차이로 우위에 있음을 알아차릴 수 있었다.

그러나 북두신개의 표정은 그리 밝지 않았다.

공력과 공력이 격돌하는 순간 장랑이 상당 부분의 공력을 회수했다는 사실을 눈치 챈 것이다.

북두신개가 인상을 쓰면서 버럭 소리를 질렀다.

"이놈! 네놈이 감히 나를 무시해? 최선을 다하지 않으면 가만두지 않겠다!"

"……."

이때 장랑은 양손을 단전 바로 위에 대고 무형의 구(球)를 감싸듯 하고 있었다.

우우우웅－!

장랑의 주변 공기가 요동을 쳤다.

"그래, 그래야지!"

그 모습을 바라보던 북두신개의 표정이 순간 밝아졌다.

순간, 장랑의 모아진 양손이 돌연 북두신개를 향해 내뻗어졌다.

슈아― 앙!

"옷!"

북두신개가 놀란 표정으로 황급히 뒤로 물러섰다.

퍼― 억!

북두신개가 서 있던 자리에 큼지막한 구덩이가 움푹 파이면서 흙먼지가 자욱하게 피어올랐다.

격공장이 이 장 거리를 날아와 폭 석 자, 깊이 두 자의 커다란 구덩이를 만들었다는 것은 적어도 내력이 두 갑자에 다다른다는 뜻.

"캬, 좋구나!"

북두신개의 얼굴은 희희낙락 웃음으로 가득했다.

"이놈, 이번엔 내 차례다. 옥룡팔장!"

북두신개의 말이 끝나기 무섭게 그의 손이 허공을 마구 휘저었다. 그와 동시에 어디선가 한줄기 회오리바람이 일어나더니 바닥의 흙먼지를 빨아올려 뿌연 먼지구름을 만들어냈다.

"받아라, 이놈아!"

휘이— 잉!

흙먼지 구름이 심하게 요동을 치면서 장랑을 향해 빠르게 접근해 왔다. 폭과 높이가 각각 이 장 가까이나 되는 거대한 흙먼지 구름이었다.

장랑은 양팔을 활짝 벌렸다가 가운데로 모으면서 힘차게 앞으로 내뻗었다.

그건 개방 역사상 최고의 절기인 강룡십팔장에 버금가는 위력을 지닌 옥룡팔장과 공동파의 절기 복마대력수 간의 대격돌이었다.

꽈꽈꽝!

또다시 요란한 폭음 소리가 연속으로 터져 나왔다.

"큭!"

"컥!"

장랑과 북두신개는 동시에 짤막한 신음 소리를 토해내면서 뒤로 튕겨져 나갔다.

쿵— 쿵— 쿵— 쿵— 쿵— 쿵!

장랑은 여섯 걸음, 북두신개는 네 걸음.

이번에도 역시 북두신개의 우위로 보였다. 하지만 혈색에 변화가 없는 장랑에 비해 북두신개의 얼굴은 핼쑥해져 있었다. 입가에 은은한 핏기까지 비쳐 보이기까지 했다.

"몇 성이냐?"

북두신개는 느닷없는 질문을 하였다.

장랑은 잠시 망설이다가 조용히 전음성을 날렸다.

"……."

북두신개는 한동안 말이 없었다. 그러면서 약간은 황당하다는 식으로 장랑을 바라보았다.

"너의 실력이 어느 정도인지 알았으니 이쯤에서 그만두자."

"노선배님의 배려에 감사드립니다."

장랑은 예의를 다해 허리를 구부렸다. 그건 장랑의 진심이었다.

냉정히 말해 공력에서는 장랑이 많이 앞섰다. 하나 실제 대결에서 공력과 무공 초식이 전부는 아니었다. 수많은 실전 경험과 임기응변이야말로 승패를 가름하는 진정한 잣대인 것이다.

직접 맞붙지 않고 장력만으로 승부를 본 것.

그렇게 볼 때 북두신개는 장랑에게 많은 양보와 배려를 한 것이다.

"이거야 원. 말년에 망신살이 뻗쳤네."

북두신개는 투덜거렸다. 하지만 기분 좋은 투덜거림이었다.

장랑의 실력 정도면 좌도정이나 양지명 정도는 식후 간식거리도 안 된다. 그 정도의 실력자에게 패한 것은 절대로 흠이 아니다. 오히려 좌도정이나 양지명은 장랑과 손속을 마주

한 것을 자랑으로 삼아야 할 정도였다.

그러나 한편으로 쓸쓸함도 남았다.

'제길! 공동파는 저 정도의 인재를 양성해 냈는데 우리 개방과 무림맹은 도대체 뭘 한 거야.'

"자네, 무림맹에 가입할 생각은 없나?"

북두신개가 돌발질문을 던졌다.

"아직은, 어느 단체에도 몸을 담을 생각이 없습니다. 당분간 강호를 떠돌며 경험을 쌓아야 하기에."

"알았네."

북두신개는 괜한 소리를 했다는 식으로 손사래를 쳤다. 북두신개는 정주성 방향으로 발길을 돌리다 문득 뒤를 돌아보며 말했다.

"자네는 자네 마음대로 할 권리가 있네. 내가 저들에게 사과를 하라고 한 것은… 미안하게 되었네. 알다시피 강호는 강자의 말이 곧 법인 세상이니까. 안 그런가?"

"……"

장랑은 북두신개에게 길게 장읍을 하였다.

"송구합니다."

"무어라 드릴 말씀이 없습니다."

좌도정과 양지명의 이구동성.

북두신개는 고개를 들지 못하고 있는 그들에게 다가갔다.

뭐라 따스한 위로의 말이라도 해주고 싶었다. 하나 이럴 때 말이 많아지면 실수를 하게 되고 그것은 위로가 되기는커녕 도리어 역효과를 낼 수 있다.

북두신개는 두 사람 사이로 들어가 양손으로 각기 두 사람의 어깨 위에 팔을 걸쳤다.

"고생들 했다. 그만 돌아가자."

자연 북두신개가 중심이 되고, 세 명은 나란히 어색한 어깨동무를 한 꼴이 되었다. 그들 세 사람이 움직이자 그 뒤를 노금성을 비롯한 동표각과 서표각의 무사들이 각자의 수장을 따라 두 개의 줄이 되어 따라붙는 꼴이 되었는데, 마치 패잔병의 행렬 같았다.

그렇게 몇 걸음 걷지 않았을 때.

"자네들 말야, 이것 하나는 꼭 기억해 두게. 각주에서 벗어나 당주가 되고 나아가 거대한 조직의 수장이 되려면 사람 보는 안목을 길러야 한다, 이것일세. 나 역시 자네들과 같이 사람 보는 안목이 부족한가 보이. 그러니 이 나이에 겨우 장로나 하고 있지만."

"……"

"……"

"잊게. 잊어야 하네. 살다 보면 간혹 인력으로 되지 않는 일도 있는 법일세. 참, 그리고 보니 황웅원 그 친구가 우리를 위해 여러 가지 노력을 하는 모양인데 말야, 뭐더라? 아 맞다!

그 귀하다는 황주를 세 단지나 구해놓았다고 하더군. 가서 황주를 마시며 시절이나 탓하도록 하세나."

*　　　　*　　　　*

직접 당해본 기억은 없지만 전신을 무기력하게 만드는 군자산의 효력은 익히 잘 알고 있었다. 장랑은 몇 번의 권유 끝에 한사코 사양하는 송무를 부축할 수 있었다. 우울해 보이던 송무의 표정이 그때서야 밝아졌다. 목소리도 조금씩 명랑함을 찾아갔다.

"장 형, 일단 옷부터 갈아입도록 합시다. 관졸의 복장을 하고 있으니 이놈 저놈이 괜히 찝쩍대는 것 같습니다."

"……."

장랑은 고개를 끄덕였다. 송무의 말이 일정 부분 맞는 것 같았다. 평복을 입었더라면 채비 같은 인물의 눈길도 끌지 않았을뿐더러, 시비에 휘말려 들 가능성이 적었을지도 몰랐다.

동창이 위세를 떠는 세상은 맞다. 그러나 동창은 원래 사정 기관의 성격이 강했다. 때문에 동창의 주요 감시 대상은 나라의 녹을 먹은 관인이다. 확률적으로 따져 그들이 일반 백성을 괴롭히는 일은 생각보다 많지 않았다.

장랑과 송무가 새 옷으로 갈아입고 송가장에 도착했을 때는 북두신개와 헤어지고 나서 한 시진가량 지난 후였다.

텅 비어 있어야 할 송가장 안에는 의외로 많은 사람들로 북적이고 있었다. 그들의 대부분은 장랑이나 송무에게 있어 낯선 사람들이었다. 장랑과 송무가 나타났다는 월창의 이야기를 전해 들은 통조가 대전으로부터 헐레벌떡 사색이 된 얼굴로 달려나왔다.

통조는 송무에게 따지듯 물었다.

"백검 대인, 뭐가 어떻게 된 겁니까? 도대체 어떻게 하였기에 사람 좋은 관 천호가 노발대발 난리를 치며, 채비 같은 내시 놈이 길길이 날뛰는 겁니까?"

"통조 대인, 홍분하지 말고 내 말이나 들어보시오. 어찌 된 일이냐 하면……."

송무는 통조에게 관양과 채비와의 사이에서 벌어졌던 내용을 한 치의 가감도 없이 있는 사실 그대로 설명했다.

통조는 이해한다는 식으로 고개를 끄덕였지만 얼굴은 울상이었다.

"아무리 그래도 그렇지. 이제 소문이 사방으로 퍼지면 우리는 모두 밥줄이 끊기게 됩니다."

이때 한쪽에서 서성대던 무리 가운데 일부가 통조에게 다가섰다. 다섯 명 사내 가운데 우두머리로 보이는 이십대 후반의 청년이 입을 열었다.

"통 형, 이자들이오?"

사내는 말과 함께 턱짓으로 장랑과 송무를 가리켰다.

통조는 자신의 몸을 조금 움직여 은근슬쩍 그 사내의 앞을 가로막았다.

"이보게, 이거 왜 이러나? 자네가 이런 식으로 나오면 곤란하지 않은가? 앞으로 정녕 내 얼굴을 보지 않을 셈인가?"

"통 형, 우리가 비록 호형호제하면서 가까이 지냈다 하나, 그건 어디까지나 서로 피해를 끼치지 않았을 때의 이야기요."

"피해라니? 무슨 소리인가? 우리가 언제 그런 것을 따지던 사이였나?"

통조는 섭섭한 표정을 감추지 못했다.

"통 형, 강호는 냉정한 곳이오. 어제의 적이 오늘의 친구가 될 수 있고, 어제의 친구가 오늘의 적도 될 수 있소. 다 아시는 분이 왜 그러실까?"

사내의 말투는 느긋했다.

하나 이야기를 듣는 통조의 얼굴은 시시각각 붉으락푸르락, 억지로 화를 참는 모습이었다. 그러다 결국 통조는 소리를 지르고 말았다.

"왕공진! 자네, 정녕 이런 식으로 나올 텐가? 그동안 내가 자네에게 섭섭하지 않게 대했거늘 너무하지 않는가?"

"통 형, 공과 사는 구분합시다. 지금 우리는 방주님의 지시를 받고 일을 처리하러 나왔소. 송가장의 입장은 어떤지 몰라도 우리에게는 공적인 자리요."

“이이이……!”

“넘겨주시오. 아니면 부득이하게 손을 쓸 수밖에 없소이
다.”

왕공진의 말투는 거의 협박조였다.

“뭐야, 너희들?”

송무가 나섰다. 처음에는 무슨 영문인지 몰라 잠자코 있었
으나 지켜보니 대충 짐작되는 바가 있었다. 송무로서는 가만
있을 수 없었다.

“뭐긴? 너희들을 모시러 온 사람이지.”

왕공진이 느물거렸다.

“어디냐? 대웅방이더냐?”

“그건 알아서 뭐 하려고? 아니지. 미리 알아두는 것도 나쁘
지 않겠군. 우리는 대웅방의 외순찰당이야.”

“외순찰당? 그래서?”

“그래서라니? 이렇게도 눈치가 없나? 조용히 따라나선다
면 너희 둘만으로 끝나겠지만, 저항하면 어떻게 될까? 아마
뼈마디가 몇 개쯤 부러진 다음 개처럼 질질 끌려가겠지. 물론
송가장도 쑥대밭이 될 것이고.”

왕공진은 안하무인으로 무척 거만한 태도를 보였다.

“그래? 이거 참. 후아! 세상 말세로군.”

송무는 한숨을 길게 내쉬었다. 그러더니 왕공진을 똑바로
쳐다보면서 눈을 부라렸다.

"어디서 되다 만 놈들이, 대웅방 같은 쓰레기 잡것들이 우리 쾌검당을 감히 업수이 여겨? 아니지, 이런 잡것들은 상대할 가치가 없지. 너, 가서 전해. 네놈들 우두머리 염가 놈에게 똑똑해 전해. 이번은 처음이라 그냥 넘어가지만 한 번 더 이런 시답지 않은 짓거리를 하다가는 대웅방을 강호에서 완전히 지워준다고 말야."

"뭐? 이런 개자식이……."

왕공진이 버럭 화를 내며 송무에게 곧장 주먹을 휘두르며 달려들었다.

그러나 한발 늦게 움직인 송무가 더 빠르고 신속했다.

뻑!

둔탁한 타격음.

"아악!"

왕공진이 돌연 뒤로 벌렁 나가떨어져 바닥에 주저앉았다. 코뼈가 부러졌는지 금세 부풀어 오른 왕공진의 주먹만 한 코에서 쌍코피가 줄줄 흘러내렸다.

송무는 멍한 눈길로 자신을 바라보는 왕공진을 어처구니없는 표정으로 바라보았다.

"뭐야? 진짜 허접 쓰레기잖아! 한주먹거리도 안 되는 놈이 뭘 믿고 건방을 떨었어? 야 너희들, 이리 와."

송무의 시선이 왕공진의 일행, 네 명의 청년을 향했다. 그들은 방금 왕공진이 주먹을 휘두르는 순간 뒤에서 함께 송무에게 달려들 기세를 보였지만 막상 송무의 눈길을 마주하고 서는 슬금슬금 뒷걸음질쳤다.

"이 자식들이 목에 힘을 줄 때는 언제고, 이젠 꽁무니를 빼?"

송무가 그들을 향해 다가서려 할 때였다. 통조가 급히 송무의 옷깃을 붙잡았다. 통조는 행여 남이 들을세라 송무의 귀에 입을 바싹 가져다 댄 후, 손으로 입을 가리며 속삭이듯 말했다.

"백검 대인, 그만 하십시오. 더 이상 문제를 크게 일으켜서는 곤란합니다."

"곤란하다니? 뭐가 곤란하단 말입니까? 통조 대인, 통조 대인은 송가장을 지금까지 이런 식으로 운영해 왔습니까? 저런 개쓰레기 잡놈들이 함부로 설치고 다녀도 모른 척하고?"

송무가 통조에게 화를 냈다. 통조는 송무가 행여 자리를 벗어날까 두려워 송무의 소매 깃을 꽉 붙잡으며 조용히 입을 열었다. 목소리를 낮추어 소곤거리는 통조와 큰 소리로 제 할 말을 다 하는 송무.

"저의 뜻이 아닙니다. 당주님께서 대웅방이나 혹은 백호문과 충돌을 피하라고 지시를 하였기에 저도 어쩔 수 없이……."

통조가 말끝을 흐렸다.

"처음 듣습니다. 언제 그런 지시가 있었습니까?"

"분원을 처음 열 당시, 그때 간곡한 부탁과 함께 그런 지시를 내리셨습니다."

"그래요? 이유가 뭡니까?"

"백검 대인도 아시겠지만 대웅방의 방주는 그 유명한 빙면신권(氷面神拳) 염강환(廉强丸)입니다. 염강환은 종남의 속가 제자로 절정고수인데다 이 일대에서 그자를 당해낼 자가 없는 잠룡 같은 존재입니다. 게다가 무림맹 천설당 당주 염규현(廉規賢) 대협의 사촌 동생이기도 합니다. 때문에 대웅방을 건드려 봐야 좋을 것 없다고 조심하라 하셨습니다."

"그렇습니까?"

송무가 얼굴을 찡그렸다. 대웅방의 방주 염강환이 절정고수이던 아니던 상관없다. 상대가 아무리 대단한 실력을 가진 고수일지라도 지레 겁을 먹고 몸을 사릴 송무가 아니기 때문이다. 걸리는 것은 무림맹이었다. 무림맹과 사이가 나빠지면 이유가 무엇이든 쾌검당의 영업 활동에 막대한 타격이 생겨남은 불문가지였다. 더구나 무림맹의 정예인 척마대에게 쫓기는 신분인 송무로서는 무림맹과의 충돌은 썩 내키지 않는 일이었다.

그때였다. 뒷걸음치던 왕공진의 동료 가운데 하나가 품속에서 은밀히 시퍼렇게 날이 선 비수를 꺼내 들었다. 그는 차마 송무에게는 달려들지 못하고 장랑을 목표로 삼았다. 그는 조금씩 옆걸음으로 움직여 장랑 옆에 바싹 붙어 서는가 싶더니 돌연 장랑의 목에 비수를 들이댔다.

너무나 급작스럽게 벌어진 일.

장랑은 턱밑에 들이대진 비수와 그 사내의 얼굴을 한 번씩 번갈아 살폈다.

머리통을 한 대 쥐어박고 싶었지만 통조가 송무에게 귓속말로 했던 내용을 모두 들은지라 일단은 손을 쓰는 것은 자제하기로 했다. 하지만 턱밑에 비수를 들이대는데 가만있을 수 없었다.

"뭡니까?"

"뭐라니? 이런 멍청한! 인마, 너는 이제부터 우리의 인질이야."

"인질? 나를 인질로?"

장랑이 너무나 태연한 모습을 보이니 사내는 조금 움찔하는 기색이었다.

그러나 사내는 장랑이 자신이 달려드는 것조차 방어하지 못해 인질이 되었다고 생각했기에 이내 득의양양한 미소를 지었다.

사내는 아직도 바닥에 주저앉아 있는 왕공진에게 시선을 돌리며 소리쳤다.

"왕 형, 이쪽, 이쪽으로 오시오!"

왕공진이 멋쩍은 얼굴이다. 소매 깃으로 흐르던 핏물을 쓱 닦아내더니 곧바로 장랑 쪽으로 움직였다. 덩달아 그의 나머지 동료 세 명도 함께 움직였다.

모두의 시선이 집중되는 가운데 장랑은 졸지에 다섯 사내에 의해 둘러싸인 인질이 되고 말았다.

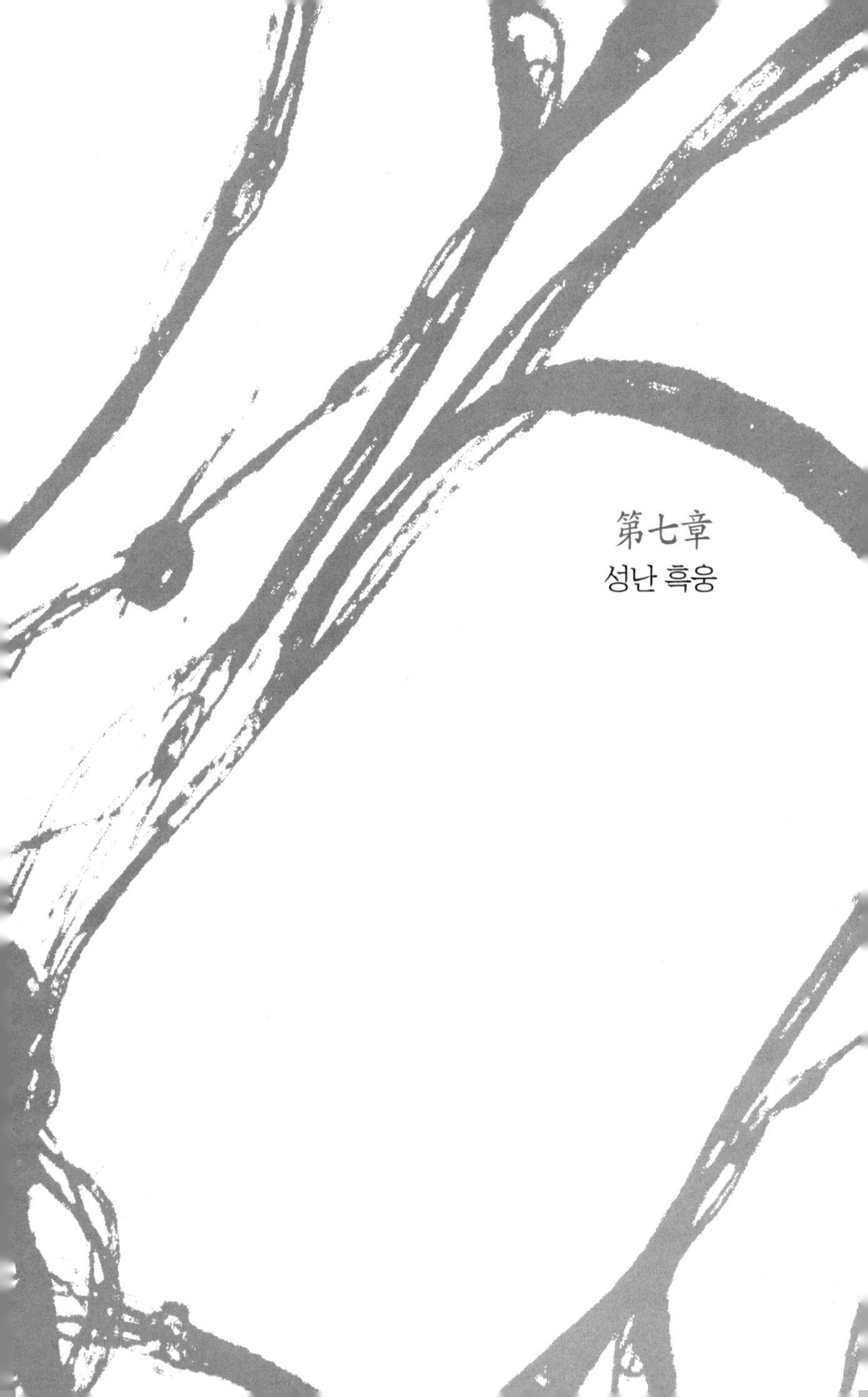

第七章
성난 흑웅

張郎
行路

은자 만 냥.

큰돈이다.

정주성 안쪽 요지(要地)에 큼지막한 장원 두 채를 장만할 정도의 아주 큰돈이다. 정주성 갑부인명록에 이름을 올리고 있는 염강환도 가볍게 무시 못할 적지 않은 돈이다.

삼백 명에 가까운 수하들이 꼬박 일 년을 고생하며 땀을 흘리고 뛰어다녀야 손에 쥘 수 있는 돈이니 말이다.

그 돈을 아낌없이 한곳에 쏟아 부었다.

그런데 날아갔다. 어이없게도 한순간에 날아갔다.

하지만 날린 그 돈보다 더 화가 나는 일이 있다.

자존심.

날린 돈과 비교조차 할 수 없는, 자존심이 상해 화가 난다는 점이다.

사촌 형 염규현.

그와 사십 년 넘게 지리한 자존심 싸움을 벌이고 있었다.

그와는 출생일 기준으로 불과 두 달 차이만 있을 뿐이다. 고작 두 달 차이로 형과 아우로 구분되었다.

열 살 나던 해, 한날한시에 종남파의 속가제자로 함께 입문했다. 그런데 거기서도 염규현은 사형이 되었고 자신은 사제가 되었다. 기분이 나쁘다. 그날 분명 종남산 산문을 먼저 통과한 사람은 자신인데 말이다.

무공을 배우던 시기, 사문 어른들에게 자질과 성취 문제로 염규현과 비교당했다. 찬사는 대개 사촌 형 염규현의 몫이요, 비난은 거의 자신의 몫이었다.

종남산 생활이 지겨웠다. 그러나 이를 악물고 수련을 하고 또 수련을 거듭했다. 결국 산문을 나설 무렵 염규현과 비슷한 성취에 도달했다는 소리를 듣게 되었다.

산문은 같은 날 같은 시간에 나섰다. 강호 출도 후 사촌 형 염규현은 늘 자신보다 한 발짝씩만 앞서 나갔다. 서로 쫓고 쫓기는 사이. 그러다 보니 서로의 명성은 조금씩 조금씩 쌓아 갔다.

하지만 결정적으로 의가 상하는 일이 발생했다. 자신이 직계혈통의 적자(嫡子)임에도 사대째 내려오는 설웅방(雪熊幇) 방주 자리를 사촌 형 염규현에게 빼앗겨 버렸다.

통한의 눈물을 흘리며 고향 산서를 떠나 이곳 정주 땅에 자리 잡았다.

절치부심.

세력을 모으고 그들을 키웠다. 그리고 오십 명 인원으로 대웅방을 세웠다.

십오 년 전 일이다.

대웅방은 현재 문도 수 삼백오십 명을 포함, 총 인원 육백오십 명이다.

대웅방은 백호문과 함께 정주를 대표하는 양대문파 가운데 하나로 정주 일대에서는 절대적인 영향력을 발휘하고 있다.

몇 달 전, 무림맹 정주지부가 새로이 신설된다는 소식을 접했다.

공식적으로 오천 냥. 비공식적으로 오천 냥. 도합 일만 냥을 썼다.

남들은 한 푼도 쓰지 않고 잘도 되는데 돈을 써야만 했다.

그런데 유력해 보이던 신설 무림맹 정주지부장 자리가 백호문주 남설전(南雪戰)에게 넘어가 버렸다.

황당했다. 그동안 들인 공과 노력이 얼마인데……. 그건 십중팔구 염규현의 농간이다. 그렇지 않고서는 문도 숫자 삼백 명에 불과한 백호문 따위에게 지부장 자리를 빼앗길 리 없다.

그래서 세가연합 남궁창의 제안이 더욱 매력적으로 느껴지는지 몰랐다.

세가연합의 남궁창이 그에게 제안한 것은 낙양과 정주 그리고 개방을 잇는 지역에 신설되는 취선당(聚善堂)의 당주 자리다.

무림은 이제 곧 춘추전국시대로 접어든다. 아니, 이미 접어들었다.

언제나 굳건하게 유지될 것 같았던 무림맹이 사분오열되었기 때문이다.

무림맹은 언제부터인가 원무림맹으로 불리고 있다. 그것이 세력을 쪼개 분리해 나온 강남무림맹과 강북무림맹의 세력이 약하지 않다는 증거였다.

그런데 이번에 세가연합까지 수면 위로 부상하여 본격적인 무림의 주도권 싸움이 벌어지려고 하는 것이다.

구대문파가 지금처럼 계속 중립의 자세를 유지한다면, 결국 무림은 세 개로 쪼개진 무림맹 세력과 세가연합이 더하여진 새로운 사강(四强)의 구도가 될 것이다.

물론 구대문파와 버금가는 세력인 개방이 포함된 본래의 무림맹이 가장 강한 연합체이겠지만 세가연합을 포함한 나머지 세 개 세력의 힘을 하나로 모은다면 원무림맹을 압도한다는 것은 불문가지다.

거기서 남궁창이 이끄는 세가연합이 얼마만큼의 비중을 가지고, 얼마만큼의 목소리를 높일는지 모른다.

하나 한 가지 확실한 것은 현재의 무림맹이 석양빛에 물든 지는 태양이라면 세가연합을 포함한 강북무림맹과 강남무림맹은 이제 막 떠오르는 태양이라고 할 수 있다.

확실한 정보는 아니지만 장강 이남 지역에 새로운 강자로 떠올라 강남무림맹 못지않은 위세를 떨치는 강남무련이 남궁세가의 가주이며 세가연합의 실질적 수장인 남궁창의 수하라는 소문도 있었다.

소문이 사실이라면 세가연합과 강남무련은 하나로 묶이는데 그 중심에 남궁창이 있는 것이고, 남궁창이 무림의 패권을 차지할 가능성이 가장 높았다.

'이참에 세가연합 쪽으로 방향을 틀어볼까?

낙양과 정주 그리고 개봉을 잇는 지역을 관할한다는 것은 실질적으로 하남의 절반을 차지하는 것과 다르지 않다.

그렇게 볼 때 남궁세가의 가주 남궁창의 제안은 상당히 매혹적이었다.

다만 남궁창에 대한 평판과 소문이 그다지 좋지가 않은 편이다. 그의 사자로 온 조카 남궁병의 말로는 세간의 이목을 흐리기 위해서 그랬다는데 신빙성없는 말이다.

무림맹주 상호양이 영웅이라면, 남궁창은 효웅과 같은 인물이다.

상호양의 나이가 적지 않아 은거에 들어갈 시기가 머지않을 것이고, 본신의 무공 실력과는 별도로 무림을 좌지우지 움직이는 새로운 지배자 자리에 남궁창이 오를 가능성이 컸다.

그렇다면 효웅에 불과한 남궁창을 자신과 같은 사람이 여럿 모여 보좌하고 또 도와서 영웅으로 거듭나게 하는 일, 그 일도 나쁘지 않게 생각되었다.

염강환은 간밤에 많은 생각으로 인해 잠을 설쳤다.

그럴 때는 아침을 거르고 대신 따끈한 차 한 잔을 마시면 좋다.

여러 좋은 점은 차지하고 우선 정신이 맑아지기 때문이다.

염강환은 대전 이층 서각(書閣) 창문에 서서 이른 새벽부터 지금까지 열심히 땀 흘려 수련에 매진하고 있는 수하들을 바라보고 있었다.

어디에 내세울 만큼의 많은 숫자는 아니지만 모두가 정예로 불려도 손색이 없을 만큼의 듬직한 마음이 드는 수하들이다.

조금 전 무림맹의 북표각주이며 풍뢰문 문주인 강대운에게 연락이 왔다.

젊은 시절 강호가 좁다 하고 활개 치며 다니던 시절 사귀어 두었던 인물이다.

의형제까지는 아니더라도 그 시절에는 꽤 가까웠고 꾸준히 연락을 주고받는 사이였다.

염강환은 찻잔을 내려놓고 내실로 들어가 외출 준비를 하였다.

암중 뒤에서 도와준 강대운의 노고도 치하하고, 무림맹 태상장로인 북두신개 노선배에게 인사도 할 겸해서였다.

강대운이 머물고 있다는 정주부사 관사 주변은 어수선한 분위기였다.

객청 옆 숙사에서 만난 강대운은 자리에 앉기도 전에 정보랍시고 몇 마디 귀띔을 주었다.

서표각과 동표각 소속 무인 수십 명이 성왕야를 시해하려던 괴한 두 명의 뒤를 쫓고 있는데, 정주 일대 지리를 몰라 애를 먹는다고……

염강환은 희미한 미소와 함께 알아들었다는 식으로 가볍게 고개를 끄덕이며 강대운을 바라보았다.

강대운이 하는 말은 대부분 거짓말이다. 애를 먹을 리 없다.

그것은 강대운이 내심 경쟁자로 생각하는 좌도정이나 양지명에게 공헌을 빼앗길 가능성이 높음을 알고 나름대로 머리를 굴려 쉽게 공을 세워보려는 엉뚱한 욕심임이 분명했다.

얄미운 구석은 있지만 강대운은 아직까지 우군이었다. 그러나 무림맹 내부에서 천설당 당주인 사촌 형 염규현보다 지명도와 영향력이 많이 떨어진다.

큰 영양가는 없지만 그래도 우군은 우군이기에 도와야 한다.

염강환은 즉시 수행해 따라왔던 수하들을 풀었다.

다른 지역은 몰라도 정주 일대에서 염강환 그 자신은 제왕과 같은 존재였다.

일각도 지나지 않아 수하들이 돌아왔다.

두 명 괴한의 정체가 밝혀졌다.

쾌검당인가 뭔가 하는 하류잡배 집단이란다.

하류잡배의 무리는 분명한데 당주가 무림맹주 상호양의 동생이라는 소문이 도는 상천명이란다.

껄끄럽다.

소문대로 쾌검당주인 상천명이 무림맹주 상호양의 동생이라면 나서면 안 된다.

강대운에게는 모르쇠로 일관해야 한다. 그러나 강대운이 보내온 친근감 가득한 눈빛은 무시하기 어려운 부분이 있었다.

염강환은 강대운과 헤어져 돌아오는 길에 수하 몇 명을 뽑아 쾌검당 분원인 송가장으로 보냈다.

수하들에게 잘 알아듣도록 지시했다.

정보가 생명인 세상이다.

은근히 말로 협박하여 쾌검당 소속이라는 그 두 명을 넘겨

받으면 다행이고, 그렇지 않으면 한 명이라도 잡아오라고 했다. 만일 그것조차 여의치 않다면 빈손일지라도 그냥 물러서라고 말했다.

무리할 필요는 없었다.

만일의 사태를 대비해 빠져나갈 구멍도 만들어놓아야 한다.

돌아오자마자 다섯 명의 아이들을 별도로 또 선발했다.

이번에는 있어도 그만 없어도 그만인 놈들이다. 대웅방의 그늘 아래 기생하는 파락호 같은 놈들인데 무공 실력은 떨어지지만 배짱만큼은 괜찮은 놈들이었다.

앞선 아이들은 정보를 얻기 위해 보낸 것이라면, 이번에 보내는 아이들은 대웅방을 전면에 내세우지 않고 그냥 찔러보는 것이라고 보면 된다.

*   *   *

웅성웅성.

"장 형!"

쾌검당 무사들 모두가 멀뚱멀뚱 구경만 하는 가운데, 송무만이 크게 놀란 나머지 비수를 겨눈 사내에게 와락 달려들려고 했다.

장랑은 허리 아래에서 손을 살짝 들어 흔들며 송무를 제지시켰다. 사실 장랑은 지금 당장 자신에게 비수를 들이댄 건방진 다섯 사내를 처리할 마음이 없었다.

그것은 통조가 상당히 껄끄러워하는 걸 보고 판단을 하였다.

통조와 쾌검당 무사들의 태도에서 대웅방은 송가장이나 쾌검당의 통제 범위를 벗어나는 문파라는 점을 간파했다. 그렇지 않다면 불량스럽기 그지없는 다섯 사내를 수적이나 실력으로 몇 배나 우세한 송가장 무사들이 하릴없이 구경만 하고 있을 리 없다.

때문에 장랑은 일단 다섯 사내와 함께 송가장 밖으로 나갈 작정이다.

밖에서 적당한 장소를 발견하면 그때 처리할 생각이다. 그것이 향후 송가장이 입을 피해를 줄이는 최선의 방법 같았다.

나아가 함부로 비수를 꺼내 들이대는, 이런 시답지 않은 짓을 지시한 염강환이라는 인물을 만나 따질 생각이다.

타당한 명분에 따라 움직였다면 용서할 가치가 있지만, 그렇지 않다면 따끔한 맛을 보여줄 참이다.

송무와 장랑의 눈빛이 허공에서 마주쳤다. 송무가 자신의 마음을 어느 정도 읽어낸 것 같았다.

장랑은 송무에게 피식 웃어 보였다.

"인마, 죽기 싫으며 빨리 걸어!"

비수를 든 사내가 장랑을 재촉했다. 그는 만족감으로 인해 입이 찢어지기 일보직전이었다.

　장랑은 그렇게 다섯 사내의 호위(?)를 받으며 천천히 송가장을 벗어났다.

　―송 형, 이제부터 이들과 관계된 일은 모두 내가 처리합니다. 송 형은 나에게 신경을 쓰지 말고 송가장과 쾌검당에게 닥친 문제에 전념하십시오.

　―장 형, 이렇게 자꾸만 장 형에게 폐를 끼치게 됩니다. 미안합니다.

　멀리서 송무가 고개를 숙이는 모습이 눈에 들어왔다. 장랑은 고개를 흔들었다.

　―폐는 무슨? 아닙니다. 간혹 이런 재미도 있어야 좋지 않겠습니까? 그래야 조금 나태해진 삶에 있어 약간의 긴장감도 생겨나고, 살아 있다는 즐거움도 느끼게 되는 것이 아니겠습니까?

　―장 형에게 이 송무라는 놈! 정말 고개를 들 수 없습니다.

　―송 형, 우리 친구로 사귀기로 하지 않았습니까. 친구에게 그런 말을 하는 것은 실례입니다.

　―그, 그야. 친구로 사귀어주어 정말 고맙습니다.

　―고마워할 사람은 바로 접니다. 솔직히 저는 지금 즐겁습니다. 이런 기회가 아니면 언제 내가 인질이 되어볼 것이며 송 형을 빚쟁이로 만들겠습니까.

　―빚, 빚쟁이…….

―맞습니다. 송 형은 지금 내게 빚을 지는 겁니다.

장랑은 송무와 농담 반 진담 반이 섞인 전음을 주고받으며 송가장을 완전히 벗어났다.

통조를 비롯하여 월창과 첨비 등 이십 명 가까운 쾌검당 무사들이 근심 어린 표정으로 장랑과 다섯 사내의 이동 속도에 보조를 맞추며 뒤를 따랐다.

하나 그들은 문 앞을 벗어나지 못했다. 입구에 선 송무의 제지 때문에 더 이상 앞으로 나오지 못했다.

모두가 걸음을 멈추고 조금씩 멀어져 가는 다섯 사내에 둘러싸인 장랑을 안타깝게 바라보았다.

"이거야 원! 대웅방 놈들이 저토록 막무가내로 나올 줄 몰랐습니다. 백검 대인, 저분 소협 괜찮을까요?"

통조가 근심 섞인 목소리로 송무에게 물었다.

"괜찮을 겁니다. 문제는 나로 인해 장 형이 이러저러한 일에 휘말려 들었고 또한 저런 수치스런 일까지 당하게 되니 진심으로 미안할 따름입니다."

"백검 대인께서 괜찮다 하니 조금 안심이 되기는 합니다만……."

통조가 말끝을 흐렸다. 걱정 반 안심 반의 심정이라 뭐라 뒷말을 잇기가 어려웠다.

통조가 보기에 송무가 데려온 장랑이라는 인물은 정말로 예사로운 사람이 아니었다. 턱밑에 날카로운 비수가 들이대진다면 보통은 크게 당황하기 마련이다.

그것이 아니라면 낯빛이 변한다던가 아니면 인상이라도 써야 한다.

하지만 장랑이라는 인물은 처음부터 끝까지 일체의 동요를 보이지 않았다.

끝도 없는 자신감이나 상상을 초월하는 담력을 지녔다는 소리인데, 젊은 나이임을 감안한다면 쉽게 찾아보기 어려운 인물이 확실했다.

"아! 이렇게 멍청한! 이러고 있을 때가 아닙니다. 당장 전서를 띄워야겠습니다. 대웅방이 우리에게 이런 식으로 나오는 건 초지급 상황입니다."

통조는 황급히 안으로 뛰어들어 갔다.

"백검 대인, 저분 정말로 괜찮을까요?"

이번에는 월창이다. 그는 처음부터 장랑에게 호감을 느꼈기에 송무에 못지않게 많은 걱정을 하고 있었다.

"방금 말했듯 별문제없을 겁니다."

송무가 씨익 웃어 보였다. 너무 염려 말라는 뜻이다.

"염강환 방주, 그 사람 그렇게 안 봤는데 너무 무례하군요. 우리를 얼마나 우습게 여기면 저런 파락호 따위로……. 제기랄."

첨비도 끼어들어 한마디 거들었다.

"자, 이제 들어갑시다. 이제부터 당주님께서 쾌검당 본당

의 정예를 이끌고 이곳에 도착할 때까지 대문을 열어서는 안
됩니다. 여차하면 대웅방과 일전을 불사할 수도 있습니다. 모
두 마음의 준비를 단단히 하시고.”

송무는 이십 명 가까운 송가장 무사들을 안으로 억지로 밀
어 넣었다.

*　　　*　　　*

장랑은 송무에게 염려 말라고 했지만 실은 신경이 쓰였다.

그것은 빙면신권 염강환이라는 인물 때문이다.

규모가 작더라도 스스로 문파를 세워 수장이 되는 것은 쉽
지 않은 일.

문파를 이어받는 것과 세우는 것은 차원이 다른 문제였
다.

그것도 젊은 나이에 세운다는 것은…….

문파를 세우려면 우선 뛰어난 무공 실력을 기본으로 갖춰
야 한다.

시세의 흐름을 정확히 읽는 눈, 미래를 예측하는 혜안, 폭
넓은 대인관계, 상당량의 은자, 그리고 그런 것을 잘 아울러
실제에 반영하는 능력 등.

여러 가지 재능이 탁월하다는 소리다.

계획을 잘 세우고 계략에 능수능란해야 하며, 그런 것을 잘

엮어 진행시키는 강한 추진력도 필요하다. 아랫사람을 잘 다루는 능력과 그들로 하여금 끝까지 믿고 따르며 존경하게 만드는 지도력도 갖추어야 한다.

그런 인물이 아니라면 일시적으로 운 좋게 문파를 세우더라도 계속 유지 발전시키지 못한다.

장량은 그렇게 알고 있었다.

그런데 그런 인물이 쾌검당을 상대함에 있어 파락호 같은 무리 다섯 명을 보냈다. 무언가 있었다.

장량이 상념에 잠겨 걷고 있을 때 그를 둘러싼 다섯 사내는 그들끼리 농을 주고받고 있었다.

그러던 어느 순간 다섯 사내의 우두머리 격인 왕공진이 장랑에게 비수를 들이대고 있는 사내를 한심하다는 식으로 쳐다보며 말했다.

"야, 너는 팔도 안 아프냐?"

"왜?"

"언제까지 그렇게 비수를 들고 다닐래?"

"그럼 어떻게 하냐?"

비수를 든 사내가 인상을 썼다.

"조금 있으면 성안으로 들어가게 될 텐데, 그때 사람들이 우리를 어떻게 보겠냐?"

"그래서 어떻게 하라고?"

"이런 멍청한 놈. 뭘 어떻게 해? 너는 힘만 쓸 줄 알지, 당최 머리가 돌아가질 않아. 자!”

왕공진이 꺼내 든 것은 백색의 가늘고 긴 포승줄이었다.

“맞다. 이걸로 묶으면 되겠구나. 그런데 이거 조금 약해 보이는데.”

옆에서 포승줄을 받아 든 사내가 고개를 갸웃하였다.

“이런 멍청한! 방주님께서 내게 특별히 주신 아주 귀한 거야. 천잠사가 일부 섞여 있기 때문에 제아무리 대단한 무공의 고수일지라도 함부로 끊지 못해. 어서 묶기나 해.”

장랑은 웃음이 나오는 것을 억지로 참았다.

그사이 관산대로를 가로질렀다. 송가장과 제법 먼 거리로 떨어졌다.

조금 더 가면 크지 않은 송림 지대가 나오고 그 송림 숲을 지나면 성 밖에서 가장 큰 마을인 포대촌이 나온다. 포대촌 아래는 신안포로 빠지는 길이 있고, 위쪽은 이서촌을 거쳐 정주성 안으로 들어가는 옛 길이라고 했다.

오전에 송가장 무사들과 신안포로 향할 때 통조에게 들었던 내용이다.

장랑은 사내들이 자신의 팔을 뒤로하여 손목을 단단히 묶어도 아무런 저항도 하지 않았다.

“이놈, 혹시 바보 아냐?”

“왜?”

“야, 나 같으면 이렇게 끌려가느니 차라리 냅다 도망치는 방법을 택한다 이 말이지."

"얌마, 도망을 아무나 치냐? 이놈은 그럴 간덩이도 못 돼. 아까 보니까 목에 비수를 들이대는 순간 전신이 얼음처럼 꽁꽁 얼어서 꼼짝도 못하더라. 거 너도 봤잖아."

"그랬나? 크크크큭. 모르겠는데."

사내들이 장랑을 두고 키득키득 웃으며 농담을 주고받았다.

"참, 왕가야. 이번에 특별 상금이 나온다고 하던데 얼마인지 너 아냐?"

"두당 은자 오십 냥."

"두당 오십 냥? 정말? 와우!"

질문을 던졌던 사내가 휘둥그레 눈을 떴다.

"멍청하긴. 인마, 두당이라고 해봐야 이놈 한 명이니까 겨우 오십 냥이야. 뭐가 '와우!' 야."

"어? 그런 거였어? 난 또. 개인당 오십 냥씩 주는 줄 알았지."

"미친놈."

"그래도 그게 어디냐? 일인당 은자 열 냥씩이라! 으흥!"

"하긴 요즘 같은 세상에 열 냥만 해도 어디냐? 감지덕지지."

어느덧 송림에 도달했다. 송림 안쪽은 인적이 드문 곳이라 지나는 사람이 없다.

장랑은 송림길로 접어들자 걸음을 멈추었다. 더는 다섯 사내의 농을 듣고 있기가 거북했기 때문이다.

"뭐야?"

"왜 그래?"

장랑의 뒤쪽을 감시하며 따라오던 사내 두 명이 인상을 썼다. 그 소리에 앞서 가던 세 명의 사내도 걸음을 멈추고 뒤를 돌아봤다.

"경치가 좋구나. 잠깐 쉬었다 갈까!"

장랑은 그들은 상관하지 않고 좌우로 송림 숲의 경치를 살피는 사람처럼 혼잣말을 하였다.

"어쭈, 이놈 봐라?"

"어라? 벙어리가 아니었네."

"이놈, 이거 몇 대 맞아야 정신 차리겠어."

사내들은 모두가 황당하다는 반응을 보였다.

장랑은 계속해서 그들의 반응을 무시했다.

"쉬었다 갈 사람은 쉬어야 되고, 갈 사람은 먼저 가도록 하죠."

오히려 장랑이 그들에게 선택권을 주는 듯이 행동했다.

사내들 입장에서 주객이 전도된 상황.

"야, 너!"

"이놈이?"

뒤에 바싹 따라붙어 있던 두 명의 사내가 누구가 먼저랄 것도 없이 거의 동시에 장랑의 뒤통수를 후려치려 했다.

장랑은 서두르지 않았다. 그들은 서두를 필요성조차 못 느끼는 상대였다.

장랑은 몸을 한 바퀴 돌리며 그 자리서 살포시 뛰어올랐다. 바닥으로부터 두 자가량? 장랑은 몸을 좌우로 가볍게 한 번씩 비틀면서 내려섰다.

이때 장랑은 양손이 뒤로 묶인 상태였다. 그깟 천잠사 몇 가닥은 힘들이지 않고 끊어낼 수 있지만 굳이 그렇게까지 할 필요는 없었다.

"어?"

"엥?"

두 명의 사내는 졸지에 황당한 꼴을 당하였다. 그들은 자신도 모르게 자신의 휘둘러진 팔이 장랑의 옆구리에 끼어 있었다.

"뭐, 뭐야? 놔! 안 놔!"

"이 새끼가!"

한 명은 옆구리에서 억지로 팔을 빼내려 하였고, 다른 한 명은 신경질적으로 고함을 치며 나머지 다른 한 손으로 장랑의 안면에 주먹을 내질러 왔다.

으드득—

으드드득!

"아아악!"

“아아— 아파!”

장랑이 사내의 주먹을 피하기 위해 몸을 뒤로 젖히는 순간, 그들 두 명의 사내는 누구라 할 것도 없이 세상이 떠나가라 요란한 비명을 지르고 말았다.

장랑이 두 사람의 팔을 옆구리에 단단히 끼운 상태에서 몸을 빠르게 젖혀 버렸기 때문에 그들의 어깨가 순식간에 탈골되고 만 것이다.

장랑은 옆구리에 끼었던 팔을 놓아주었다.

두 명의 사내는 눈물을 찔끔 흘리면서 거의 동시에 바닥에 털썩 주저앉아 버렸다.

“이 새끼가 지금까지 우리를 감쪽같이 속였네. 너 한번 죽어봐라.”

왕공진이다. 그는 등을 보이고 서 있는 장랑의 등짝을 노리고 주먹을 휘둘렀다. 분명 동료 두 명이 장랑에 의해 어깨 탈골이 일어나 눈앞에서 고통으로 신음하는 모습을 보면서도 그랬다.

장랑은 몸을 돌려 몇 걸음 뒤로 물러섰다. 왕공진 정도는 단번에 처리할 수 있음에도 일단 그의 주먹을 피한 것이다.

탈골은 순간적 고통은 매우 심하지만, 다시 뼈를 끼워 맞추면 별다른 부상이나 후유증이 남지 않는다. 즉, 상대에게 고통만 느끼게 할 뿐 육체적으로 큰 부담을 주지 않는다.

장랑이 물러서자 왕공진은 용기백배하였다. 그의 순수한

무공 실력은 삼류를 벗어나 이제 겨우 이류 수준에 도달한 상태였다. 그렇지만 아직까지 한 번도 크게 패한 적이 없었다. 왕공진은 늘 그 사실에 큰 자부심을 가지고 있었다.

불패신화.

왕공진은 시비가 붙어 싸움이 일어나면 거의 그 특유의 험악한 인상과 협박성 강한 욕설과 입담으로 상대의 기를 꺾으려 했다. 상대는 그의 기에 질리는 것이 아니고 입담 가운데 자꾸만 강조되는 대웅방의 이름에 부담을 느껴 물러서곤 했다. 그러나 왕공진은 자신이 상대를 윽박질러 싸움을 포기하고 꼬리를 말고 사라지게 했다고 생각했다.

간혹 진짜 큰 싸움이 일어나는 경우도 있다. 그럴 때면 왕공진은 전면에 나서지 않았다. 맨 뒤에서 주둥이로 싸움을 지휘하거나 자신보다 약해 보이는 상대만을 골라 싸우곤 했다.

그것이 불패신화의 진실이다.

"새끼가, 피해? 야, 이리 와! 이리 와서 빨랑 한 대 맞아라!"

왕공진은 고래고래 소리를 질렀다. 그러나 그것은 영락없이 덩치 큰 불량배가 어린아이를 구타하려고 뒤를 쫓아다니는 모습이었다.

"에이구! 이런 놈하고는."

왕공진의 행동은 동료인 다른 사내가 보기에도 한심했다. 무인으로 불릴 자격도 없다고 생각했다.

그는 장랑에게 비수를 들이댔던 바로 그자였다. 그의 손에는 날카로워 보이는 그 문제(?)의 비수가 들려 있었다.

사악! 사악! 피잇!

사내는 왕공진의 반대편 쪽에서 비수를 검 삼아 마구 휘두르며 달려들었다.

장랑은 두 사람을 좌우에 두고 뒷걸음으로 빠지면서 거리를 쟀다.

'하나, 둘, 셋!'

장랑은 속으로 숫자를 세다가 어느 순간 발끝을 쭉 뻗어 올려 비수를 든 사내의 손목을 힘차게 걷어찼다.

퍽!

공력을 싣지 않은, 단순히 빠른 속도에서 나오는 발끝의 힘이 사내의 손목을 강타했다.

"악!"

사내는 비수를 놓치고 말았다. 그는 손목이 끊어지는 듯한 통증을 견디지 못하고 자신의 손목을 부여잡고 도망치듯 황급히 뒤로 물러섰다.

이때 하늘 높이 솟구쳐 올랐던 비수가 밑을 향해 떨어져 내렸다.

장랑은 그 자리에서 뛰어올랐다. 딱 어른의 어깨 높이만큼의 위치에 도달하는 순간, 그대로 공중제비로 몸을 회전시켰다.

탁!

장랑의 발끝 힘이 실린 비수가 방향을 바꾸어 왕공진을 향해 직선으로 쏜살같이 날아갔다.

너무나 급작스런 상황. 너무도 짧은 거리.

왕공진은 미처 피하지 못하였다.

퍽!

주르르―

왕공진의 코에서 다시 한 번 쌍코피가 터져 버렸다. 비수의 손잡이가 그의 코를 정확히 때려 버린 것이다.

"이런! 단순히 겁만 주려고 했는데……. 왜 피하지 않았소?"

장랑은 능청스러웠다. 그렇다고 놀리려는 의도는 많지 않았다.

"이, 이런 개……. 헉!"

왕공진이 욕설을 내뱉다 말고 황급히 입을 다물고 말았다.

정말 눈 한 번 깜작할 사이.

그 극히 짧은 시간에 분명히 이 장가량 떨어진 곳에 서 있던 장랑이 자신의 눈앞에 바싹 붙어 서 있었던 것이다.

더구나 이미 한번 뼈가 부러졌던 자신의 코를 유심히 들여다보고 있는 것이 아닌가. 담이 작지 않다고 자부하던 왕공진은 꼼짝 못하고 전신이 얼어붙는다는 경험을 몸소 체험하였다.

"흠, 한 보름가량 잘 정양하면 원상태로 회복될 겁니다. 코

뼈는 원래 물렁뼈라 완전히 주저앉아 부러지지만 않으면 칠 팔 할가량은 다시 원상태로 복원되니까요."

장랑은 마치 경험이 많은 의원처럼 짐짓 심각한 표정으로 그렇게 말했다.

"……."

장랑은 왕공진을 그대로 두고 나머지 한 명이 서 있는 방향으로 몸을 돌렸다.

그는 다른 네 명의 사내와 달랐다. 가장 무공이 강한 자가 바로 그였다.

그는 장랑의 시선을 받자 마음의 안정을 찾지 못했다. 참으려 했지만 참지 못하고 오뉴월 학질에 걸린 사람처럼 부들부들 떨고 있었다.

자질이 부족해 일류고수는 못 되었지만, 보는 눈만큼은 초일류고수 못지않아서였다.

그는 장랑이 선보인 무공이 극히 단순하고 아주 쉬워 보여도 최소한 절정고수 수준에 도달한 고수들만이 펼칠 수 있는 무공이라는 점을 알고 있었다.

그는 스스로 일초는커녕 반초지적도 되지 않는다는 사실을 잘 알았다. 이른바 '아는 만큼 보인다' 였다.

"나, 나는 당신과 싸울 생각이 없다."

사내는 몹시도 긴장한 목소리였다.

장랑은 사내를 바라보면서 똑같이 말했다.

“나도 당신과 싸우고 싶지 않습니다.”

“그… 그럼.”

사내가 돌연 몸을 돌렸다. 그러더니 뒤도 안 돌아보고 그냥 냅다 줄행랑을 쳤다. 장랑은 도망치는 사내의 뒷모습을 바라보았다.

그나마 제일 현명한 사람이다.

대웅방.

입구에 앞발을 들고 포효하는 곰 형상의 석상이 좌우로 굳건하게 서 있다.

본래의 크기 그대로 만들었는지 높이가 일 장 하고도 반이나 되었다. 재질이 화강암이다 보니 재질에 따른 질감은 그리 뛰어나진 않았다. 그러나 사납고 거칠며 용맹하기로 정평이 난 북방의 덩치 큰 흑웅의 모습을 제대로 표현하고 있었다.

장랑은 열려진 대웅방의 정문 안으로 들어섰다. 한 점의 망설임이나 일체의 두려움도 없는 당당한 자세였다.

혼이 빠져 버린 듯한, 그래서 약간의 실혼인과 다름없게 변해 버린 네 명의 파락호. 그들은 벌써 어디론가 숨어버렸는지 보이질 않았다. 그 대신 웃통을 벗어 상반신이 그대로 드러난 우락부락한 근육질의 장한 수십 명이 땀에 젖어 번들거리는 근육을 자랑하며 입구 근처 연무장을 서성이고 있었다. 그들은 맨손으로 흘러내리는 땀을 훔쳐 닦아내며 안으로 들어서는 장랑에게 눈길을 주고 있었다.

장한들의 뒤에는 이제 막 의복을 갖추어 입은 십여 명의 청년들이 있었고, 그보다 한참 더 뒤쪽에, 대전으로 추정되는 규모 큰 건물의 입구에 평범한 용모의 사십대 중년인이 섭선을 말아 쥐고 서서 누군가의 말을 경청하고 서 있었다.

보고를 올리던 사내가 어디론가 사라지고, 중년인은 섭선을 활짝 펴 살랑살랑 흔들면서 바로 뒤에 마련된 묵빛 태사의에 자리를 잡고 앉았다.

"말이 씨가 된다더니……."

염강환은 너무도 당당히 들어서는 약관의 청년, 장랑을 바라보는 순간 뭔가 불길한 느낌이 들었다.

처음 쾌검당 상황을 조사하라고 보냈던 수하들의 보고는 믿지 않았다. 그런데 지금 막상 장랑을 직접 보게 되자 그들의 보고가 허위나 과장이 아님을 알게 되었다.

무림맹 소속의 각주 두 명이 약관의 청년에게 십 초도 채 버티지 못하고 무릎을 꿇었으며, 감히 맞상대하기도 어려운 초절정고수인 북두신개와 손속을 겨루었다고 했다.

남보다 유달리 눈썰미가 뛰어난 염강환, 그가 보기에도 문앞에 당당히 버티고 선 약관 청년의 기세는 결코 허세가 아닌 자신감이 가득한 모습이었다.

수하들의 보고는 보고일 뿐, 눈으로 직접 확인해 볼 필요가 있었다.

탁!

촤르르!

염강환은 일부러 약간의 소리가 나도록 섭선을 접었다가 다시 활짝 폈다.

소리는 곧 신호.

근육질의 장한들이 소리가 나자마자 곧바로 장랑의 앞을 가로막았다.

그들은 무공 수련을 미처 다 끝마치지 못한 아쉬움과 울분을 장랑에게 풀어낼 기세로 보였다.

장랑은 시선은 눈앞의 근육질 장한들에게 있지 않았다. 멀리 태사의에 오연한 자세로 앉아 있는 중년인에게 가 있었다.

"실망이로군."

장랑의 목소리는 크지 않았다.

"쾌검당이라고? 간덩이가 부운 놈이로구나. 여기가 어디라고!"

"쾌검당은 무슨! 비켜봐! 알량한 무공 몇 가지 익혀 몸종 노릇이나 하는 놈들이야. 개 잡것들이 어디서 감히 무림인 흉내를 내. 내가 오늘 진정한 무공이 무엇인지 알려줘야겠어."

근육질 사내 두 명이 서로 먼저 장랑에게 덤벼들려고 다투었다.

"……."

장랑은 기분이 그리 좋지 않았다. 두 명의 근육사내에게 실망한 것이 아니라 수하를 앞세운 염강환에게 실망한 것이다.

송림 숲에서 파락호 한 명이 뒤도 안 돌아보고 도망칠 때, 그를 그대로 놓아준 것은 그를 통해 사전에 자신이 찾아간다는 정보를 주려는 의도였다. 또한 그전에 네 명의 사내를 압도적인 무위를 선보이며 제압한 것도 같은 맥락이었다.

염강환이 현명한 사람이라면 보고를 듣고 수하를 내세우기보다는 일 대 일 대화로 문제를 풀어야 한다. 그렇게 하기를 내심 기대했다.

물론 지금처럼 먼저 수하들을 전면에 내세워 실력을 가늠하고 힘으로 처리할 것인가, 대화로 처리할 것인가 판단할지도 모른다는 예상도 했다.

염강환의 입장에서 보면 수하들을 먼저 내세우는 쪽이 현명하다고 판단하겠지만, 그건 염강환이 잘못된 선택을 한 것이다.

그릇의 크기를 판별하려는 장랑의 의도를 감지하지 못하는 인물.

장랑은 자신이 염강환을 너무 높게 평가하였을지도 모른다는 생각을 하였다.

근육질 사내들은 한꺼번에 덤비지 않았다. 장랑을 무시하는 마음도 있었고 나름대로 대웅방 무사라는 자부심도 있기 때문이었다.

우우웅!

주먹이 바람을 가르며 날아온다? 상당한 내공을 지녔다는 소리다. 그는 방금 장랑에게 진정한 무공을 알려주겠다고 큰 소리치던 그 인물이다.

장랑은 정면으로 날아오는 장한의 주먹을 피하지 않았다.

단지 주먹이 코앞에 다다랐을 때 고개를 약간 옆으로 돌려 흘려 보냈을 뿐이다.

꽝!

장한이 입에서 피화살을 토해내며 멀찍이 포물선을 그리며 날아가 떨어졌다.

장랑은 많이 움직이지 않았다. 옆으로 고개를 돌리는 순간 그의 발끝이 수직으로 올라갔다가 내려왔을 뿐이다.

비각퇴.

수십 명 근육질 사내들이 눈을 크게 떴다. 그제야 장랑이 보통이 아니라는 사실을 깨달은 것이다.

샤샤샤샤샥―

훈련은 잘되어 있었다. 그들은 삽시간에 장랑을 가운데 두고 원형으로 포위망을 만들어냈다.

"쳐라!"

누군가 소리쳤다.

정면은 두 명의 장한, 좌우측에 각기 한 명, 그리고 뒤편에 두 명, 한 번에 여섯 명의 장한이 동시에 달려들었다.

장랑은 정면으로 다가오는 두 명에게 먼저 다가섰다.

꽝! 꽝!

거의 동시였다. 두 명의 장한은 미처 주먹을 다 휘두르지도 못한 채 턱밑에서 느껴지는 강한 충격을 받고 뒤로 벌렁 넘어졌다.

장랑은 두 명의 장한을 올려 찬 발끝을 바닥에 내려놓았고, 그 발에 중심을 옮기며 몸을 풍차처럼 한 바퀴 회전시켰다.

꽝! 꽝!

좌우측에서 각기 달려들던 두 명의 장한이 눈을 까뒤집으며 역시 뒤로 벌렁 넘어갔다.

장랑의 신형이 한 번 더 크게 풍차처럼 휘돌려졌다.

꽝! 꽝!

뒤쪽에서 다가서던 두 명의 장한 또한 뒤로 벌렁 넘어갔다.

길지 않은 시간.

정말 눈 깜짝할 만한 시간, 그리고 깔끔한 솜씨.

여섯 명의 장한은 모두가 입에 거품을 물었고, 눈이 뒤집혀 흰자위를 드러낸 채 기절해 있었다. 또한 하나같이 목젖 바로 위, 턱 주변이 붉게 물들어 있었다.

주위는 단번에 싸늘해졌고 쥐 죽은 듯 조용해지고 말았다. 그러나 그 조용함은 오래가지 않았다.

근육질 사내 가운데 또 누군가의 입에서 흘러나온 한마디.

"죽여!"

아직도 남아 있는 근육질 장한의 숫자는 이십 명 남짓.

장랑은 그들이 아무 잘못도 없음을 안다. 아무 잘못도 저지르지 않았다는 것이 아니라 자신에게 아무런 잘못도 하지 않았다는 것이다. 단지 약간 판단력이 느린 수장을 만났다는 잘못이 있을 뿐.

장랑은 근육질 장한들이 다가오기를 기다리지 않았다. 먼저 다가갔다.

휘이잉─

우웅─

근육질 사내들의 주먹에는 하나같이 힘이 실려 있었다. 아무리 뼈마디가 단단한 사람일지라도 살짝 스치기만 해도 그 부위의 뼈는 단번에 부러져 나갈 것만 같았다.

하나 그들의 주먹이 아무리 위력이 있더라도 실력 면에서 장랑과는 하늘과 땅의 차이가 있었다.

장랑의 발길이 닿는 곳마다 모두 일수, 일권에 뒤로 나가떨어졌다.

그들은 모두 같은 부위, 턱밑에 붉은 손자국이나 발끝 자국이 남아 있었다.

열서너 번의 호흡.

대략 한 호흡에 한 명씩 처리했다는 소리였다.

장랑은 나직한 신음 소리를 흘려내는 근육질의 장한 사이를 지나 염강환 쪽으로 걸어갔다.

사사사사삭!

검과 도로 무장한 십여 명의 청년들.

조금 전 주섬주섬 옷을 주워 입었던 바로 그 청년들이 장랑의 앞을 가로막았다.

"……."

장랑은 말없이 그들을 바라보았다.

"으음!"

염강환은 자신도 모르게 나직한 신음 소리를 흘려내고 말았다.

역시 보통 인물이 아니었다.

염강환은 먼저 도망쳐 온 파락호 한 명에게서 장랑에 대한 추가 정보를 들었다.

염강환은 그의 몇 마디 보고만으로 장랑의 성격을 완전히 파악했다고 믿었다.

상대를 상하게 하지 않는 무공, 아니면 그와 유사한 심약한 심성을 가진 자.

염강환은 앞세운 수하들의 안위를 염려하지 않았다.

과하게 다친다 해도 가벼운 찰과상 정도.

그렇게 생각하였다.

염강환의 입장에서 장랑이라는 청년은 예사롭지 않았지만 대단히 큰 존재감으로 다가오는 인물은 아니었다.

따지고 보면 좌도정이나 양지명이 장랑에게 패했다 해도

그들이 장랑을 얕보고 방심했을 가능성도 높았고, 염강환 자신 역시 좌도정이나 양지명 정도는 힘들지 않게 무릎 꿇릴 자신이 있었다.

북두신개와 맞섰다는 부분도, 북두신개는 원래 성격 좋고 독하지 않은 성품을 가진 사람으로 아직까지 그가 누구를 일방적으로 패거나 죽였다는 소문을 듣지 못했다. 평판이 좋은 북두신개가 약관의 청년을 쥐 잡듯이 잡을 리 없었다.

염강환은 갈등하고 있었다. 그리고 또 후회하고 있었다.

나서지 않아도 되는 일에 나선 것이다. 아무 상관도 없는 일에 끼어들어 스스로 분란을 자초한 것이다.

퍽! 퍽! 퍽! 퍽!

"컥!"

"큭!"

얼마 전 정예만으로 구성하여 야심 차게 출발시킨 수웅대(守熊隊)가 맥없이 무너져 내리고 있었다.

그들은 전원 일류고수 이상의 실력자들이다. 그런 그들이 비슷한 또래의 청년에게 검과 도를 제대로 휘둘러 보지도 못하고 비명성을 토해내고 있었다.

네 명이 달려들어 겨우 옷깃 한 번 스치는 것이 고작이었고, 여섯이 달려들어 머리카락 몇 올 잘라내면 그나마 다행이었다.

장랑은 옷자락이 서너 군데 베어진 것이 전부였지만, 수웅대는 한결같이 바닥에 큰대 자로 누워버렸다.

염강환은 태사의 손잡이를 힘껏 움켜잡았다.

우드득!

자단목에 옻칠까지 한, 염강환 그가 아끼고 또 아끼는 묵빛 태사의 손잡이가 한 움큼이나 부서져 나갔다.

"그만!"

염강환은 더는 참을 수 없어 그대로 자리를 박차고 일어섰다.

연신 터져 나오던 비명성이 한순간에 사라져 버렸다.

여섯.

열여섯 명 수웅대 인원 가운데 온전히 병장기를 움켜잡고 서 있는 인원은 고작 여섯이었다.

일다경도 되지 않은 짧은 시간에 갑웅당(甲熊堂) 스물일곱 명과 수웅대 열 명이 바닥에 눕고 말았다.

'하룻강아지 범 무서운 줄 모른다더니. 네놈이 감히 내 수하들을……'

장랑을 향해 천천히 걸어가는 염강환.

평소에 침착하기로 소문난 그였지만 지금은 평소에 볼 수 있었던 그의 모습이 아니었다.

포효하는 흑웅.

대웅방 정문 입구에 세워져 있는 석상의 모습과 다르지 않았다.

"너는 누구냐?"

염강환의 첫마디는 그것이었다.

"장랑이오."

"장랑!"

염강환은 흠칫했다.

한동안 사문과 담을 쌓고 살았기에 종남파의 속가제자 가운데 제법 명성이 높은 그였지만 사문의 초대를 받지 못했다.

그러나 마음만 먹으며 하루 반나절 안에 도착할 수 있는 숭산의 구비회.

염강환은 일부러 가지 않았다. 물론 사촌 형 염규현이 참석 안 한다는 소식을 조금 일찍 알았더라면 초대를 받지 않았더라도 참석했겠지만.

염강환은 참석하진 않았지만 구비회에 많은 관심을 두고 있었다. 구비회가 갑자기 중단되는 바람에 그 화제성에 밀려 출전자들이 많은 관심을 받지 못했지만 두각을 나타낸 인물은 있었다.

그 가운데 가장 널리 이름을 알린 인물이 바로 장랑이다.

염강환은 오늘 아침 총관으로부터 구비회의 소식을 접했을 때 장랑이라는 이름을 머릿속에 담아두었다. 그런데 눈앞의 청년이 바로 그 장랑일 줄은 생각지도 못한 일이었다.

第八章

변경된 계획

張郎
行路

服此影蒼賜其祗佑
迎請神真老君演此真妙經竟
降臨遠得正一　　道言廣奉
至大改元四月佛浴焉
弟子趙孟頫敬

염강환은 불같이 끓어오르던 화를 잠시 가라앉혔다. 상대가 상대이다 보니 섣불리 손부터 써서는 곤란했다.

"네가 그 장랑이냐?"

"그 장랑이라니요?"

"네가 공동파에서 파문당한 그 장랑이냐는 소리다."

"……."

장랑은 말없이 고개를 끄덕였다.

"과연 소문대로 대단한 실력을 지녔더구나."

"……."

장랑은 뜻밖이라는 표정으로 염강환을 바라보았다. 아무

리 발 없는 말이 천 리를 간다고 해도 등봉을 떠나온 지 하루 반나절밖에 지나지 않았는데 벌써 알고 있다는 사실이 의외였다.

"쾌검당에 몸을 담기로 결정한 거냐?"

"아닙니다."

"그럼 왜?"

"이미 알고 계실 텐데 굳이 묻는 이유가 뭡니까?"

"그런가? 그렇군."

염강환이 고개를 끄덕였다.

"내가 묻겠습니다. 이유가 뭡니까? 듣자 하니 이곳 대웅방과 쾌검당은 아무런 연관도 없는 사이라고 들었는데."

"꼭 대답을 해야 하나?"

"그렇습니다."

"으음……."

염강환은 잠시 망설였다.

백 수십 년 전, 무림맹이 구성된 이후 자잘한 무림의 일들은 대부분 무림맹에서 처리했다. 그 이후 구대문파는 큰 그림만 그릴 뿐 대외적인 활동은 그리 활발히 하지 않았다. 스스로 자제를 한 것이다.

그리고 어느 순간 무림의 중대사가 일어날 때만 구대문파가 모습을 드러내는 것이 관습처럼 되어버렸다.

그 덕에 구대문파 출신의 속가제자들은 서로에게 친밀감

을 느끼게 되었고, 되도록 가깝게 지내려 노력했으며 실제로 가깝게 지내왔다. 그리고 상당수가 여전히 서로 사형과 사제라 부르며 지내기도 한다.

봉문으로 인해 지금은 잠시 소원해졌지만 종남과 공동은 과거에 많은 교류가 있었다. 사형제까지는 아니더라도 같은 구대문파의 일원이라는 사실만으로도 서로가 서로에게 호감을 가지던 시기가 아주 길었다.

염강환 그가 강호에 출도했을 무렵도 그랬다. 물론 지금도 마찬가지다.

염강환이 아무리 사문과 담을 쌓고 지내더라도 그가 종남의 속가제자라는 사실은 변하지 않는다. 지금이라도 사문을 찾아가 그간의 소원함에 대한 설명이나 사과 한마디를 한다면 예전의 살갑던 관계는 금방 복원된다. 그것이 무림인들에게 있어 사문인 것이다.

염강환의 의식 속에는 그러한 기억이 아직도 많이 남아 있었다. 불같이 타오르던 화를 한순간에 참아낸 이유도 거기에 있었다.

"친인의 부탁! 그 정도면 대답이 되겠나?"

"그렇군요."

잠시 어색한 침묵이 흘렀다.

누군가의 부탁, 잘 아는 친인의 부탁이라면 그럴 수도 있다.

　장랑 자신만 하더라도 송무와 만난 이후로 계속해서 송무와 관계된 일에 휘말려 들었다. 송무에게 호감이 없었더라면 그냥 무시하고 각자의 길을 가면 그만이었지만 그러지 못한 것은 알게 모르게 형성된 유대감이 가장 큰 원인이라는 사실을 장랑도 잘 알고 있었다.

　"이해할 수 있습니다. 하지만 말입니다, 한 가지는 꼭 따져야겠습니다."

　"뭔가?"

　"저의 목에 비수를 들이대는 행위. 그 행위를 하도록 만든 사람에게 책임을 물어야겠습니다."

　"생각보다 완고한 면이 있는 친구로군. 좋네. 고삐 풀린 망아지가 제멋대로 날뛰다가 지나는 사람을 함부로 찼다면 배상과 책임은 그 주인에게 있는 법이지. 그래, 뭔가? 내가 어떤 식으로 자네에게 책임을 져야 하는가?"

　염강환은 생각보다 화통한 면이 있었다.

　물론 상대가 장랑이 아니거나 구대문파의 제자가 아니라면 대응은 전혀 달랐을지 모른다. 그러나 염강환은 확실히 팔이 안으로 굽는다는 사실을 잘 인지하고 있는 인물이었다.

　"우선, 부탁한 그분께 미안한 말이지만, 당분간 쾌검당과 관계된 일에 나서지 않았으면 합니다. 그리고 깨끗한 옷 한 벌 주십시오."

　장랑은 너무도 당당하게 요구했다.

"내 솔직히 말하지. 각별한 사이가 아니더라도 이십여 년을 알고 지내던 사람의 부탁을 거절하기란 쉬운 일이 아닐세. 자네는 내게 큰 결단을 하라고 요구하고 있네. 하지만 나는 이제까지 구대문파의 일원인 종남파의 속가제자라는 사실을 잊지 않고 있네. 쾌검당에 관여된 일에는 손을 떼겠네. 사실 손을 떼고 말고도 없어. 몇 가지 정보를 알아내고 그것을 전달하려는 의도밖에 없었으니까."

염강환은 여기까지 말을 하고 잠시 장랑을 똑바로 쳐다보았다.

"……."

"그런데 말일세. 두 번째, 자네에게 옷 한 벌 주는 문제는 조금 생각을 해봐야겠네."

뚱딴지같은 소리.

어느 모로 보나 장랑의 첫 번째 요구는 상당히 어려운 문제이고 두 번째인 옷 한 벌 건네주는 것은 별 부담이 없는 요구였다.

장랑이 조금 아쉬운 표정을 짓자 염강환이 말을 이었다.

"애초의 잘못은 우리에게 있다 하더라도, 분명한 것은 자네의 그 옷은 내 수하들을 쓰러뜨리다 망가진 것일세. 내가 첫 번째 요구를 순순히 들어주고 두 번째 요구까지 아무런 조건도 달지 않고 자네에게 옷을 건네준다면 수하들은 반드시 나를 물러 터진 방주라고 하면서 원망할 걸세. 따라서 자네가 나와 내 수하들에게 한 가지 좋은 구경을 시켜준 다음 그 요구를 한다면 수하들은 불평을 하지 않을 걸세. 그런데 우리 같은 무인들에게 가장 좋은 구경이란 무엇일까? 나는 이제부터 자네에게 삼 장을 펼칠 것이네. 자네가 그것을 무사히 받아낸다면 내 수하들은 반드시 자네가 옷을 받을 자격이 있다고 생각할 걸세."

장랑은 그 말을 듣고 빙그레 미소 지을 수밖에 없었다.

이런저런 핑계를 들이대며 장황하게 설명을 했지만 결국 자신의 체면을 세워달라는 소리였다.

삼장지례(三掌之禮).

강호의 선배가 버릇없는 후배를 훈계하거나 가르칠 때 종종 사용되는 바로 그것이었다.

장랑과 염강환은 너른 연무장에 마주 섰다.

"들자 하니 자네는 복마삼종을 거의 완벽하게 익혔다 하더군. 나는 종남의 절기 가운데 가장 대표적인 오뢰인(五雷印), 건곤산수(乾坤散手), 쇄월지(碎月指)를 사용할 테니 자네는 복마장법과 복마권법, 그리고 개천풍운장을 사용하여 막아내는 것이 좋을 것 같네. 어떤가? 가능하겠나?"

"그렇게 하시죠."

장랑은 순순히 응했다. 염강환이 말한 종남의 세 가지 무공은 확실히 공동의 무공과 대응되는 것이었다.

장랑은 그 자리에 선 상태에서 한 발을 들어 반보가량 비켜

내며 바닥을 찍었다.

쿵!

지축을 뒤흔들 정도는 아니지만 그 소리와 충격은 제법 컸다.

장랑을 중심으로 한 연무장 바닥에서 작은 미동이 생겨나더니 사방으로 퍼져 나갔다. 그건 마치 수면 위로 작은 돌이 떨어지면서 생겨난 물결의 파형이 동심원 방향으로 널리 퍼져 나가는 모습과 다르지 않았다.

"……."

"이크!"

"어엇!"

염강환을 비롯한 대웅방의 무사들은 마치 방금 작은 지진이 일어났다는 착각이 들 만큼의 작은 흔들림을 몸으로 직접 체험했다.

대다수의 대웅방 무사들은 하나같이 눈을 동그랗게 떴다. 그들은 모두가 신기한 물건을 바라보듯 장랑에게서 시선을 떼지 않고 있었다.

그리고 그러한 감정은 염강환이라고 다르지 않았다. 하나 염강환이 진정으로 놀란 것은 연무장 전체를 흔들 정도로 강한 충격을 발생시킨 근원지, 장랑의 발이 놓인 그곳이 아무런 변화가 없다는 것이다.

느낌으로는 최소한 반 자에서 한 자가량의 깊은 홈이 생겨야 하는데 그것이 없는 것이다.

"흠!"

염강환은 체면도 잊은 채 고개를 절레절레 흔들고 말았다. 자신은 할 수 없는 것을 장랑이 해낸 것에 대한 탄복이다.

물론 그도 공력을 최대한 끌어올려 진각으로 바닥을 찍어 댄다면 연무장 전체를 흔들어 버릴 자신은 있다. 하지만 장랑처럼 바닥에 아무런 흔적도 남기지 않고는 도저히 불가능했다.

염강환은 이날 이때까지 비무든 싸움이든 사전에 한 번도 자신감을 잃어버렸던 기억이 없다.

속가이기는 해도 종남산에서 십 년 동안 죽어라 노력해 종남파의 정수를 익혔으며, 하산할 무렵에는 본산이나 속가 구분없이 동문 사형제 가운데 그가 꺾지 못했던 사람은 없었다.

출도 후에도 이백여 차례의 크고 작은 싸움에서도 한 번도 패한 적 없었다.

'과연 미래의 속가 공동제일인이라 불릴 만하군.'

염강환은 총관의 보고서 내용 가운데 일부를 떠올리면서 고개를 끄덕였다.

"먼저 갑니다."

장랑이 움직였다.

일수에 세 번을 연거푸 떨쳐 내는 개천풍운장 가운데 삼첩장을 염강환은 건곤산수 제일초식을 연달아 펼쳐 막아냈다.

퍼버벅!

"윗!"

"훗!"

피차 공력은 많이 끌어올리지 않았기에 몸으로 전달되는 충격은 없으나 초식에서 뻗어나는 특유의 힘이 격돌해서 가벼운 격타음은 흘러나왔다.

"좋군!"

"감사합니다."

염강환은 칭찬을 했고 장랑은 가볍게 머리를 숙여 감사의 뜻을 전했다.

팟! 팟! 파팟!

장랑이 공세에 앞서 허공에 대고 복권권법을 연이어 펼쳐 냈다. 역시 공력은 많이 들어가 있지 않지만 주먹을 내뻗을 때마다 미약한 공기의 파열음이 터져 나왔다.

타탁! 타타탁! 타타탁!

복마권법과 오뢰인이 허공에서 몇 번이나 얽혔다 풀렸다 반복했다.

이어진 쇄월지와 복마장법 또한 몇 번의 격렬한 격타음을 토해냈다.

평수.

엄밀히 따지면 실력 면에서 장랑이 월등히 위였지만 드러난 결과는 평수였다.

누군가의 우위를 가늠하는 대결이 아니기에 결과는 늘 평수여야 한다. 그것이 선배가 후배를 아끼는 마음으로 양보하는 것이고, 후배가 선배를 배려하는 마음이 담긴 삼장지례인 것이다.

이로써 장랑과 염강환은 잠시 동안이나마 적대적이었던 관계를 완전히 해소시킬 수 있었다.

'썩어도 준치. 이것이 말석이나마 공동파가 계속 구대문파 대열에서 떨어져 나가지 않고 존속한 진짜 이유로군.'

염강환은 장랑의 무공에서 공동파의 저력을 보았다.

고수란 어느 날 갑자기 하늘에서 뚝 하고 떨어지는 것이 아니다.

고수란 철저하게 만들어지는 존재다. 정성과 노력이 듬뿍 담긴 상태에서 만들어지는 존재다. 특히 절정급 이상의 고수나 그것조차 뛰어넘는 엄청난 고수일수록 그렇다.

뛰어난 재질과 오성을 가진 재목이 있다.

그 재목을 키우려면 좋은 무공이 필요하고 좋은 사부가 필요하다. 무공과 사부가 없는 고수는 생겨나지 않는다.

그런데 좋은 무공과 좋은 사부는 하루 이틀 만에 만들어지고 생겨나는 것이 아니다. 수많은 시행착오와 엄청난 양의 경험이 축적되고 또 쌓여야만 가능하다.

그런 곳이 바로 구대문파이다. 그래서 구대문파는 저력이 있다.

그렇기에 공동파에서 장랑과 같은 인물이 탄생하는 것이다.

염강환은 그렇게 생각했다.

염강환의 취향은 여러 군데에서 장랑과 비슷하였다.

그가 고르고 장랑이 동의한, 염강환이 특별히 아낀다는 천으로 만들어진 백의무복과 장포.

화려하지 않으면서 산뜻하고, 은은한 멋과 기품이 느껴지면서도 튀지 않는다.

"수화불침(水火不侵)이고 백독불침(百毒不侵)이야. 백옥오공(白玉蜈蚣) 껍질과 천년지주(千年蜘蛛)의 실을 엮어 만든 보물 중에 보물이지. 그 옷 한 벌이면 우리 대웅방이 십 년 동안 먹고살 수 있어. 귀한 것일세."

"……."

장랑은 벌어지는 입을 다물지 못했다.

너무 과했다.

수화불침이니 백독불침이니 이런 것에는 관심이 없다. 대웅방이 십 년 동안 먹고살 만큼의 가치가 있다는 말. 그 말이 귓전에 남았다. 그 정도 금액이면 차라리 팔아서 방도(幫徒)들의 생활에 보탬이 되도록 하는 것이 나을 것 같았다.

"뭘 그리 놀라나. 너무 놀라지 말게."

"받아도 되는지… 모르겠습니다."

"내 성의야. 사형이 되어서 사제에게 그 정도 선물도 못하겠어? 이래 봬도 나 꽤 부자야!"

염강환이 일부러 어깨에 힘을 주었다.

"……."

"생각 같아서는 이 금적선(錦積扇)도 주고 싶지만 아직은 때가 아니니 나중에 물려주도록 하지. 참, 잊지 말게. 내게는 과년한 딸년이 하나 있다는 것도."

염강환은 마지막엔 농까지 한마디 던졌다.

장랑은 고맙다는 말을 하지 않았다. 해서는 안 될 것 같았다. 그건 성의를 무시하는 행동이었다.

"잘 입고, 잘 쓰겠습니다."

장랑은 강호에 나와 처음으로 마음에 쏙 드는 옷을 입게 되었다.

"자, 자리를 옮길까?"

장랑은 염강환의 안내를 따라 대전을 향해 움직였다.

인연은 예기치 않은 곳에서 시작된다.

염강환과 이야기를 나눈 지 벌써 반 시진.

장랑은 그가 어떠한 심정으로 자신을 맞이하려고 했는지 그 진실된 속마음을 들었다.

염강환이 어떤 방식으로 대응해 오는가에 따라 상황은 여러 갈래로 다르게 전개되었을 것이다. 그래서 그의 이야기를 듣고 난 연후에 마음 한구석에 안도감이 생겨났다.

누군가와 원한을 맺고, 또 그 원한을 해소하는 일.

실로 어렵고 쉽지 않은 일이다.

사소한 시비가 큰 싸움이 되고, 어린아이 싸움이 어른 싸움이 된다. 별것 아닌 일로 살인과 같은 중대 범죄가 일어나고 또 저질러진다.

염강환이 독하게 마음을 먹었다면, 그가 종남의 속자제자가 아니었다면, 장랑이 공동의 문하가 아니었다면.

가정(假定)이 너무 많지만 분명한 것은 일이 크게 번졌을 가능성이 농후했다는 점이다.

염강환의 생각 중 하나대로 일이 진행되었다면 장랑과 대웅방은 평생 원수로 지낼 수밖에 없었다. 그것은 장랑이나 염강환 혹은 대웅방에 있어 평생 피곤하고 지루한 싸움이 되었을 것이다.

방법은 하나 장랑이 죽거나 염강환이 죽어야 하는 것.

그렇지 않고선 원한 해소는 불가능했다.

생각해 보면 그것이 얼마나 귀찮고 힘들며 피를 말리게 하는 일인가?

아무리 정당성을 확보했다고 스스로에게 다짐을 해도, 상대가 받아들여 주지 않으면 어떠한 대의명분도 물거품이 되는 것이다.

염강환과 이야기를 주고받기 시작한 지도 한 시진.

날이 어두워지고 있었다.

인연은 찰나의 순간에 만들어지는 것이다. 서로의 진심이 통하는 것 역시 찰나의 순간에 일어난다. 물론 사전에 여러 포석이 깔려 있겠지만 판단은 한순간에 이루어지는 것이다.

느낌. 몸에 와 닿는 호감의 기운을 알아차리는 순간 마음은 통하고 인연은 시작되는 것이다.

"그렇다면 자네는 당분간 쾌검당에 계속 머무를 생각인가?"

염강환이 물었다.

"아닙니다. 한 번도 그렇게 생각하지 않았습니다. 주기옥 일행이 정주를 떠나 개봉에 도착하는 그때. 그때까지만 함께 할 생각입니다. 약속이니까요."

"사제, 나는 이번에 자네 덕에 잊어버렸던 나의 옛 마음을 되찾게 되었네. 생각해 보니 나는 나만의 생각에 너무 빠져 있었던 것 같아. 불의를 용서 못하고, 강호의 평화와 안녕을 위해 최선을 다하겠다는 다짐. 출도 당시의 마음 자세를 잊었던 것 같아. 자네가 우연히 만난 청년과의 작은 인연을 소중히 여겨 목숨을 걸고 나선 건 의리와 보은이야. 그걸 자네가 일깨워 주었네. 나는 이제 초심으로 돌아가겠네. 오랫동안 본심을 잃고 방의 외형 확장에 매달려 왔어. 무림인에게 정작 중요한 것은 협(俠)과 의(義)인데 말이야."

장랑은 염강환의 그 말에 고개를 끄덕였다.

"사형, 그만 일어서야겠습니다. 시간이 나는 대로 자주 찾아뵙겠습니다. 앞으로 귀찮게 할지도 모릅니다. 그때 문전박대하시면 곤란합니다."

"그거야 모르지."

장랑과 염강환은 농담까지 주고받았다.

"그럼."

"말만 하지 말고 진짜로 자주 찾아오게."

장랑과 대전을 나섰다.

그는 대웅방을 자주 찾는다고 말했다. 그러나 정주에 계속 머물 생각은 추호도 없었기에 조금 전 그 말은 빈말과 다름없었다.

염강환도 그걸 잘 알았다.

하지만, 현실은 장랑이 생각하는 것처럼 그리 녹록지 않았다.

장랑은 향후에 대웅방을 문턱이 닳도록 들락거리게 될 줄은 이때까지 전혀 모르고 있었다.

*　　　*　　　*

끼이익—!

송가장 대문이 열렸다.

"오셨습니까?"

장랑을 반기며 맞이한 사람은 뜻밖에 월창이었다.

"네. 그런데 어떻게?"

어떻게 월창이 문지기를 하느냐는 소리였다.

"조금 전 저희 당주님께서 도착하셨습니다."

"아!"

"통조 대인과 백검 대인은 지금 곧바로 시작된 회의에 참석 중입니다. 저희 당주님을 만나보시겠습니까?"

월창이 물었다. 그런데 뭔가 안절부절못하는 모습이다. 질문과 달리 월창은 무언가를 꺼리는 느낌을 주었다.

'왜?'라는 의문이 들었지만 장랑은 묻지 않았다.

몇 걸음 걷지 않았다. 보통 사람보다 몇 배나 뛰어난 이목을 가진 장랑이다.

멀리서 희미하지만 송무의 격앙된 목소리가 들렸다. 여러 낯선 사람의 목소리도 함께 들렸다. 하나같이 언성이 높았다.

장랑은 걸음을 멈추었다.

송무와 낯선 사람의 입에서 '장랑'이라는 이름이 오고 갔다.

월창이 따라 걸음을 멈추고 의아한 눈으로 장랑을 바라보았다. 그는 대전 안쪽의 고성을 들을 정도의 능력은 없었다.

"월 형, 내 깜빡하고 저녁을 놓치고 말았지 뭡니까. 쾌검당 주님이 오셔서 다들 바쁜 것 같으니 끼니 챙겨 먹기가… 밖에서 먹어야 할 것 같습니다."

장랑은 밖으로 나갈 구실을 찾았다.

"그러지 않으셔도 됩니다. 장원의 분위기가 어수선한 건 늘 있어왔던 일이니 새삼스러울 것 없습니다. 더구나 객청은 독립된 공간이라……."

장랑은 월창의 말을 가로챘다.

"오늘 낮에 먹었던 어죽 맛이 자꾸 생각납니다. 그리고 늦을지 모르니 기다리지는 마십시오."

장랑은 평소에 잘하지 않는 거짓말까지 하였다. 그만큼 대전 안에서 오고 가는 이야기가 장랑의 귀에 거슬렸다.

"너무 늦지는 마십시오."

아쉬움과 미안함이 가득 담긴 월창의 눈을 뒤로하고 장랑은 조용히 송가장을 빠져나왔다.

장랑이 향한 곳은 나루에서 가까운 강변이었다. 낮에 잠깐 스쳐 지나가며 보았는데 복잡한 머리를 식히기 좋은 장소 같아 보였다.

＊　　　＊　　　＊

함부로 입에 담아서는 안 될 말. 해서는 안 되는 말.

그러나 아까부터 목구멍까지 치밀어 올라 뱉어내고 싶었던 그 말.

"곤란합니다. 아니, 안 됩니다. 자꾸 이런 식으로 나오시면… 쾌검당을 떠나는 수밖에 없습니다."

송무는 기어코 그 말을 입에 담고 말았다.

"백검, 자네 정말!"

상천명은 숨이 막힐 것 같았다. 잠시 말을 멈추고 긴 한숨으로 불같이 치솟아오르는 화를 억지로 참아냈다.

"후우!"

도대체 어떤 놈인지 낯짝을 보고 싶었다.

송무와 알고 지낸 시간이 삼 년이 넘었다. 그리고 정식으로 자신의 밑에 들어와 둥지를 튼 지 반년이었다.

그 반년 동안 송무는 맹목적으로, 거의 무조건적으로 최선을 다해 자신과 쾌검당을 위해 헌신했다.

송무는 자신의 뜻이 쾌검당에 국한되지 않고 있음을 안다. 쾌검당 안에서 자신의 큰 꿈과 포부를 알려주고 함께하자고 제안했던 인물은 모두 다섯 명이다. 그 다섯 명 가운데 송무도 포함되어 있었다.

끝까지 같이 가고 싶은 인물. 송무는 그런 인물 가운데 하나였다.

그런데 송무가 자신을 떠나려 한다. 열렬히 지지하고 환영했던 송무가 자신의 뜻을 꺾으려 한다. 그렇지 않으면 떠나겠다고 한다.

어떤 놈인지 정말 보고 싶다.

강직하여 휘지 않는 성품을 가진 송무가 단 하루 만에 전혀 딴 사람으로 돌변하게 만든 인물 장랑.

그놈을 만나보고 싶다.

"당주님, 손님이 찾아오셨습니다."

"누구?"

상천명은 월창의 얼굴을 똑바로 쳐다보았다. 월창은 머리가 잘 돌아가고 분위기 파악도 잘하는 놈이다. 지금 한가하게 찾아온 손님을 맞이할 상황이 아니라는 것쯤은 안다. 그럼에도 누군가의 도착을 알렸다. 월창이 감당해 내기 어려운 인물이라는 소리다.

"이걸 전해주면 아실 거라 합니다."

월창이 내민 것은 손바닥만 한 크기의 반으로 접힌 백지였다. 백지는 백지이되 그냥 백지가 아니었다. 한쪽 귀퉁이에 금(金)이라는 작은 글씨가 박혀 있는, 최상급 종이로 알려진 황지였다.

'금의위의 전서 용지(用紙)? 벌써?'

상천명은 논의를 중단해야 했다.

"이야기는 조금 뒤로 미룬다."

쾌검당의 핵심이라 할 수 있는 삼십 명 남짓한 인원.

그들이 일시에 썰물처럼 빠져나가고 상천명이 홀로 남게 된 그때, 누군가 안으로 들어섰다.

흑의 차림의 중년인.

“오랜만이군.”

“오랜만이야. 삼 년 만인가?”

“가끔 전서를 통해 연락을 받았지만.”

“맞아! 삼 년이네.”

“직접 찾아왔다는 것은······.”

“조금 전 지급으로 연락이 왔어.”

“나도 이틀 전 전황이 긴박하게 돌아간다는 연락을 받았지. 혹시 모르니 올라가서 준비하라고. 그래서 급하게 수하들을 소집하느라 조금 전 도착했어.”

“알아, 그러니까 이렇게 찾아왔지.”

상천명과 죽이 척척 맞는 흑의 중년인, 그는 주기옥 주변을 철통같이 방어하며 지키고 있어야 할 인물, 진회팔이었다.

진회팔은 상천명과 몇 마디를 주고받더니 곧바로 돌아갔다.

상천명은 그가 돌아가자 오십여 명의 수하 전원을 대전 안으로 불러들였다. 그런데 그들 가운데 원래부터 송가장에 머물던 인물은 송무를 제외하고는 아무도 없었다. 모두가 상천명이 얼마 전 국화령에서 직접 이끌고 온 이들뿐이었다.

상천명이 입을 열었다.

“원래 예정된 출병일은 이십 일 후였다. 그러나 방금 연락을 받은 바로는 출병일자가 갑자기 내일로 변경되었다고 한

다. 즉, 그만큼 지금 현재 양화(陽和) 일대에서의 전황(戰況)이
좋지 않다는 말이다.”

“……”

전황이 좋지 않다는 말에도 누구도 반응을 보이지 않았다.

“왕 대인께서 황상을 모시고 대군과 함께 출병을 하게 되
면, 경사는 무인지경이나 다름없게 된다. 이는 곧 암암리에
황상과 왕 대인에게 반기를 들고 있는 무리들에게 계기를 마
련해 줄 수도 있다. 그래서는 안 된다. 그들이 무인지경과 같
은 황궁에 난입해 황태후마마 등을 볼모로 잡고 협박하여 성
왕야 주기옥을 황위에 올리려는 반역의 가능성이 높다는 뜻
이다. 따라서 황상과 왕 대인께서는 밀지(密旨)를 내리셨다.”

꿀꺽!

어디선가 고인 침 삼키는 소리가 들려왔다. 그는 황봉설이
었다.

상천명의 시선이 잠시 황봉설에게 머물렀다 사라졌다.

“밀지 내용은 경사를 떠나기 전 그간 반기를 들었던 요주
의 인물들을 일망타진, 깨끗이 처리하기를 바라신다. 따라서
내일 반역을 꿈꾸는 무리들이 일제히 세상에서 사라질 것이
다.”

“……”

몇몇 사내들의 얼굴에 화색이 돌았다. 그건 이제 곧 고생이
끝났다는 기쁨의 미소였다. 신분을 숨기고, 음지에서 쾌검당

이라는 요상한 단체에 몸을 담으며 하찮은 보표로 위장하여 요주의 인물을 감시하는 임무가 끝이 난다는, 그래서 더할 나위 없이 기쁘다는 표시였다. 또한 음지에서 벗어나 원래의 위치로 돌아갈 수 있다는 희망과 기대에 찬 미소였다.

"그런데 우리에게 가장 큰 임무가 주었다. 우리는 본시 성왕야 담당이 아니다. 알다시피 성왕야는 동창의 주도 아래 무림인들의 손에 의해 영고채에서 조용히 처리되기로 예정되어 있었다. 하지만 출병일이 변경되는 바람에 계획이 변경된 것이다. 그렇게 한가하게 처리할 시간이 없다는 것이다."

"저기요."

누군가 손을 들었다.

"황봉설, 뭐냐?"

"이런 말 해도 되는지 모르나, 오늘부터 무림맹에서 파견된 북두신개와 사표각 무인들이 성왕야 주변을 호위한다고 들었습니다. 현재 우리의 전력으로는 북두신개를 포함한 무림맹 무사들과 맞서기 어렵습니다."

"그건 염려 마라. 그들은 내일 새벽 일찍 정주를 떠날 것이다. 무림맹 고수들과 금의위의 무사 대다수는 사전답사라는 명목하에 개봉으로 출발할 예정이다. 따라서 성왕야 주기옥 주변에는 무공도 모르는 일개 병졸들만 남게 된다. 무공을 모르는 병졸들은 그 수가 아무리 많아도 거사에는 지장이 없다."

“…….”

“그리고 만약을 대비해서 지금 정주로 달려오는 무림의 고
수 수십 명이 있다. 그들은 전면에 나설 우리를 뒤에서 지원
할 것이다. 즉, 만에 하나 무림맹 인원들이 빠져나가지 않더
라도 걱정할 필요가 없다는 것이다.”

“굳이 그렇게 복잡하게 할 필요가 있을까요?”

송무가 물었다.

“무슨 뜻이냐?”

“적당한 죄명으로 잡아들여 멀리 귀양을 보내거나 유폐시
키면 되지 않을까요? 여러 사람 고생시키지 말고.”

“…….”

상천명은 입을 다물었다.

‘너 바보냐?’

하고 면박이라도 주고 싶었다. 하지만 정치와 권력의 추악
함과 지저분한 세력 간의 암투를 모르는 송무이기에 그냥 덮
고 가야만 했다. 송무는 유일하게 순수한 무림인 출신이니까.

* * *

달이 떠올랐다.

낮에는 각자 움직이던 병졸들이 날이 어두워지자 삼인일
조가 되어 정주성 일대를 경비하고 순찰하며 돌아다녔다.

"젠장, 이게 무슨 꼴이야. 떠날 거면 빨리 떠날 것이지, 왜 하루는 더 묵어가지고 우리를 이 고생 시켜."

"맞아. 게다가 왜 우리가 외곽 순찰을 돌아야 하는데? 낙양에서 온 놈들은 성안에 처박혀 있는데 말야."

"그런 소리 마. 낙양서 온 놈들은 이곳 지리를 모르잖아. 괜히 길을 잃고 헤매고 다니는 꼴을 보지 않아 오히려 나는 좋게 생각해. 그리고 이렇게 더운 날 성안에 갇혀 있는 것보다 바람 솔솔 부는 강변을 순찰하는 것이 더 좋은 거야."

"하긴, 이왕 야간근무를 할라 치면 막힌 공간보다 열린 공간이 나은 편이지. 북풍한설 몰아치는 한겨울이라면 몰라도."

세 명의 병졸이 두런두런 이야기를 나누며 장랑이 앉아 있는 강변을 향해 천천히 걸어오고 있었다.

야간이고 인적 드문 곳이다.

거리가 제법 많이 떨어져 있어도 이야기 소리는 장랑의 귀에도 잘 들려왔다.

이때 장랑은 강변을 바라보며 피로를 풀기 위해 가벼운 운기조식을 하고 있었다.

한편, 쾌검당 무사 황봉설은 쓸데없는 질문을 한 대가(?)를 톡톡히 치르고 있었다. 남들은 휴식을 취하고 있는데 자신과 송무만이 밖에 나와 이 고생을 하고 있다.

퇴로 확보.

퇴로 확보는 무슨 퇴로 확보인가. 그냥 치고 빠지면 그만이지.

그리고 만에 하나 일이 잘못되었을 경우 도망을 치려면 남쪽으로 가야지 왜 북쪽 강을 이용하려 드는지 모르겠다. 하나 군문에 몸을 담을 당시부터 까마득한 상관이었던 당주 상천명이다. 그가 까라면 까야 한다.

팔양포에서 쾌속선 다섯 척을 구했다. 오십 명이 나누어 타기에 충분했다.

이제 남은 것은 화원포다. 그곳에 가서 다섯 척만 구하면 된다.

그런데 자신은 송무에 비하면 양호한 편이다.

송무는 성 남쪽 방향이다. 육로를 이용한 퇴로 확보는 어렵다. 관도가 아닌 외진 길로 적어도 허창까지는 내려갔다 다시 와야 한다. 부지런히 움직여도 인시 이전에 돌아오긴 힘들다. 빠듯한 일정이다.

"누구냐?"

순찰을 돌던 병졸 가운데 하나가 소리쳤다.

"여어, 수고하십니다. 길을 잘못 들어서 그만……."

황봉설은 원래 넉살이 좋았다. 친근하게 손을 흔들며 병졸들에게 접근했다.

"누구냐 물었다."

"거참 빡빡하게 나오네. 길을 잃었다 하지 않소."

황봉설은 입가에 미소까지 지어 보였다.

"수상한 놈이로구나. 이리 가까이 와라."

"나참!"

황봉설은 아무 생각도 없이 그들에게 다가갔다.

"호패."

병졸 가운데 한 명이 창을 들이댔다.

"그것 좀 치우쇼. 위험하게."

황봉설은 허리춤에 매달린 호패를 꺼내 보였다. 본래 그의 것이 아니다. 삼 년 전 임시로 만들어진 것이었다.

호패를 받아 든 병졸이 그것을 읽었다. 세 명 가운데 유일하게 글을 읽을 줄 아는 병졸이다.

"성은 황이고 이름은 봉설. 무진년 삼월. 하남. 남양 출생."

"뭐? 남양? 정말 남양이야?"

횃불을 들고 섰던 병졸이 의아한 눈빛으로 황봉설을 쳐다보았다.

"왜? 뭐가 이상해?"

호패를 들고 있던 병졸이 물었다.

"수상해. 잡아! 저놈을 잡아!"

횃불을 들고 있던 병졸이 소리쳤다.

"왜들 그래요? 뭐가 잘못되었소?"

황봉설은 황당한 표정을 지었다.

"이놈, 어서 무릎을 꿇고 포박을 받아라!"

횃불을 들고 선 병졸은 계속 소리를 쳤다.

"젠장. 좋게 넘어가려 했더니……."

황봉설은 주변을 둘러보았다. 다행히 아무도 없었다.

그는 과거 후군도독부(後軍都督府) 산하 북직예군(北直隸軍)의 총기(總旗) 출신으로 백부장 대우에 해당되는 직책을 가지고 있었다. 위관 출신인 그가 일반 병졸에게 손을 쓰는 것은 사실 찜찜했다. 하나 말로 해결할 수 없는 상황에 봉착하고 말았으니 어쩔 수 없었다.

"미안하다."

라는 말과 함께 황봉설의 주먹과 발이 움직였다.

퍼퍽! 퍽!

단번에 두 명의 병졸이 바닥에 큰대 자로 누웠다. 그러나 처음부터 창으로 그를 겨누고 있었던 병졸은 그리 호락호락하지 않았다. 대단한 무공을 지닌 것은 아니지만 나름대로 열심히 창술을 수련하였기에 몇 번의 저항은 할 수 있었다.

하나 결국 황봉설의 주먹 앞에 무릎을 꿇고 앞으로 거꾸러지고 말았다.

죽여야 하나 살려야 하나.

황봉설이 잠시 망설이고 있는 순간, 바닥에 누웠던 병졸 하나가 옆구리에 매달린 호각을 입에 가져가고 있었다.

파— 앙!

그의 발길질에 안면부가 피투성이로 엉망이 된 병졸은 그대로 절명하고 말았다. 아니, 절명한 것처럼 보였다.

"에이씨. 피는 보고 싶지 않았는데……."

적어도 내일 아침까지는 기밀이 새어나가서는 안 된다. 황봉설은 아직 바닥을 기고 있는 두 명의 병졸을 일단 꽁꽁 묶었다. 죽은 시체도 처리해야 했다.

황봉설이 시체를 질질 끌고 강가로 향하는데 누군가 그의 앞을 가로막았다.

"형씨, 형씨가 하는 일을 방해하고 싶지 않지만 산 사람을 그대로 강물에 던진다면 그건 살인 행위요."

장랑이었다.

"헛!"

황봉설은 깜짝 놀랐다. 갑자기 나타난 장랑이 마치 유령처럼 보였기 때문이다. 그러나 곧 정신을 차리고 장랑을 똑바로 쳐다보았다.

"오늘따라 일이 이상하게 꼬이네. 이보게, 청년. 못 본 척해주게. 그렇게 해줄 수 있나? 나, 사람 패는 거 별로 안 좋아해."

"이미 본 것을 어떻게 못 본 척하겠습니다. 보아하니 무림인 같은데 힘없는 병졸들을 핍박하지 마시고 풀어주십시오. 그러면 못 본 척해줄 수도 있습니다."

장랑은 점잖게 말했다.

"답답한 친구로군. 이보게, 청년. 각자 사정이 있듯이 나도 사정이 있네. 나라고 무공도 모르는 일반 병졸에게 손을 쓰고

싶겠는가? 그러지 말고 모른 척하겠다고 약속을 하게. 약속
만 한다면 자네에게 손을 쓰지 않겠네.”

“저들을 풀어만 준다면 못 본 척한다고 이미 말을 했습니
다.”

장랑은 사내, 즉 황봉설을 제압하고 두 명의 병졸을 직접
풀어줄 수도 있었다. 하나 되도록 직접 손을 대지 않고 당사
자끼리 알아서 하기를 바랐다.

“에라 모르겠다. 한 번 손을 썼는데 두 번이라고 못 쓸 것
없지.”

황봉설은 말을 끝냄과 동시에 장랑에게 달려들었다.

용사팔황(龍蛇八荒)의 수법.

상승무공에 속하는 것이지만 수련의 정도가 낮고 내공이
부실해 제대로 된 위력을 발휘하지 못했다. 물론 장랑의 시각
에서였다.

장랑은 그 자리에 서서 날아오는 황봉설의 손목을 꽉 움켜
잡았다.

“억!”

황당하다는 표정이다.

장랑은 아무 말 없이 그의 팔은 놓아주었다. 그만하면 실력
의 차이를 알 것이라 생각했다. 하나 그것은 역시 장랑의 착
각이었다.

“차아—!”

이번에 펼쳐진 무공은 흡룡벽력(吸龍霹靂).

과거 양주제일권으로 추앙받던 신규광의 성명절기 벽력팔장(霹靂八掌) 가운데 한 초식이었다.

탁!

장랑은 어렵지 않게 다시금 황봉설의 손목을 움켜잡았다.

핼쑥해진 황봉설의 얼굴. 그러나 놓아주진 않았다.

물어볼 말이 있었다.

"지금 펼친 무공, 어디서 배웠습니까?"

"……"

대답이 없었다.

"입을 열도록 만들어줄까요?"

"……"

벽력팔장.

강호잡기총요에 따르면 벽력팔장은 원래 양주제일권 신규광의 성명절기였다.

그러나 지금은 황궁무공으로 분류되고 있었다.

양주제일권 신규광은 혼인을 하지 않았다. 평생 홀로 지냈기에 후사가 없었고 제자를 거두지도 않았다.

신규광은 태조 주원장의 최측근 가운데 한 사람으로 말년의 은거지를 남직예(南直隷)의 황궁무고로 택할 만큼 충성스런 인물이었다. 그는 황궁무고에서 죽는 그날까지 오로지 황실무공 연구에 매진한 사람이다. 그렇기에 벽력팔장은 전수

되지 않았고 사장된 황궁무공으로 기록되었다.

　그런데 그 벽력팔장이 오십 년 만에 세상에 모습을 드러낸 것이다. 그것도 전혀 엉뚱한 곳에서.

　장랑은 흥미로웠다. 꼭 알아내고 싶었다. 왜냐하면 그것은 운마행 노인을 놀려먹을 좋은 소재인 까닭이다.

　줄줄이 흘러나오는 비사.

　장랑은 놀라 입을 다물지 못했다.

　급했다. 마음이 급했다.

　휙! 휙! 휙!

　바람을 가르고 오르락내리락 빠르게 달리는 그의 모습은 한 마리 야조 같았다. 야공을 가르고 날아가는 야조.

　해시(亥時)가 지난 시간의 성문은 굳게 닫혀 있다.

　경비를 서는 관졸 몇 명이 달려오는 장랑을 발견하곤 깜짝 놀라 창을 겨누려 했다.

　그들이 창을 똑바로 고쳐 잡는 그 짧은 순간.

　장랑은 일체의 예비동작도 없이 성벽을 향해 몸을 솟구쳐 올렸다.

　성벽의 높이는 오 장.

　보통 사람은 감히 기어오를 생각조차 하지 못하는 까마득한 높이다.

　그런데.

타탁!

장랑은 솟구쳐 오르는 도중에 성벽 중간 부분을 번갈아 걸어차 탄력을 얻었다. 그리고 그대로 훌쩍 날아 성벽 위에 올라섰다.

성벽의 관졸들. 그들은 돌연 등장한 장랑으로 인해 눈을 동그랗게 뜨며 기겁을 했다.

그들이 화들짝 놀란 가슴을 진정하려는 찰나, 장랑은 다시 한 번 양발을 굴렀다.

팟!

우아한 포물선이 그려졌다. 장랑은 한 마리 거대한 새가 둥지에 천천히 내려서듯 자연스럽게 바닥에 날아내렸다.

성벽 위 관졸들이 뒤에서 뭐라고 요란하게 고함을 지른다. 하나 장랑은 개의치 않고 앞을 향해 쏜살같이 달려갔다.

밤늦은 시간이라 거리에 사람은 거의 없었다. 장랑은 거침없는 질주를 계속했다.

얼마를 달렸을까?

아마 반 다경도 채 지나지 않았을 짧은 시간이다. 거대한 크기의 정주부 관사 건물이 장랑의 눈 속에 들어왔다.

예닐곱의 관졸이 장랑을 막아서려고 했다. 창을 든 두 명을 제외한 나머지는 모두 장도를 들고 있다. 서너 명은 적어도 오장급 이상이라는 소리.

"누구냐?"

좌측의 누군가가 앞을 가로막으며 소리쳤다. 듣기 거북한 쉰 목소리다.

장랑은 대꾸하지 않았다. 달려오던 그 속도를 그대로 유지하며 대문을 향해 일장을 날렸다.

꽈— 앙!

요란한 폭음 소리와 함께 대문이 활짝 열렸다. 빗장만 부러져 나갔을 뿐 대문은 멀쩡했다.

어느 쪽으로 향할까 잠시 주춤하는 사이.

장랑의 뒤쪽에서 경비를 서고 있던 관졸들이 욕설을 내뱉으며 따라붙었다.

불 꺼진 객사. 벌컥벌컥 문이 열리고 어둠 속에서 잠자리에 막 들었던 수십의 병사들과 금의위 무사, 그리고 동창의 무리와 무림맹 소속 무인들이 꾸역꾸역 밀려 나왔다.

“웬 놈이야?”

장랑의 앞을 맨 처음 가로막으며 고압적인 목소리로 악을 쓰는 인물. 채비였다. 그는 병졸 복장을 벗어버리고 백의로 갈아입은 장랑을 알아보지 못했다.

우측의 불이 켜진 커다란 건물의 문이 열리며 누군가 뛰어 나오고 있다.

장랑도 익히 잘 아는 인물이다. 그를 향해 걸음을 옮기려는 순간, 채비가 검을 뽑아 장랑을 향해 휘두르려 했다.

스— 윽!

채비의 손목은 어느새 장랑의 손아귀 안에 들어와 있었다. 장랑은 그를 옆으로 밀쳐 내며 처음으로 입을 열었다.

"거치적거리지 말고 비키시오!"

채비는 기우뚱거리며 밀려났다. 하나 그는 장랑의 기세에 눌려 입도 벙긋하지 못했다.

주변 사람 모두가 그랬다. 각자 병장기를 뽑아 들고 장랑에게 겨누고만 있을 뿐, 누구 하나 감히 덤벼들 생각을 하지 못했다. 장랑과 안면이 있는 사람은 장랑의 실력을 알기에, 모르는 사람은 장랑이 뿜어내는 압도적 기세에 눌려.

아무도 함부로 나서지 못했다.

장랑은 불 켜진 건물 쪽으로 움직였다.

휘이잉!

뒤쪽에서 누군가 도를 휘둘러 왔다. 장랑은 몸을 빙글 돌려 그 사내의 도를 맨손으로 잡아냈다.

공수탈백인.

손에 공력을 주입하여 검처럼 사용하는 것이지만 응용하면 내공이 실린 검이나 도를 어렵지 않게 잡아낼 수 있다.

"헉!"

사내가 다급성을 토해냈다.

"마음이 급해서 안으로 들어서는 데 조금의 편법을 썼을 뿐, 같은 뜻을 가진 사람이오. 그러니 뒤에서 함부로 병장기를 휘두르지 마시오. 정면이라면 몰라도 뒤에서 병기를 휘두르는 사람은 같은 뜻을 가졌더라도 용서하기 힘드니까."

옆에서 지켜보던 좌도정.

희미한 불빛조차 멀리 있기에 어둠 속이나 다름없었지만 그는 한눈에 장랑을 알아보았다. 그는 지금 고개를 갸웃하고 있었다.

분명히 같은 사람. 그러나 행동은 너무나 판이하게 달라져 있었다.

낮에 보았던 그 부드럽고 온유하며, 배려심 깊은 청년.

지금은 그 장랑이 아니었다.

'도대체 무슨 일이 있었던 거지?

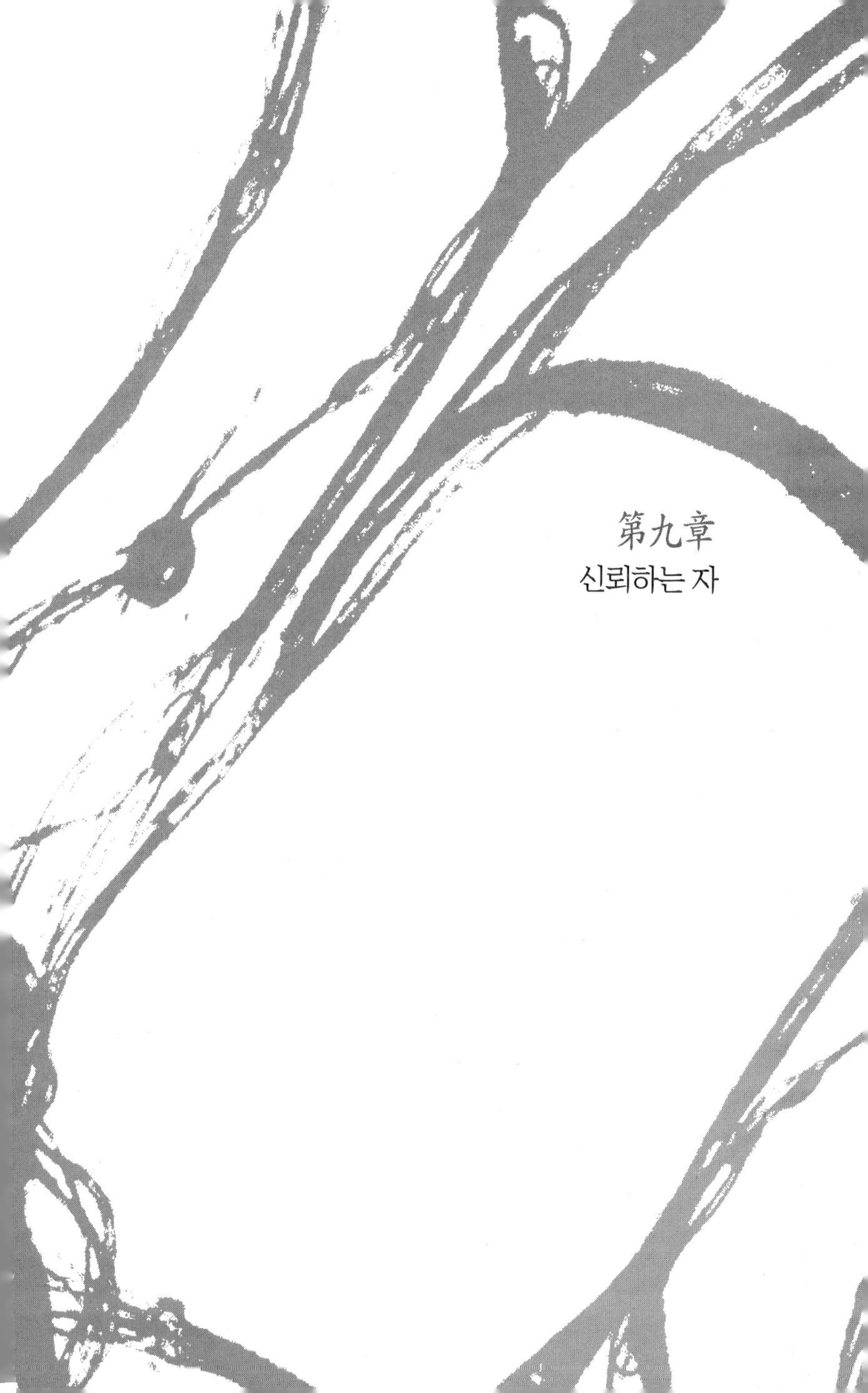

第九章
신뢰하는 자

張郎
行路

誦脯此經為賜其福佑
迎請神真老君演此真妙經竟
降臨速得正一
道吉廣奉
至大改元四月佛浴為
弟子趙孟頫敬

　“장 공자!”

　막 잠자리에 들려고 하던 주기옥은 밖에서 들려오는 시끄러운 소음으로 인해 침상을 벗어났다. 엽진숭의 시중을 받으며 주섬주섬 옷을 챙겨 입는데 진회팔을 앞세운 장랑이 모습을 드러낸 것이다.

　“늦은 시간에 죄송합니다.”

　장랑은 미소와 함께 살짝 고개를 숙였다.

　“장 공자, 왜 이제 오셨소! 내가 얼마나 기다렸는지 아시오?”

　“어쩌다 보니…….”

너무나 반가워하는 주기옥.

장랑은 그 모습에 고맙기도 하고 안쓰럽기도 해서 차마 뒷말을 이어가지 못하고 얼버무렸다.

"먼 길 오느라 고생했을 테니 일단 앉으시오."

주기옥은 직접 장랑의 손을 잡아 교의 쪽으로 이끌었다.

"왕야, 이곳은⋯⋯. 이야기는 대전으로 나가서 나누심이 어떨는지요? 아무리 왕부 밖이라 하나 법도가 법도인지라⋯⋯."

엽진숭이 머리를 조아렸다. 그건 아무리 봐도 장랑이 자신에게도 아는 체를 해달라는 뜻이다.

"인마, 뭘 그렇게 따져? 이놈이 어제오늘 조금 풀어줬더니 마구 기어오르네. 너, 몇 대 맞아야 정신 차릴래?"

지금까지의 힘없고 축축 처지던 말투도 아니다. 주기옥의 얼굴은 이틀 만에 드디어 화색이 돌았다.

"왕야, 혹시 몰라서 묻습니다. 제게 일각 정도 따로 시간을 내줄 수 있겠습니까?"

"시간이라니? 무슨 시간? 지금 장 공자와 내가 이렇게 만나고 있지 않소."

주기옥은 무슨 소리를 하는지 잘 모르겠다는 표정이다.

황제나 친왕의 경우 일반인의 잣대로 본, 엄밀한 의미의 사생활이란 존재하지 않는다.

그들은 자고 일어나 제 손으로 세안을 하지 않는다. 제 손으로 밥을 먹지 않는다. 제 손으로 물을 따르거나 자신이 술을 따르는 경우는 없다. 대소변을 가리기 위해 스스로 옷을 벗고 입는 경우도 없으며, 그 뒤처리까지도 시중을 드는 환관이나 궁녀가 한다. 처첩비빈 등과 사랑을 나눌 때도, 그들과 잠자리의 일을 치를 때도 항상 그 곁에는 시중을 드는 환관과 궁녀가 배석하여 손을 거든다.

아주 특별한 경우가 아니라면 앞서 열거한 내용들은 황제나 친왕의 실생활에서 그대로 실천되고 있다.

누군가와, 남들이 들어서는 안 되는 비밀스런 이야기를 나눌 경우도 그렇다. 총애하는 환관이 한두 명 꼭 옆에서 시중을 들어야 하고, 안전을 담보하기 위해 적어도 한 명 이상의 시위(侍衛) 또는 경호무관이 붙어 있어야 한다.

따라서 지금 현재가 주기옥 입장에서는 다분히 개인적인, 당연히 사적인 자리인 것이다.

"흔히 독대라는 표현을 씁니다만, 오로지 왕야와 저만이 있는 자리를 말하는 겁니다."

"장 소협, 그건 곤란합니다."

진회팔이 끼어들었다. 그는 장랑에게 태가 나지 않도록 은근히 눈을 부라리며 말을 이었다.

"장 소협, 왕야께서 아무리 장 소협을 총애한다고 해도 황실에는 법도가 있습니다. 백면서생에 불과한 장 소협입니다. 법도에 어긋나는 행동은 절대로 불가합니다."

“잠깐. 진 대인, 진 대인은 나서지 마시오. 장 공자 말대로 합시다.”

“왕야!”

진회팔이 확실한 거부 의사를 밝혔다. 그러나 주기옥 또한 강한 도리질로 진회팔의 의견을 받아들이지 않았다.

“진 대인, 별일이 있겠습니까. 잠시 물러나 계시고, 엽가 너도 잠시 자리를 비워라.”

“……”

장랑과 주기옥 단둘만 남은 자리.

장랑은 이목을 집중시켜 주변을 살폈다. 가까운 곳은 물론 먼 곳까지……. 다행히도 오 장 이내에 누구의 인기척도 없다.

—왕야, 지금부터 제가 하는 말을 잘 들으십시오.

장랑의 전음성이 주기옥의 귓전을 파고들었다. 주기옥은 깜짝 놀라 눈을 동그랗게 뜨고 장랑을 바라보았다.

“에?”

그러더니 곧 신기하다는 표정을 지었다.

“이, 이것이 그 말로만 듣던 전음이라는 거요? 전에 진 대인에게 전음을 받은 적이 있었는데 그것과는 아주 다르오. 그때는 모깃소리처럼 ‘엥엥’ 거릴 뿐 소리가 작고 발음이 분명하지 않아 알아듣기 어려웠소. 그런데 장 공자의 전음은 정말로 선명하고 똑똑히 들리오. 이건 필시 장 공자의 무공 실력이 진 대인보다 한참 높다는 증거 같은데, 맞소?"

주기옥의 입가에 미소가 떠나지 않는다. 장랑은 고개를 끄덕였다.

―그렇습니다, 왕야! 그럼 지금부터 질문은 하지 말고 제 말만 경청하십시오. 질문은 나중에 따로 받겠습니다. 하나 꼭 묻고 싶다면 손을 들어 그 의사를 표현해 주십시오.

주기옥은 역시 총명한 인물. 그는 즉시 아무 말 없이 고개만 끄덕였다. 하고 싶은 말이 있으면 얼마든지 해보라는 의사 표현까지 하였다.

―왕야께서 섭섭히 생각할는지 모르나 저는 사실 이곳에 오지 않으려 했습니다. 하나 오지 않을 수 없었습니다. 사내 대장부로서, 아니, 잠깐이나마 왕야와 친분을 쌓은 저로서는 그냥 지나칠 수 없었기 때문입니다. 제가 이렇게 독대를 청한 이유는 우연히 듣게 된 하나의 중대한 정보 때문입니다. 조금 전…….

장랑은 전음성으로 황봉설에게 들었던 놀라운 정보를 하나도 빠뜨리지 않고 그대로 주기옥에게 옮겼다. 어떤 가감도 없이, 들었던 그대로를 전했다. 물론 황봉설의 토설을 그대로 다 믿는 것은 아니지만, 반쯤 얼이 빠진 상태에서의 진술이라 상당 부분 진실성이 있어 보였기에 그대로 전한 것이다.

주기옥은 커다란 충격에 빠져 버렸다. 얼굴이 핼쑥해진 상태로 한동안 멍한 상태에서 헤어나지 못하고 있었다.

장랑이 몇 군데 혈도를 눌러 심신이 안정되도록 조치한 연후에야 겨우 정신을 차릴 수 있을 정도였다.

"믿을 수가 없군… 요."

주기옥의 눈에 눈물방울이 맺혔다.

황자들과 비빈들은 늘 권력으로부터의 표적이 된다. 권력 중심과 가까우면 가까울수록, 황제와 친근하고 가까운 사이일수록. 친형이나 친자매, 백부나 숙부, 조카나 손자까지 대상을 가리지 않는다.

황권에 도전이 가능한 인물이라면 누구를 가리지 않고 황제 또는 권력의 핵심으로부터 견제를 받기 마련이다. 늘 시기와 질투의 대상이고 언제나 암살의 표적이 된다. 항상 머나먼 곳으로 귀양 떠날 각오를 해야 하며, 그것을 한시도 잊지 않고 마음속에 간직하고 살아가야 한다. 그것은 황실에서 태어났기 때문에 가져야 하는 필연적인 운명이다.

주기옥은 누구보다 그러한 사실을 잘 알고 잘 이해하고 있었다. 그래서 현 황제 주기진의 견제를 당연하게 생각했고, 간혹 시도되는 그의 핍박을 태연히 받아낼 수 있었다.

그렇기에 장랑이 전해준 내용의 대부분은 그의 입장에서 아주 놀라운 것도 아니다. 그러나, 하늘이 노래지고 눈물이 핑 돌 정도로 엄청난 충격을 받은 것도 사실이다.

그것은 다름 아닌 진회팔이 자신을 제거하려는 무리 가운데 한 명이라는 사실 때문이었다. 다른 사람은 못 믿어도 엽진숭과 진회팔만은 몸에 달린 수족과 다름없이 철석같이 믿고 있었다. 믿는 도끼에 발등이 찍힌 것이다.

장랑이 한 말이 거짓 같았다. 전부가 거짓이 아니라 진회팔에 관한 대목만큼은 괜스레 지어낸 거짓 같았다.

진회팔은 모후의 친척이다. 충복이기 이전에 외가의 친척 아저씨다. 변변치 않은 외가 친척 가운데 유일하게 마음을 터놓고 믿고 따르던 사람이다.

"장 공자, 정말입니까? 꾸며낸 말은 없는 겁니까? 정말 확실합니까? 맹세할 수 있습니까?"

주기옥은 몇 번씩이나 반복 또 반복하여 물었다.

─저는 관부의 사람도 아니고, 관부에 몸을 담을 생각도 없는 평범한 무림인입니다. 황실과 권력에 아무런 관련도, 관심도 없습니다. 진 대인을 알게 된 지 이제 겨우 열흘 남짓입니다. 그전까지 진 대인이 누구인지 몰랐습니다. 그런데 무슨 이득을 보겠다고 없는 말을 꾸며내겠습니까?

"……."

주기옥의 두 눈에서 눈물이 한 방울 '똑!' 하고 떨어졌다.

─지금부터 아무도 믿지 마십시오. 누구도 믿어서는 안 됩니다. 저도 믿지 마시고 진 대인도 믿지 말며, 가장 총애하는 엽 소감도 절대로 믿어선 안 됩니다.

장랑은 주기옥이 고립무원 상태에 빠져 있음을 잘 알고 있었다. 그래서 말을 해놓고도 미안하기 그지없었다.

그러나 주변의 상황은 너무도 급박하게 돌아가고 있다. 느낌이 그랬다.

이제부터는 대응 방법이다. 적절한 대응 방법을 찾아야 한다. 늦기는 했지만 첫 번째로 나설 무리가 쾌검당이라는 사실을 알았다.

알기에 피할 수 있다. 맞서 싸우든 도망을 치든 피할 수 있다. 배후에서 진회팔이 마각을 드러낸다 해도 그 역시 피할 수 있다.

몰랐으면 모를까, 알면서도 당할 만큼 어리석지 않다.

그런데 문제는 쾌검당과 진회팔 무리만이 아니라는 점이다.

쾌검당과 진회팔을 조종하는 배후의 조종자. 그리고 그 배후의 조종자와 결탁하고 있는 정체 모를 무림의 세력. 그들이 핵심 문제였다.

"이놈 보게. 그러니까 나더러 주가 애송이 꼬마 놈을 지켜 달라, 이 말이냐? 이놈아, 꽁꽁 숨어 있다가 며칠 만에 나타나서는 하는 말이 고작 그것이야?"

운마행은 노발대발이었다.

"노선배님."

"싫어. 나는 주가 놈들이라면 이가 갈리는 사람이야. 절대 못해!"

“노선배님.”

“그리고 막말로 네놈이 언제부터 주가 그 애송이 놈의 편
에 서게 되었냐? 너, 그놈과 친해? 목숨을 내던져 보호할 만큼
이나 친해?”

“그건… 친하고 안 친하고의 문제가 아닙니다. 어려움에
처한 사람을 돕는 것은 강호인의 도리가 아닙니까? 지나가는
나이 많은 노인의 짐을 한번 들어준다는 심정으로 도와주십
시오.”

“이놈아, 그것과 이것이 같아? 그리고 나이 많이 먹은 노인
은 바로 나야. 비유도 어디서 제놈 같은 것만 들어.”

운마행의 태도가 조금은 누그러졌다.

“운 노선배님, 부탁드립니다.”

“부탁하지 마!”

“…….”

“좋아. 개봉에 도착해 황하를 건널 때까지만이다. 그것도
다른 놈은 필요없고 진회팔 그놈이 접근하여 도발하지 못하
도록 그것만 막아주겠다.”

“…좋습니다. 그것만이라도 해주십시오.”

“장가 이놈아! 내 좋은 뜻으로 충고하는데 황실의 놈들, 특
히 주가 놈들을 조심해. 그놈들은 언제든지 뒤통수를 칠 준비
가 되어 있는 아주 나쁜 족속이야.”

“고맙습니다.”

장랑은 자리에서 일어나 꾸벅 고개를 숙였다.

운마행이 진회팔만 막아준다 해도 일은 절반 가까이 줄어든 것이다. 문제는 진회팔이 눈치를 채지 못하게 해야 하는 것인데, 느끼는 감정이 고스란히 밖으로 드러나는 운마행이 과연 진회팔을 고운 시선으로 바라볼 것이냐이다. 드러내 놓고 적대감을 보이면 눈치 빠른 진회팔이 무슨 수를 쓸지 모르는 일이었다.

그렇다고 물증도 없는데 정삼품 관리에 해당되는 진회팔을 잡아 문초할 수 없는 일. 그저 운마행의 오래 살아온 연륜을 믿을 수밖에 없었다.

장랑의 시선이 호덕현 일행에게 옮겨갔다.

그들은 운마행과 달리 적극적으로 나서려는 기미가 보였다. 특히 구판기와 동초경이 그랬다. 동초경은 아까부터 실실 웃으며 장랑에게서 시선을 떼지 못하고 있었다.

"호 대협……."

"알아요, 알아!"

장랑의 말이 시작되기도 전에 호덕현은 환하게 미소를 지으며 고개를 끄덕였다.

"뭐를?"

"우리에게도 부탁을 하려는 거 아닙니까. 장 형은 내게 있어 의형제나 다름없는 사람이니 부탁이라는 말은 쓰지 마십시오. 그냥 해달라고만 하면 됩니다."

"그렇게 말씀해 주시니… 고맙습니다."

"그래, 우리가 할 일은 뭐요?"

호덕현이 기대에 찬 눈빛으로 장랑을 바라보았다.

장랑은 원래 호덕현 등 그들 의형제 네 명에게 주기옥의 주변에 머물며 진회팔과 금의위를 살펴달라고 하려 했다. 그런데 운마행이 진회팔을 맡겠다고 하니 그들의 역할이 필요없어졌다.

당금 강호에 운마행이 막지 못할 사람은 없다. 소림 방장이나 무림맹주 정도 수준인 초절정고수 여럿이 동시에 달려들어도 단 일장으로 일패도지(一敗塗地)시킬 수 있는 사람은 운마행이 유일할 것이다.

하나 한 팔로 달려드는 여러 사람을 못 막는 법. 더구나 한 성질 하는 운마행이다 보니 누군가 그의 곁에 있어야 한다. 장랑은 막소미와 조위를 생각했다.

이상하게도 운마행은 막소미에게 꼼짝을 못한다. 막소미 또한 이제는 자신에게 관심을 끊고 운마행이 틈틈이 가르쳐주는 잡기에 가까운 무공을 배우는 재미에 빠져 있었다. 성격이 급하고 다혈질인 조위는 은근히 막소미에게 관심을 보이고 있었다. 그 두 사람을 붙여놓으면 될 것 같았다.

호덕현과 구판기, 그리고 동초경은 지금처럼 수백의 병졸들을 통제하는 엽진숭을 도우면 될 것 같았고, 더하여 은근히 신경이 쓰이는 동창 무리들을 견제하는 역할도 해주었으면

했다.

장랑은 자신의 생각을 그대로 털어놓았다. 구판기는 수긍하는 것 같았는데 호덕현과 동초경이 조금 못마땅한 기색을 보였다.

결국 호덕현은 장랑의 의견을 받아들이기로 했다. 그러나 동초경은 끝까지 싫다는 거부감을 표시했다.

"동 소저, 도대체 원하는 것이 뭔지 말씀을 해야……."

"달리 원하는 것은 없어요. 나는 그저 장 공자 옆에서 돕고 싶을 뿐이에요."

"그건……."

"그래, 그렇게 해."

잠자코 있던 운마행이 한마디를 거들었다.

"들었죠? 노선배님께서 그렇게 하라고 하시네요."

"……."

장랑은 동초경과 함께 대웅방으로 향했다. 늦은 시간에, 그리고 갑작스럽게 찾아가는 것은 예의가 아니지만 지금은 그런 것을 따질 때가 아니었다.

북두신개와 무림맹 무사들에게도 당부를 하고 싶었지만 아직은 그들을 완전히 믿을 수 없었다.

황실의 세력과 결탁해 암암리에 주기옥을 노리는 인물이 무림맹 내에 없으리라는 보장이 없었다. 무림맹에 속한 무인들은 구대문파 소속과 달리 세속의 무리들과 자주 연합하고, 자주 협력하는 그런 관습이 몸에 배어 있기 때문에 장담할 수 없었다.

“그러나저러나, 장 공자는 참으로 발도 넓군요. 어떻게 대웅방과 친분을 가지게 된 거죠? 정주는 이번이 초행이라면서요.”

“어찌하다 보니 그렇게 되었습니다.”

“에엥! 무슨 대답이 그래요? 좀 더 성의있게 대답을 못하나요?”

동초경이 눈을 가늘게 치켜떴다.

“설명을 하자면 조금 복잡합니다. 나중에 한가해지면 그때 자세히 이야기해 드리겠습니다.”

“정말요?”

무엇이 그리 좋은지 동초경의 얼굴이 금방 환해졌다.

“네.”

장랑은 고개를 끄덕였다. 하지만 대답을 해놓고 보니 자신이 왜 그런 말을 하였는지 잘 이해되지 않았다.

‘뭐지? 크! 동 소저의 화려한 말솜씨에 또 당했군.’

대웅방의 대전에 불이 환하게 켜졌다.

“장 사제, 어떻게 된 일인가? 아니, 무슨 일인가?”

“차마 말을 꺼내기 어려운, 정말 염치없는 부탁을 드리려고 찾아왔습니다."

"무슨 소린가? 자세히 말해보게."

장랑은 주기옥이 처한 상황을 간략하게 이야기했다. 쾌검당이니 무림의 숨어 있는 세력이니 하는 것은 일부러 꺼내지 않았다. 그냥 주기옥이 이제부터 경사로 돌아가는데 호위할 무사들이 부족하다는 식으로 말을 했다.

염강환은 눈치가 빠른 사람이다.

장랑이 자세히 말하지 않아도 대략 알아차렸다. 또한 오죽 급했으면 자신을 찾아왔을까 하는 생각도 했다.

"이렇게 눈이 부시도록 예쁘고 정숙한 소저 분을 모시고 다니는 사람이 그렇게 안색이 어두워서야 쓰나. 얼굴을 펴게."

"제 얼굴이 어두워 보입니까?"

"이런 사람. 자신이 지금 어떤 모습으로 돌아다니는지도 모르는가? 걱정 말게. 몇 명이면 되겠는가? 내 힘이 닿는 대로 돕도록 하겠네. 대신 나중에 그 은혜를 잊으면 안 돼! 알았는가?"

염강환이 빙그레 웃으며 말했다.

"감사합니다."

장랑은 스무 명가량을 생각했다. 하나 염강환은 그 몇 배나 되는 오십 명을 지원하겠다고 했다.

장랑은 생각 끝에 오십 명을 거절하고 스무 명만 요구했다.

오십 명은 장랑이나 염강환이나 부담이 되는 숫자의 인원이다. 또한 아직 사람을 부려본 적 없는 장랑으로서는 그 정도 인원조차 통제해 낼 자신이 없었다.

"자네가 정 그렇게 생각한다면 수웅대 열여섯 명을 주겠네. 스무 명을 채우면 좋겠지만 수웅대는 열여섯 명뿐이네. 모자라는 인원을 채우기보다는 지금까지 호흡을 맞춰온 그들끼리 움직이는 것이 좋아."

"알겠습니다."

장랑은 토를 달지 않았다. 그 정도 인원이면 충분할 것도 같았다.

"이건 내 노파심에서 하는 말인데 관부의 인물과 교분을 쌓더라도 일정한 선은 넘지 말게. 개는 키우는 주인을 물지 않지만 주인은 키우는 개를 물 수도 있네. 내 말 잊지 말게."

염강환은 당부의 말을 잊지 않았다.

장랑도 그런 말을 알고 있다. 작은 인연도 소중히 생각하려는 마음 때문에 일에 깊이 개입하게 되었지만 염강환의 말대로 주기옥과의 관계를 오래토록 유지하고 싶은 마음은 없었다. 그저 안면이나 익히고 있는 사이면 만족한다.

장랑은 눈앞에서 열여섯 명의 청년들을 바라보았다. 나이는 장랑과 비슷한 이십대 초반의 청년들이다.

낮에 자신의 손에 한두 군데씩은 얻어맞아 눈두덩이며 턱 주위가 아직도 시퍼렇게 멍들어 있는 인원이 몇 명 되었다.

그런데 그들의 시선은 장랑에게 있지 않고 모두 동초경에게 가 있었다.

그것도 모두 터져 나오려는 웃음을 간신히 참는 그런 모습으로.

"소협들, 반가워요. 동초경입니다. 앞으로 잘 지내봐요."

동초경이 생긋 미소 지으며 고개를 옆으로 살짝 끄덕였다.

"저, 저기 저는요, 갈한교(葛韓嶠)라고 합니다. 잘 부탁드립니다."

"저는 편, 편필하(扁弼賀)입니다."

시키지도 않았는데 두 명의 청년만이 유독 큰 목소리로 자신을 소개했다.

동초경이 그들을 향해 한 번 더 생글 웃으며 말했다.

"저도 자알~ 부탁해요!"

조금 딱딱했던 분위기가 동초경으로 인해 화기애애해졌다.

"이제부터 너희는 여기 장 사제의 명을 따라야 한다. 그의 말은 곧 나의 말이라 생각하고 충심을 다해야 한다."

"네—엡!"

염강환의 말이 떨어지기 무섭게 열여섯 청년들의 우렁찬 대답 소리가 터져 나왔다. 그 소리가 너무나 커서 대전이 떠나갈 듯했고, 듣고 있던 장랑도 귀청이 찢어지는 줄 알았다.

장랑과 동초경이 수응대 열여섯 명을 이끌고 밖으로 나가려 할 때, 염강환이 무언가 생각이 난 듯 장랑을 불러 세웠다.

장랑이 다가가자 염강환은 목소리를 낮추어 조용히 말했다.

"자네가 아까 다녀간 후 한 가지 이상한 정보를 접하게 되었는데 말이야……."

"……."

듣고 있던 장랑의 얼굴이 조금씩 상기되고 있었다. 그건 분명히 쾌검당을 도우려 달려온 그 무리가 틀림없었다. 그들 무리라면…….

"어디입니까? 그곳이?"

장랑은 두 주먹을 불끈 쥐었다. 놈들과의 인연이 이런 식으로 이어지는가 싶었다. 아니다. 인연이 아니다. 악연이다. 그건 분명히 악연이었다.

『장랑행로』 4권 끝

적포용왕

김운영
新무협 판타지 소설

『신마대전』『흑사자』의 작가 김운영.
그가 낚아 올리는 무협의 절정!
낚시 신동 백룡아! 장강에서 천존과 맞짱 뜨다!

적포천존(赤布天尊) 고금제일강(古今第一强)
인호타자연재해(人呼他自然災害)
40세 이후로 상대가 누구든 몇 명이든, 한 번도 패하지
않고 모두 이긴 적포천존. 70세 중반에 반로환동하여
무림인들을 절망에 빠뜨린 그가 말년에
제자를 만들어 말년에 호강할 계획을 세운다?!

천하에 두려울 것이 없는 '자연재해' 와
그의 제자들이 무림에 나타났다!

세상을 보는 또 하나의 창 - inthebook.net
유행이 아닌 자유추구 - chungeoram.net
Book Publishing CHUNGEORAM

천사무영검(天使無影劒).
삼천 명의 피와 원혼으로 만들어진 악마의 병기.
그것은 검이되, 진화하는 생물이다.

전 꽤 긴 시간을 살아왔다고요.
혼돈(混沌)에서 하늘과 땅이 갈라져 나오고
그 사이에서 여러분이 태어났잖아요.
전 그 전부터 있었어요.
그러니까 그게 깊은 어둠만이 존재할 때니까,
굉장히 오래 된 거죠.

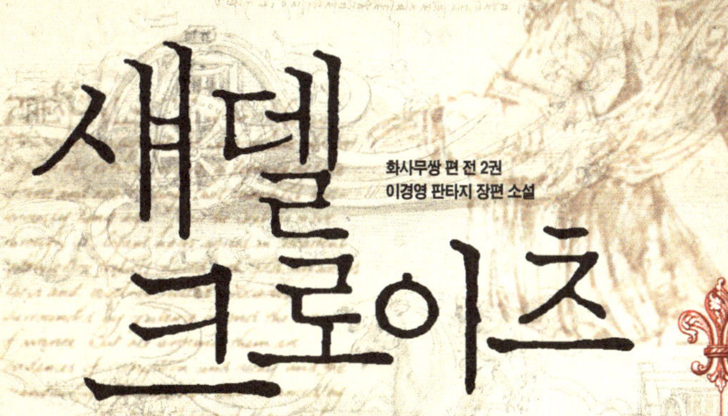

새델 크로이츠

화사무쌍 편 전 2권
이경영 판타지 장편 소설

『가즈나이트』의 명성과 신화를 넘어설
이경영의 판타지의 새로운 상상력!

자신만의 독특한 세계관을 창조한 작가
이경영의 새로운 도전과 신선한 충격.

바란투로스의 특수부대 새델 크로이츠의 리더 파렌 콘스탄.
야만족을 돕는 안개술사를 물리치기 위해 아시엔 대륙에서 온
불을 뿜는 요괴 소녀 카샤.
너무나 다른 두 사람이 운명의 길에서 만나다.
친구란 이름으로 시작된 모험, 그 앞에 놓인 난관과 운명의 끈은
어떻게 될 것인지……

"질투가 날 만도 하지.
요괴가 산신령을 엄마로 두는 건 흔한 일이 아니거든.
괜찮다, 파렌. 본좌가 아는 요괴들 전부 본좌를 질투하고 부러워하니까."
소녀는 손에 잔뜩 받은 빗물을 홀짝 마셨다.
파렌은 그 순수함에 웃음을 흘렸다.
그는 지금까지 자신이 봤던 그녀의 기이한 행동들을 어렴풋이나마 이해할 수 있을 것 같았다.
그렇게 친구가 된 둘은 그 길로 긴 여행을 떠나게 된다.

본문 중에-

세상을 보는 또 하나의 창 - inthebook.net
유행이 아닌 자유추구 - chungeoram.net

Book Publishing CHUNGEORAM

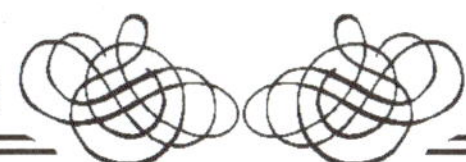

카디날 랩소디

송현우 판타지 장편 소설

놀라운 경험(the enormous experience)!
He created a completely new world.
It is a place who have never known and where never been able to imagine.
This splendid world will introduce the enormous experience for the
person only who reads.
그 누구에게도 알려진 것이 없으며 상상조차 할 수 없었던 새로운 세계를
작가는 완벽하게 창조해내었다.
이 멋진 세계는 독자들만이 체험할 수 있는 놀라운 경험으로 인도할 것이다.

판타지는 허구다? 아니다. 판타지는 일상이다.
우리의 삶은 연속된 판타지의 연장선상에 놓여 있고,
상상은 우리의 일상을 더욱 살찌운다.
『카디날 랩소디(Rhapsody of Cardinal)』를 경험하는 독자들은
더욱 풍부한 일상 속에서 새로운 삶을 경험할 것이다.
멋진 만남! 흥미로운 경험! 이것이 『카디날 랩소디』가 가진 장점이며,
작가 송현우가 독자들에게 바라는 꿈이다.

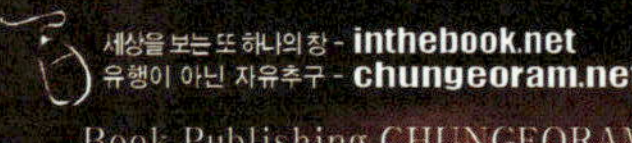
세상을 보는 또 하나의 창 - inthebook.net
유행이 아닌 자유추구 - chungeoram.net
Book Publishing CHUNGEORAM